LES SŒURS BEAUDRY
T. 1 ÉVELYNE ET SARAH

MICHELINE DALPÉ

Roman

Graphisme :
Jessica Papineau-Lapierre

Couverture :
Sophie Binette

Révision, correction :
Fleur Neesham, Élaine Parisien

www.editionsgoelette.com
www.facebook.com/EditionsGoelette

Dépôt légal : 3e trimestre 2012
Bibliothèque et Archives nationales du Québec
Bibliothèque nationale du Canada

Les Éditions Goélette bénéficient du soutien financier de la SODEC
pour son programme d'aide à l'édition et à la promotion.

Nous remercions le gouvernement du Québec de l'aide financière
accordée par l'entremise du Programme de crédit d'impôt pour
l'édition de livres, administré par la SODEC.

 Patrimoine   Canadian
canadien   Heritage

Nous reconnaissons l'aide financière du gouvernement du Canada par l'entremise
du Fonds du livre du Canada pour nos activités d'édition.

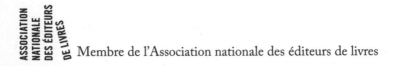 Membre de l'Association nationale des éditeurs de livres

Imprimé au Canada

ISBN : 978-2-89690-405-1

Micheline Dalpé

Les soeurs Beaudry

1. Évelyne et Sarah

Les Éditions
Goélette

DE LA MÊME AUTEURE

Les Batissette, roman, Éditions Au Pied de la Lettre, 1998.

Charles à Moïse à Batissette, roman, Éditions Au Pied de la Lettre, 1999.

La fille du sacristain, roman, Éditions Au Pied de la Lettre, 2002 (réédition Les Éditions Coup d'œil, 2012).

Joséphine Jobé, Mendiante T. 1, roman, Éditions Au Pied de la Lettre, 2003 (réédition Les Éditions Coup d'œil, 2012).

La chambre en mansarde, Mendiante T. 2, roman, Éditions Au Pied de la Lettre, 2005 (réédition Les Éditions Coup d'œil, 2012).

L'affaire Brien, 23 mars 1834, roman, Éditions Au Pied de la Lettre, 2007 (réédition Les Éditions Coup d'œil, 2012).

Marie Labasque, roman, Éditions Au Pied de la Lettre, 2008.

À ma fille Esther

Encore une fois, mon vieux Saint-Jacques.

« Peut-être n'est-on d'aucun autre pays
que du pays de son enfance. »
– Rainer Maria Rilke

PROLOGUE

Saint-Jacques, automne 1937

Le tinton sonnait joyeusement au clocher du village. Dans cinq minutes, la messe allait commencer.

Des attelages aux cuivres astiqués venaient des quatre coins de la paroisse ; on entendait frissonner les grelots attachés au collier des chevaux. Les femmes et les enfants descendaient des voitures pendant que les hommes menaient leur bête derrière l'église dans une longue écurie empestant le crottin fumant.

Une jeune fille, pressée par l'heure, se faufilait entre les carrioles et grimpait l'escalier qui menait au vestibule. À l'intérieur de l'église, elle se posta près du confessionnal, ce petit tribunal où le juge acquittait tous ses accusés sur parole. Dans l'attente, elle sentait des regards en coin loucher vers elle.

Tout le monde connaissait cette fille ; son père était le médecin du village. Elle se nommait Évelyne, mais dans la place, on la surnommait Poudrette, à cause de son visage enfariné qui lui donnait une apparence bizarre. Les jeunes la craignaient et s'écartaient sur son passage ; elle était pourtant inoffensive.

À bien la regarder, Évelyne était plutôt jolie derrière son masque blanc. Ses longs cils battaient au-dessus de deux grands yeux humides, noirs comme du jais, le coin de sa lèvre supérieure, légèrement retroussé, semblait retenir une envie de rire et, pour ajouter à son charme, une fossette au menton lui donnait un petit air sucré.

Le dernier pénitent sorti, Évelyne se glissa derrière le rideau rouge et s'agenouilla dans le confessionnal. Elle avait l'impression que le sol tremblait sous ses genoux; ce qu'elle allait dire n'était pas banal et elle se demandait comment réagirait le prêtre devant la gravité de son aveu.

La grille glissa doucement et le jeune confesseur colla l'oreille au carreau.

Évelyne frémit. Il était là, tout près.

— Mon père, je m'accuse de…

— Je vous écoute, mon enfant.

— Je ne sais trop comment le dire.

Le confesseur patientait. Sa pénitente avait du mal à confesser ses péchés; elle devait être une fille fort retenue.

— Dites-le avec vos mots.

Évelyne prit une profonde inspiration et, émue jusqu'à l'âme, elle avoua sur le ton du secret:

— Mon père, je m'accuse de vous aimer d'amour.

Devant cette révélation inattendue, le premier réflexe du confesseur fut de fermer le carreau au nez de sa péni-tente; pourtant, il n'en fit rien. Il redressa le torse et lui dit d'un ton sec:

— Qu'est-ce que vous dites là?

Évelyne, qui espérait tout de cet aveu, ne s'attendait pas à une telle froideur. Elle répéta, plus bas cette fois:

— Je vous aime d'amour.

— Taisez-vous ! Vous n'avez pas le droit de détourner un prêtre de sa vocation. Vous irez brûler en enfer pour ça.

Le confesseur n'avait pas de temps à consacrer à des propos frivoles. C'était l'heure de la messe et les enfants de chœur l'attendaient à la sacristie pour l'aider à revêtir ses vêtements sacerdotaux. Et pourtant, il ne bougeait pas. Qui pouvait bien être cette fille ? Cette voix ne lui était pas étrangère. Toutefois, le jeune abbé n'osait pas lever les yeux vers elle ; s'il croisait son regard, elle pourrait croire à un intérêt de sa part. Il tourna discrètement la tête et, dans la pénombre, il aperçut deux grands yeux noirs très mobiles à l'expression sauvage et superbe au milieu d'un visage blafard, tel un grand pierrot enfariné assis sur un quartier de lune. Dans la paroisse, il n'y avait que les filles du docteur Beaudry pour se poudrer de la sorte.

— Regrettez-vous votre faute, mon enfant ?

— Non, je ne regrette pas et je ne suis pas une enfant. J'ai dix-sept ans.

En tant que confesseur, un prêtre ne devait pas refuser l'absolution à une pénitente, mais cette fois l'abbé Emmanuel Fortier se trouvait dans une impasse.

— Alors, qu'attendez-vous de votre confesseur si vous n'avez pas le repentir de votre faute ?

— Je veux que vous m'aimiez vous aussi.

— Taisez-vous, idiote ! J'ai consacré ma vie à Dieu.

Évelyne sentait son cœur se serrer comme dans un étau. Emmanuel refusait son amour et, pour ajouter à sa déception, il la traitait d'idiote. Sur le point de pleurer, elle lui dit :

— Je souffre, mon père. J'ai besoin de votre amour. Je vais mourir de chagrin.

— La maladie de l'âme n'est pas un état incurable. Le temps, la prière et un bon garçon vous feront oublier.

— J'ai essayé et je ne peux pas.

— Oui, vous le pouvez. C'est la raison qui doit mener le cœur.

— Chez moi, c'est le cœur qui mène la raison.

Le prêtre échappa un soupir d'impatience et passa une main moite sur son front, comme pour effacer l'aveu troublant qu'il venait d'entendre.

— Allez! Je n'accorde le pardon qu'à ceux qui ont le regret de leurs fautes. Et priez Dieu qu'il vous mette un peu de plomb dans la tête.

— Je ne sais plus prier. Et de grâce, ne vous emportez pas contre moi.

Le prêtre lui lança un regard chargé de mépris et de colère, qui lui déchirait le cœur. Il secoua un doigt accusateur à la hauteur de sa figure.

— C'est le démon qui vous met ces idées en tête et il est en train de vous entraîner dans son sillage. S'il peut voler une âme à Dieu, il rira bien. Vous n'êtes qu'un jouet entre ses mains et vous irez brûler en enfer avec lui si vous ne vous repentez pas. Demandez pardon à Dieu ; la confession lave l'âme du pécheur.

— Aimer ne salit pas l'âme.

— Observez autour de vous, il y a plein de jeunes gens libres qui cherchent une âme sœur.

— Non, vous serez toujours le seul dans mon cœur.

– Je vous défends d'ébruiter ces sornettes, vous m'entendez. Si de pareilles histoires venaient aux oreilles de mon curé, on m'expédierait sur-le-champ dans une paroisse éloignée.

– Ne craignez rien, ce sera notre secret. Je tiens à ce que vous restiez près de moi.

Le vicaire, outragé de voir sa pénitente si têtue, ferma le carreau d'un geste brusque.

Évelyne, pétrifiée, ne s'attendait pas à une telle réaction de la part du vicaire. Elle devait se rendre à l'évidence, Emmanuel refusait son amour ; il ne l'aimait pas. Une larme tomba sur ses mains jointes.

Elle se leva lentement et quitta le petit isoloir la mort dans l'âme, honteuse de n'être qu'une fille méprisable aux yeux de celui qu'elle aimait.

Lorsqu'elle sortit du confessionnal, la Riopel lui jeta un regard chargé. La femme avait-elle entendu sa confession ? À quelques reprises, le vicaire avait élevé la voix. À la criée des bancs, la commère du village louait toujours celui le plus près du confessionnal avec l'intention d'en apprendre davantage sur la vie privée des gens et elle ne se privait pas pour en rajouter. Évelyne s'inquiétait de ce qu'elle irait colporter dans tout le patelin.

* * *

Resté seul au confessionnal, le jeune vicaire tentait de calmer ses esprits. Il pensait à ce beau corps d'adolescente qui s'offrait à lui et qu'il n'avait qu'à cueillir. Cette dernière confession ébranlait ses convictions religieuses ;

un doute s'installait en lui. Puis il repoussa ces pensées malsaines pour s'en remettre à l'éducation solide reçue au séminaire.

L'abbé Emmanuel Fortier fit un signe de croix et quitta le confessionnal à grands pas.

* * *

Assise dans le dernier banc, Évelyne se retrouvait seule avec ce qu'elle venait d'avouer et elle en était tout estomaquée. Pourtant, elle ne regrettait pas. Elle se sentait soulagée. Elle avait même ressenti une douce émotion à déclarer son amour. De toute façon, tôt ou tard, elle en serait venue là. Elle n'en pouvait plus de garder pour elle seule cette passion qui la dévorait.

Les traits figés, elle tenait les yeux baissés sur ses mains moites que le soleil jaunissait à travers les vitraux. Ce que le vicaire lui avait dit tournait dans sa tête. Elle avait eu l'audace de croire que ses sentiments seraient partagés ; quelle triste erreur ! Le prêtre avait eu raison de la traiter de sotte. Comment avait-elle pu croire qu'Emmanuel Fortier abandonnerait son sacerdoce pour elle, une fille au long nez, sur qui personne ne levait les yeux, quand lui était si beau, si attirant ?

Dans le temple rempli de ferveur, Évelyne, complètement absente aux prières, se remémorait comment tout cela avait débuté. Le jeune prêtre n'avait rien fait pour éveiller sa passion. Il se trouvait dans la paroisse à son retour de Paris, où elle avait étudié la musique. Un jour, en confession, elle lui avait parlé de sa peine d'amour pour un Parisien, avec l'intention de se faire conseiller, puis Emmanuel était devenu son confident. Elle lui avait ouvert son cœur et il y était entré doucement, sans rien forcer. Il n'avait qu'à être là pour que son cœur chavire, mais c'était pour rien, il lui refusait son amour.

Les fidèles se levèrent et Évelyne, comme un automate, suivit le mouvement de la foule.

* * *

L'office terminé, le curé Vaillancourt se rendit à la sacristie. Il posa paternellement la main sur l'épaule de son vicaire.

— À l'avenir, mon cher Emmanuel, vous verrez à ce que vos confessions ne retardent pas les messes. Votre dernière pénitente devait avoir l'âme très chargée pour vous avoir retenu un bon quart d'heure au confessionnal.

Ce reproche parlait de lui-même. Le jeune prêtre se sentait pris de court. Son curé surveillait ses moindres faits et gestes. Il le reprenait, comme on reprend un gamin, et ce rappel à l'ordre le vexait.

Emmanuel Fortier enleva à la hâte son étole verte et son aube. Il aurait voulu disparaître, mais comment éviter son curé quand celui-ci se retrouvait continuellement dans son champ d'action à l'église, à la sacristie ou encore au presbytère?

— Comme je suis tenu au secret de la confession, je ne peux pas vous répéter les fautes de mes pénitents, mais vous y allez un peu fort, monsieur le curé. Disons deux

minutes, tout au plus. Je ne pouvais pas laisser ma pénitente en plan.

— Vous connaissez les filles du docteur Beaudry, ce
sont de drôles de paroissiennes. Il n'en existe pas d'autres
comme elles dans le village. Elles semblent sorties tout
droit d'un sac de farine, disait le curé d'un ton enjoué.
Je n'irais pas jusqu'à le crier du haut de la chaire, mais
entre nous, je peux vous le dire, les gens de la place sur-
nomment nos deux organistes « Farine » et « Poudrette ».
Tout ça sent le mystère et alimente les commérages.

— Taisez-vous, je vous en prie. Ces moqueries ne sont
pas dignes d'un curé.

Ce parti pris pour la fille du docteur incriminait
davantage le vicaire.

— Je vous sens bien émotif, mon cher Emmanuel.
Tourmenté même.

Le curé, doué d'un esprit pénétrant, pouvait sentir ce
qui échappait à la plupart des gens, comme les tenta-
tions, l'éveil du désir. Ce jour-là, il voyait avec inquiétude
la folie des sens étreindre l'âme et l'intelligence de son
vicaire et peut-être l'amener à commettre une bêtise.

— On vous a appris au séminaire que les femmes sont
des occasions de péchés, n'est-ce pas ?

Le jeune abbé restait pensif.

— Les femmes possèdent sûrement autre chose que
l'inclination au mal, dit-il finalement. Prenez, par
exemple, votre mère que vous dites être une sainte
femme. C'est ce que vous pensez d'elle ?

— Certes non ! Il ne faut pas généraliser. Toutefois,
n'oubliez pas que le sacerdoce est un domaine où l'on n'a

pas le droit de se laisser séduire. Chaque jour doit être un combat, une renaissance. Seule la prière vous aidera. Au besoin, je vous accorderai mon pardon.

— Je n'ai rien fait de mal qui puisse exiger un pardon, marmonna l'abbé Fortier.

Le curé tirait ses propres conclusions. Désormais, il redoublerait de vigilance.

— Allons, allons! Dites-vous que vous avez en moi un bon ami, un second père.

Il consulta sa montre, elle marquait dix heures. Il avait faim.

— Allons, on nous attend pour le déjeuner.

Le vicaire suivit son curé à la salle à manger, l'esprit tourmenté par sa dernière confession.

* * *

À cent pas du presbytère, dans la vieille maison en planches noircies, Évelyne revêtait une jaquette de flanelle rose et se glissait entre ses draps. Elle aimait s'enrouler bien serrée dans sa couverture de laine, poser la tête sur son oreiller moelleux et s'endormir doucement en pensant à son amour impossible. Mais ce soir-là, trop bouleversée par sa confession, elle ne parvenait pas à trouver le sommeil. Évelyne ressentait le besoin de parler. Elle prit la main de Sarah sous la couverture.

Les deux sœurs étaient proches; on eût dit des siamoises reliées par un fort attachement.

— Tu te souviens, Sarah, quand nous nous cachions dans le placard pour écouter ce qui se passait dans la chambre de nos parents? Nous entendions des choses qui n'étaient pas de notre âge. Si maman savait!

— Nous étions indiscrètes, pour ne pas dire un peu fofolles.

— Il fallait bien s'occuper de notre éducation sexuelle; nous ne pouvions pas compter sur maman pour nous renseigner.

— Pourquoi tu me parles de ça, ce soir?

— Je ne sais pas, une idée qui m'est venue toute seule.

— Les idées ne viennent jamais toutes seules. Elles ont toujours une raison d'être.

— D'abord, je ne sais pas comment elle est venue.

Sarah retira doucement sa main.

— Déjà dix heures. Je dois dormir. Papa peut aussi bien me réveiller en pleine nuit pour que je l'accompagne aux malades.

— J'ai les pieds froids. Je peux les coller sur les tiens?

— Si tu veux, mais ne bouge pas.

Deux minutes plus tard, Sarah dormait profondément.

Seule avec elle-même, Évelyne ressentait le besoin de retourner dans le passé, de refaire en pensée la route de son enfance.

I

Montréal, automne 1934

Ce matin-là, tout était gris : le ciel, les arbres, les champs.

À la gare centrale, un vieux train démodé comptait les minutes avant de s'élancer sur la voie ferrée.

Sur le quai de bois, la famille Beaudry attendait le départ. Charles-Édouard, Laurentienne et leurs quatre enfants : Honoré, dix-neuf ans, aveugle et infirme, Clarisse, dix-sept ans, Sarah, seize ans, et Évelyne, quinze ans.

Les trois filles, pourtant très différentes, avaient certains traits communs : Clarisse, une blonde aux yeux bleus, possédait un sens marqué des responsabilités, Sarah, une blonde aux yeux pers, était de nature docile, tandis qu'Évelyne, une brune aux yeux noirs et envoûtants, était enjouée, attendrissante et émotive. Elles étaient toutes grandes et jolies, comme le sont les filles à l'âge des premières amours.

Leur père, un éminent médecin, devait succéder au docteur Chénier, décédé subitement. Ce jour-là, il amenait les siens visiter leur future paroisse et choisir une résidence.

Un coup de sifflet prolongé marqua le départ du train. Le voyage s'annonçait long et ennuyant.

Évelyne, le nez collé à la vitre, ne voyait que des champs rasés et des vaches noires à l'air abruti.

Après quelques stations, où montaient des voyageurs en surcharge, la locomotive s'arrêta à L'Épiphanie. Charles-Édouard revêtit son gilet et quitta sa banquette, prêt à descendre.

— Attendez-moi ici, dit-il. Je reviens dans la minute.

Évelyne se pinçait le nez; la fumée des pipes et des cigares empestait le wagon et irritait sa gorge. À travers la saleté de la vitre, elle regarda son père entrer dans la petite gare et en ressortir aussitôt avec une boîte de havanes, des cigares de qualité. Il courait; le train était minuté.

Sitôt Charles-Édouard monté dans le wagon, la locomotive s'ébranla et fonça à nouveau sur les rails argentés. Le train s'immobilisa une vingtaine de minutes plus tard à Saint-Jacques-de-l'Achigan, une paroisse aux origines acadiennes située à huit milles de Joliette.

Sur le débarcadère, Évelyne toisait son père, comme si elle en voulait à sa bonne humeur.

Il restait là, planté sur le quai de bois à regarder une famille nombreuse s'entasser dans une voiture devant sans doute les conduire dans une campagne éloignée. Il devait les voir comme ses futurs clients.

Évelyne s'impatientait.

— On ne va pas moisir ici?

— Non, bien sûr que non! Allons-y à pied, nous sommes à quelques rues seulement.

Sur la rue principale, l'aspect rural changeait de visage, de jolies maisons à deux étages embrassaient les trottoirs de bois. Ces trottoirs étaient le rendez-vous des promeneurs, des flâneurs, des commères. Ils étaient si étroits qu'on ne pouvait s'y rencontrer deux couples à la fois. C'était sur ces promenades que les filles trouvaient des maris.

Malgré l'heure matinale, le village regorgeait de vie : des femmes balayaient devant leur porte, d'autres bavardaient de perron en perron. Un cheval richement harnaché traînait une belle charrette garnie de laiton et de cuivres scintillants, le tout d'une propreté méticuleuse. Son cocher, un rondelet bien vêtu, se tenait assis très droit sur un siège élevé, placé à l'avant. On le surnommait « Cent piastres ». Il arrêtait sa bête à toutes les portes et ramassait les ordures ménagères. Non loin, un homme à la longue barbe blanche causait avec le sonneur de cloches.

Charles-Édouard rayonnait.

— Heureux celui qui vit dans ce village charmeur, à respirer l'air sain, à obéir aux cris des bêtes et à écouter le bruit des charrettes ! Existe-t-il un plus grand bonheur ?

Évelyne poussa Sarah du coude.

— Encore surprenant qu'il n'embrasse pas la terre !

Une berline, tirée par deux chevaux, traversait le village au pas. C'étaient des romanichels. Ils étaient nombreux, des jeunes et des moins jeunes aux cheveux longs et encrassés. Certains étaient même juchés sur les marchepieds.

Évelyne s'arrêta net et les regarda passer, étonnée, comme si ces gens venaient d'une autre planète.

— Papa, qui sont ces gens bizarres ?

— Des gitans. Partout où ils passent, on les chasse. Ces mendiants sales et mal vêtus disent la bonne aventure.

21

— Faites-leur signe de s'arrêter, je veux qu'on me prédise mon avenir.

— Tu crois à ces sornettes, toi? rétorqua sa mère. Ces gens sont des oiseaux de malheur.

Laurentienne jeta un regard dépité du côté de Charles-Édouard.

— A-t-on déjà vu pareille saleté? Ça promet!

Charles-Édouard frappa chez un ancien confrère, Viateur Beaudry, le notaire de la place.

Les deux hommes portaient le même nom de famille, mais aucun lien de parenté ne les unissait.

En entendant frapper, le notaire jeta un œil au carreau et reconnut le médecin. Il courut ouvrir.

— Mon cher collègue, bienvenue dans ta nouvelle paroisse.

Charles-Édouard lui offrit la boîte de cigares achetée à la petite gare de L'Épiphanie. Viateur s'empressa d'en allumer un et, tout en fumant, lui proposa d'aller visiter une maison à vendre au village.

— Allons voir ce qui en est. Après tout, y jeter un coup d'œil ne t'engage à rien. La maison est bien située, en plein cœur du village et de biais avec l'église.

— De là, on entend le train passer?

— Oui, mais tu verras, après quelques jours, vous ne l'entendrez plus.

Les filles suivaient leurs parents sur le trottoir de bois et rien ne leur échappait.

Aux fenêtres, comme par magie, les rideaux se soulevaient, des faces apparaissaient. Tout le monde était déjà au courant qu'un nouveau médecin arrivait dans la place et c'était à qui le verrait le premier.

Une femme sortit de sa cuisine en couvrant ses épaules d'une laine et, deux pas plus loin, une voisine de perron lui emboîta le pas.

– Ça m'a ben l'air que c'est le nouveau docteur.

– Sa femme a l'air pas mal plus jeune que lui. Et les autres, les poudrées, on dirait pas des filles de médecin, hein !

– Je gage que ce sont des boulangères.

Sa compagne étouffa un rire sarcastique.

– Farine et Poudrette.

Les filles du médecin entendaient des bribes de leur conversation accompagnées de petits rires étouffés et cet accueil hostile salissait dans leur esprit l'image de toute la paroisse.

– Je n'aime pas les gens d'ici, chuchota Évelyne.

– Ni les gens ni la place, renchérit Sarah.

Le notaire pointa du doigt une maison misérable, délabrée. Près du chemin, un petit écriteau où on pouvait lire « À vendre » tournait au gré du vent.

La maison, située à cent pieds de l'église, était une vieille bicoque de bois aux planches noircies, comme calcinées, non pas par le feu, mais par l'humidité causée par les arbres et les fardoches qui l'entouraient. La mousse avait verdi les fondations. Le devant de porte, en friche, était coupé en deux par une allée en terre battue tellement tapée qu'on aurait pu la balayer comme un trottoir.

Cette habitation misérable se trouvait à ce moment la seule propriété à vendre au village de Saint-Jacques.

Le notaire entra et les autres suivirent, perplexes. L'inté-rieur, d'une saleté repoussante, dégageait une odeur de renfermé. Laurentienne, une petite femme de quarante ans, vive et de nature irritable, tenait dans sa main une porte bâtarde qui oscillait sur un gond rouillé et menaçait de se dépendre. Sur le point de l'échapper, elle cria de sa petite voix suraiguë :

— Charles-Édouard, viens m'aider. Regarde-moi ça : la porte grince et sort de ses gonds.

— Elle doit crier son ennui de ne plus être en service, répondit tout bonnement son mari.

Évelyne entraîna Sarah à l'extérieur. Le jardin sentait le vent d'automne et les feuilles mortes. Dans un carré, le chiendent était en train d'étouffer quelques carottes oubliées.

— Regarde, Sarah. Des talles de rhubarbe.

— Je n'aime pas la rhubarbe.

Sarah ne pensait qu'à retourner à la ville.

— Papa n'acceptera jamais d'acheter cette vieille cabane. Il a quand même son orgueil.

Mais Charles-Édouard avait sa petite idée. L'habitation étant cachée sous les arbres, l'endroit serait parfait pour tenir sa femme et son fils à l'abri des regards. Depuis la naissance d'Évelyne, Laurentienne souffrait de troubles neurologiques qui la portaient à des accès de mélancolie et de crises de larmes. Pour un oui, pour un non, elle criait et trépignait de fureur. Charles-Édouard y trouvait aussi un autre avantage : il aurait la possibilité de cacher sa richesse sous des apparences de pauvreté.

— Cette maison est bien située, près de l'église, du notaire et du bureau de poste. Elle fera l'affaire.

Sarah s'étonna d'entendre son père imposer son autorité. Pour la première fois, il tenait tête à sa femme, lui qui avait toujours plié à ses quatre volontés.

— Les pièces sont grandes comme ma main, insista Laurentienne. Et la cour arrière donne sur la rue. Nous n'aurons aucune intimité.

— Laissons passer l'hiver, et le printemps prochain nous ferons installer une clôture de six pieds.

— Avec une clôture, la cour va ressembler à un fort du début de la colonie. Je préfère la ville plutôt que de côtoyer de misérables colons. Je me demande ce que tu viendrais faire ici, au bout du monde.

— Ce que fait tout médecin : soigner, guérir, donner espoir et courage aux malheureux.

— C'est ce que tu fais déjà à la ville.

— Ici, on manque de médecin ; les étudiants en médecine préfèrent la ville et ses commodités.

— On ne trouvera jamais le bonheur ici, reprit Sarah.

— Le bonheur est partout où il y a des arbres, du soleil, de la chaleur, des oiseaux et un vent léger.

— Mais papa, les grands magasins, les tramways, les parcs d'amusements, il n'y a rien de tout ça, ici.

Charles-Édouard espérait tant voir les siens heureux.

— Laissez-vous un peu de temps pour vous adapter. Vous verrez, vous trouverez bientôt certaines compensations.

— Quelles sortes de compensations ?

— Le temps le dira. Évelyne et Clarisse, vous vous occuperez de votre mère et de la tenue de la maison, Sarah, tu m'accompagneras dans mes visites aux malades.

— Vous accompagner ? Mais pourquoi ça ?

— Tu mèneras le cheval et je pourrai profiter des allers et retours pour sommeiller un peu ou relire mes livres de médecine.

— Quelle affaire! Je vais avoir l'air des charretiers qui attendaient les gens à la station.

— Non, Sarah. Les gens te considéreront comme une fille de médecin, comme une infirmière.

Décidément, son père essayait de lui enfoncer l'idée dans le crâne.

— Chez les clients, tu m'assisteras au besoin.

— Je n'y connais rien, et puis je n'aime pas soigner.

— Voyons, Sarah. Tu ne vas pas refuser de rendre des petits services à ton père, comme me passer mes instruments, laver un genou écorché ou encore donner le premier bain aux nouveau-nés?

— Et nos cours de violon?

— Oui, bien sûr, vos cours de violon…

Charles-Édouard caressait son menton, comme quand il réfléchissait aux choses sérieuses. Depuis quelque temps, il envisageait d'envoyer ses filles étudier la musique à Paris, mais avec son projet de déménagement le moment n'était pas propice pour en parler.

— Nous reviendrons là-dessus plus tard, dit-il.

Les filles n'avaient encore vu aucun garçon dans les parages et elles se demandaient bien ce dont ils pouvaient avoir l'air. Ils devaient être aux champs, aux récoltes d'automne.

— Y a-t-il des garçons de notre âge dans ce trou perdu? s'informa Évelyne.

Laurentienne, qui critiquait la campagne et trouvait laid tout ce qui s'y rattachait, intervint aussitôt :

— Vous ne trouverez pas de garçons instruits ici. Et puisque vous amenez ce sujet sur le tapis, autant régler cette question pour de bon : je vous interdis de vous mêler aux jeunes de la place, ils sont d'une classe inférieure à la vôtre. N'oubliez pas que votre père est médecin.

Évelyne et Sarah échangèrent un regard déçu.

— Ce qui signifie rester célibataire pour le restant de nos jours ? rétorqua Évelyne.

Comme la réponse ne venait pas, l'adolescente en déduisit que tel était le désir de ses parents.

— Crotte de crotte ! lâcha-t-elle.

En entendant ses mots grossiers, son père sursauta.

— Qu'est-ce que je viens d'entendre là ?

— Rien.

— Évelyne, ma puce, ces paroles ne sont pas dignes d'une jeune fille bien éduquée.

— Je m'en fiche ! murmura Évelyne d'un ton dédaigneux.

— Mais non, Évelyne, tu dois surveiller tes paroles.

Les filles se demandaient quelle sorte de vie les attendait dans ce trou perdu. Elles ne voyaient pas la Providence, ce gouvernement invisible qui réglait le destin de chacun.

— Tu ne dis rien, toi, Clarisse, sainte Clarisse ? demanda Sarah avec dépit. Elle te plaît, cette campagne ?

Clarisse restait muette. On lui avait maintes fois répété qu'étant l'aînée, elle devait donner l'exemple à ses sœurs, donc elle végétait dans un état de soumission. Elle n'avait pas la naïveté de la parole ni l'énergie déchaînée de ses sœurs. Du plus loin que Sarah se souvînt, Clarisse marchait au doigt et à l'œil. À l'adolescence, elle aurait pu se révolter, mais l'autorité parentale lui semblait incontournable. Sa mère n'avait qu'à dire que la cuisine avait besoin d'être balayée et Clarisse, sans rechigner, se levait.

Maintenant, on allait les emprisonner toutes les trois. Elles devraient renoncer à la vie trépidante de la ville pour les beautés de la nature : un ciel gris et une terre dénudée. Sarah n'y trouvait que désolation.

— Je veux rester à Montréal.

Les filles n'étaient pas installées que déjà, elles avaient l'impression d'être enterrées vivantes. Heureusement qu'elles étaient trois pour s'épauler. Supporté à plusieurs, un poids devient moins lourd.

— Nous allons mourir dans ce trou à rats, marmonna Évelyne.

Honoré riait, ce qui irrita davantage Évelyne.

— Tu peux bien rire. Ensuite, ne viens pas me demander de jouer aux dames avec toi.

* * *

Honoré possédait un jeu de dames pour non-voyants avec des pions aux formes variées qu'il reconnaissait au toucher. Il demandait sans cesse un partenaire, mais ses sœurs se lassaient vite de partager ses jeux.

En plus de sa cécité, Honoré était affligé d'une jambe plus courte que l'autre, à la suite d'une poliomyélite. Sous sa chaussure droite, une semelle en bois noir de quatre pouces équilibrait ses jambes. Il marchait comme un cheval avec sa grosse bottine lourde, et pourtant, quand arrivait le temps d'écornifler à la chambre des filles, il savait se déplacer sans bruit. Comme métier, Honoré accordait des pianos, mais à la campagne, la demande était presque inexistante.

* * *

Évelyne s'impatientait.

– Papa, j'ai faim.

– Allons au restaurant. Il doit bien y en avoir un ici.

Le notaire leur désigna du doigt l'unique restaurant de la place et il donna une bonne poignée de main à son confrère.

– Si la maison t'intéresse, tu passeras à mon étude.

– Attends-moi à six heures.

* * *

Pendant son absence, Charles-Édouard Beaudry avait laissé au notaire le soin de faire peindre toutes les pièces de sa nouvelle demeure au lait de chaux. Une fois le logis peint et bien désinfecté, les Beaudry vinrent s'établir à Saint-Jacques pour de bon.

L'intérieur était plutôt joli avec ses murs en beau plâtre blanc que le mobilier rehaussait, mais hélas, personne en dehors de la famille ne le voyait. Les deux pièces qui donnaient sur la rue servaient de salle d'attente et de cabinet médical. Le reste de la maison était strictement réservé à la famille Beaudry ; aucun étranger n'était autorisé à y mettre le pied.

En entrant, la première préoccupation de Charles-Édouard fut d'installer des toiles et des tentures aux fenêtres. Juché sur un escabeau branlant, il n'avait pas assez de ses deux mains pour tenir la tringle, les anneaux et les embrasses. Il échappa tout.

— Sarah, viens m'aider, le mécanisme est arraché et je dois tout recommencer. Passe-moi mon marteau.

— Vous bouchez toutes les ouvertures ?

Charles-Édouard ne répondit pas.

— Le soleil n'entrera pas ! insista Sarah.

— C'est préférable pour les yeux de votre frère.

Sarah en doutait.

— C'est nouveau, cette manie ? À Montréal, toutes les fenêtres de notre résidence étaient dégagées et pas une fois vous n'avez fait allusion aux yeux d'Honoré.

— Dans les petites places, c'est différent, les gens se connaissent, se surveillent et jasent entre eux. Il est bon de garder notre intimité.

Sarah en déduisit que son père désirait plutôt garder secrètes les crises d'hystérie de sa femme.

Un escalier aux marches usées par le frottement des semelles menait au deuxième et s'ouvrait sur un couloir sans fenêtre. On avait assigné à Honoré la plus petite chambre, aux parents, la moyenne, et aux trois filles, la plus vaste où l'on pouvait tenir à deux à l'aise, à trois en se tassant. La chambre des filles était agrémentée de deux fenêtres jumelles habillées de rideaux à volants blancs et de stores opaques. Clarisse couchait seule dans un petit lit à poteaux de fer tandis que Sarah et Évelyne partageaient un beau lit double en fer coulé blanc. Au-dessus des chambres, sous les combles, un grenier, fait d'une seule pièce, servait à étendre la lessive. À son arrivée, Charles-Édouard y avait découvert un repaire de chauves-souris qu'il avait aussitôt exterminées. À la lucarne, il avait accroché un vieux châle mité pour boucher la vue à qui aurait pu monter si haut pour écornifler.

* * *

Le premier soir, n'ayant pas eu le temps de monter les lits, les trois filles se retrouvèrent assises à l'indienne sur leur paillasse de coutil déposée directement sur le sol.

Évelyne et Sarah s'apitoyaient sur leur sort quand elles entendirent tousser dans la chambre voisine.

— Vous deux, vous ne trouvez pas bizarre que maman couche en haut et papa en bas? chuchota Évelyne. À Montréal, les parents couchaient dans le même lit.

Pour Clarisse, cet étrange comportement de ses parents n'était pas nouveau, si ce n'était qu'à Montréal ils arrivaient à être plus discrets. Clarisse savait des choses qu'elle gardait pour elle : lors des fêtes de Noël, chez sa grand-mère Beaudry, sa tante Rose lui avait appris des secrets au sujet de ses parents, comme la naissance mysté-rieuse d'Honoré. Un lien fort existait entre Rose et Clarisse, dont l'écart d'âge n'était que de cinq ans.

— En bas, papa est plus disponible pour les urgences de nuit.

— Peut-être qu'ils sont trop vieux pour s'aimer?

Les filles se glissèrent doucement sur leur paillasse et s'endormirent.

En pleine nuit, le passage du train réveilla toute la maisonnée.

Peu après, les filles entendirent des pas dans l'escalier, puis trois coups discrets frappés à la porte de la chambre de leur mère et une voix disant, sur le ton du secret :

— Laurentienne ! Je peux entrer ? C'est mon soir. S'il te plaît, ma chérie !

Laurentienne ouvrit la porte et la referma derrière Charles-Édouard.

De l'autre côté du mur, les filles prêtaient l'oreille, mais comme un placard séparait les deux chambres, elles n'entendaient que des murmures, puis un bruit de coups répétés, comme si le lit frappait le mur.

Sarah et Évelyne, curieuses d'en apprendre davantage, se glissèrent en douce dans la penderie qui séparait les deux chambres. Elles avancèrent à quatre pattes jusqu'à une fissure de la mince cloison, en prenant soin de ne pas remuer les cintres, ce qui aurait risqué d'attirer l'attention de leurs parents ; mais trop tard, de l'autre côté du mur, tout n'était que silence. Elles retournèrent à leur paillasse.

— Qu'est-ce qui se passe là-dedans, s'informa Évelyne ?

— Je ne sais pas.

— Penses-tu qu'à leur âge, nos parents font encore ça ? J'ai entendu dire, d'une fille au pensionnat, que son père couchait avec sa servante.

— Ne répète ça à personne, Évelyne.

— Pourquoi ?

— Parce que tant que tu n'as pas vu de tes yeux, tu ne peux être certaine que c'est la pure vérité.

Une porte grinça et Charles-Édouard, après avoir honoré sa femme, descendit en sifflotant un air tout doux entre ses dents. Les vieilles marches craquaient sous son poids.

Évelyne n'arrivait pas à dormir sur le sol dur. Elle roulait sans cesse sur sa couche, jusqu'à ce qu'un besoin naturel la prenne. Elle craignait de se rendre en pleine noirceur au cabinet d'aisance retiré au fond de la cour. Qui sait s'il n'y avait pas des rôdeurs dans ce coin inconnu ? Évelyne secoua l'épaule de sa sœur.

— Sarah, viens avec moi au cabinet. J'ai peur à la noirceur.

Sarah, à moitié endormie, émit un grognement et lui tourna le dos.

Dépitée, et ne sachant plus que faire, Évelyne se tortillait et serrait les cuisses. Étant la cadette de la famille, elle n'était pas habituée aux refus. On pliait habituellement à tous ses caprices. Son envie se faisait de plus en plus pressante. Sur le point de pleurer, elle bougonna :

— Si tu ne viens pas avec moi, je vais mouiller notre paillasse et ce sera tant pis pour toi.

Évelyne n'aurait certes pas mis sa menace à exécution. Elle aurait plutôt choisi de s'accroupir dans un coin de la chambre. Et si elle demandait à Clarisse, celle-ci accepterait-elle de l'accompagner chaque fois que la nature la commanderait ? Lentement, une idée farfelue germa dans sa tête. Elle approcha en douceur de la fenêtre une petite chaise à capucine et ouvrit les battants.

Aussitôt, un air froid courut sur le plancher. Évelyne grimpa sur la chaise et se tourna dos à l'ouverture, les jambes à l'intérieur, les mains solidement agrippées aux montants, elle s'assit prudemment sur le rebord de la fenêtre. L'air froid courait sur ses fesses et lui coupait l'envie. Elle prit une grande inspiration qu'elle relâcha doucement en urinant dans le vide. Elle avait l'impression d'uriner sur toute la paroisse et elle en retirait une certaine satisfaction.

Sur sa paillasse, Sarah, incommodée par le changement subit de température, remonta les couvertures sous son menton et entrouvrit les yeux; le vent devait avoir ouvert le carreau. Elle aperçut Évelyne juchée comme un moineau, dans sa position ridicule.

— Sainte Bénite! On aura tout vu. Ferme la fenêtre, on gèle.

* * *

À cinq heures du matin, Évelyne entendit des pas aller et venir en bas. Sa mère ne devait pas dormir.

Elle descendit à la cuisine.

— Qu'est-ce que vous faites debout à pareille heure, maman?

Sa question resta sans réponse. Évelyne observa sa mère. Celle-ci ne semblait pas dans un état normal. La femme s'étonnait de ne pas savoir dans quelle boîte se trouvait la nourriture, mais elle ne faisait rien pour la dénicher. Évelyne se dit que sa mère devait encore avoir pris des stupéfiants.

Laurentienne était malade depuis son dernier accouchement et personne ne faisait rien pour elle, même son mari médecin semblait ignorer sa maladie. Elle éprouvait des déchaînements au plus haut point d'exaltation suivis d'un abattement ou de dépression. Était-ce de la démence, ou les médicaments qu'elle prenait librement, sans aucun contrôle médical, en profitant des visites à domicile de Charles-Édouard pour faire provision d'euphorisants?

Huit heures. Le train réveilla le reste de la maisonnée. Sitôt sur pied, le père se mit à chercher la nourriture du déjeuner avec les filles et, tout en vidant les emballages, il causait:

— Je n'ai jamais si bien dormi! Ce doit être le silence de la campagne.

— Vous parlez d'un silence! reprit Sarah. Vous n'avez pas entendu le train passer?

Charles-Édouard sourit.

— Quelle différence avec la rue Décarie où le voisin rentrait chez lui au moment où nous nous levions? Là-bas, la ville bouge vingt-quatre heures sur vingt-quatre avec ses ambulances qui hurlent et ses taxis qui klaxonnent sans arrêt.

— Oui, mais c'était mieux que les gros chars, rétorqua Sarah.

Charles-Édouard se posta à la fenêtre.

— Quel lever de soleil merveilleux!

— Moi, je préfère les levers de soleil de Montréal, répliqua Sarah.

Charles-Édouard ignora sa riposte qui ressemblait à une provocation.

— Avez-vous trouvé les assiettes?

— Non!

— Vous auriez dû identifier les boîtes.

— Bien sûr qu'on aurait dû! répliqua sèchement Sarah.

Clarisse trouva finalement une caisse d'aliments dans le salon. Elle demanda l'aide d'Évelyne pour la transporter, mais celle-ci n'entendait rien. Elle lisait les vieilles coupures de journaux froissées ayant servi à protéger la vaisselle pendant le déménagement. Son père devait sans cesse la rappeler à l'ordre.

— Évelyne, à ce rythme, tu n'avanceras à rien.

Sarah lava quelques tasses, le reste attendrait. Le déjeuner pressait; la communauté était privée de médecin depuis un mois et des clients risquaient à tout moment de s'annoncer.

À l'heure où les cloches sonnaient la messe, la famille s'attablait devant une table mal mise.

Sarah s'indignait de l'état délabré de leur demeure et elle profita du repas pour s'en plaindre à son père.

— Dire qu'à Montréal, nous vivions dans une belle résidence.

— Pour la ville, reprit son père, ça pouvait aller. Le bureau était à l'extérieur et mes clients ne connaissaient pas mon lieu de résidence, mais ici, en milieu rural, les gens vivent plus près de leur médecin. Nous ne sommes pas venus ici pour les épater. Mes clients seraient choqués, et avec raison, de nous voir vivre comme de gros richards avec leur argent gagné de peine et de misère.

— Vous parlez comme si vos honoraires étaient des cadeaux de la part des clients. Vous avez étudié des années pour devenir médecin. Les études, ça se paie! Reste que notre maison est la plus laide de la place. J'ai hâte que les premières neiges la cachent. Elle est pire que celle des Jobé.

— Des qui?

— Des Jobé! Une vieille masure de la rue Sainte-Anne qui loge une famille de mendiants dont tout le monde connaît l'histoire. Ce sont eux et le fondeur de cuillères qui ont annoncé à toutes les portes notre arrivée dans la place.

— Tiens, tu connais déjà les gens d'ici? Où prends-tu tes renseignements?

— C'est madame notaire qui l'a dit à maman hier. Celle-là, elle a le don de m'agacer avec son flux de paroles.

— Vois, reprit son père, notre intérieur est plutôt agréable. De quoi te plains-tu?

— De quoi je me plains? De l'extérieur. J'ai tellement honte!

* * *

Novembre agonisait.

Le train de minuit passait, secouait le sol et sifflait effrontément, comme s'il le faisait exprès pour réveiller les chaumières.

Dans la vieille maison endormie des Beaudry, on marchait en bas. Charles-Édouard déposa une bûche dans le poêle et, peu après, l'escalier craqua. Ce soir-là, Laurentienne refusa d'ouvrir sa porte à son mari.

Dans la pièce voisine, les filles tendaient l'oreille.

Évelyne poussa Sarah du coude et chuchota:

— Écoute, Sarah. Le ton monte à côté. On dirait de la bisbille.

Les filles se levèrent sur la pointe des pieds et collèrent l'oreille au mur.

De l'autre côté, par sa porte entrouverte, Laurentienne s'en prenait violemment à Charles-Édouard.

— Une fois par mois devrait te suffire. Va te coucher!

— Bonyousse! Je ne suis pas un moine, moi. Je n'ai pas fait le vœu de chasteté.

— Baisse le ton. Les murs sont minces comme du carton et les filles vont t'entendre.

Charles-Édouard lui prit une main qu'elle dégagea aussitôt.

— Lâche-moi! À ton âge, apprends à te contrôler.

— Il n'y a pas d'âge pour cesser de s'aimer, et moi, je t'aime, Laurentienne.

Le docteur tentait d'enlacer tendrement sa femme, mais celle-ci, loin de répondre à ses caresses, le repoussait avec dédain.

— Sors ou je fais poser une serrure à ma porte.

— Si j'avais su!

— Si tu avais su quoi?

— Rien!

— Vas-y, dis-le, Charles-Édouard Beaudry. Tu aurais marié la belle Augustine Dion? C'est ça, hein?

Charles-Édouard quitta la pièce, sans répondre, le pas appesanti par sa frustration. Depuis leur mariage, Laurentienne cherchait à contrôler la libido de son mari en refusant de lui faire une petite place dans son lit. Il avait toujours supporté ce supplice sans s'en plaindre, mais aujourd'hui, il ne se contentait plus d'une fois par mois. Ces dernières années, il ne comptait plus les fois où Laurentienne avait repoussé ses avances et il en avait lourd sur le cœur.

Après avoir découvert cet aspect caché du mariage de leurs parents, les filles retournèrent à leur lit, l'âme à l'envers. Sarah s'enroula dans sa couverture en se promettant que jamais elle ne repousserait son mari.

— Je me demande bien qui est cette Augustine.

Près d'elle, Évelyne, angoissée, sanglotait, le nez dans son oreiller.

— Papa et maman ne s'aiment plus. J'ai peur que papa s'en aille. Il avait l'air fâché contre maman.

— Ne pleure pas, Évelyne. Viens, approche. Quoi qu'il arrive, moi je serai toujours là.

Évelyne s'endormit blottie contre Sarah.

Dans le lit voisin, Clarisse, témoin de la scène, faisait semblant de dormir.

* * *

Le lendemain, les filles descendirent l'escalier et s'installèrent à la table du déjeuner. Toute trace de la mésentente entre leurs parents semblait disparue. Cependant, à la suite de cette nuit agitée, Sarah regardait sa mère autrement.

— Qu'est-ce que tu as à me regarder comme ça ?

— Je vous regarde comment ?

— D'une drôle de façon.

— Je vous trouve belle.

— Tais-toi donc si tu n'as rien d'autre à dire !

La sonnette retentit dans le bureau du médecin.

Sarah courut ouvrir pour revenir aussitôt.

— Papa, c'est pour vous. Un client.

— Fais-le patienter. J'enfile ma blouse et j'arrive dans la minute.

L'homme était en pleurs.

Sarah, impressionnée, invita le client à passer au cabinet du médecin où son père était déjà entré par la porte qui communiquait avec la cuisine. Sitôt les hommes enfermés, Sarah, indiscrète, colla l'oreille à la porte.

Le cabinet, de taille modeste, sentait la cendre froide et les médicaments. Sur le mur de gauche se trouvaient des étagères, toutes de même taille, où étaient alignés des fioles, des flacons à bouchons de liège et d'autres plus ouvragés de matières variables.

Charles-Édouard, assis devant une table de travail minutieusement rangée, se leva et serra la main de son client.

— Monsieur ?

— Gougeon ! Ernest Gougeon !

Le médecin planta son regard connaisseur dans celui du visiteur. La compassion allumait son œil noir qui cherchait à deviner le mal qui se cachait dans l'homme qui essuyait ses yeux.

L'impression qu'en recevait son client était saisissante, intimidante, et ce, même si la voix chaude du docteur se faisait accueillante.

Gougeon avait l'air malin avec ses yeux extrêmement petits derrière ses lunettes de métal. Il reniflait, tripotait son chapeau et, d'un air sournois, il fixait le médecin comme s'il cherchait une faille en lui. Gougeon s'attendait à voir dans ce docteur nouvellement installé un petit nouveau qui n'en serait qu'à ses débuts et qu'il pourrait manipuler à son gré.

— Je viens pour ma femme, dit l'homme. Une perte de trois mois. Quelle malchance! Elle arrête pas de saigner. Auriez-vous une pilule pour arrêter les saignements?

Charles-Édouard connaissait la gravité d'une hémorragie. La femme risquait de se vider de son sang.

Il se leva.

— Je dois voir votre femme immédiatement.

— Ce sera pas nécessaire de vous déplacer. Un médicament fera l'affaire.

Cachée derrière la porte, Sarah entendit un client entrer. Elle quitta son poste avant d'être surprise à écornifler.

L'homme tenait sa main droite ensanglantée. Il parlait lentement, d'une belle voix.

— C'est une morsure de chien.

— Il vous faudra attendre un peu. Mon père est occupé avec un client.

Charles-Édouard enfila son paletot, prit sa trousse et, en passant dans la petite salle d'attente, il somma le client de patienter.

— Viens vite, Sarah. Tu vas m'accompagner chez les Gougeon au cas où j'aurais besoin de toi, là-bas. Moi, je cours atteler.

Sarah étira le cou dans la porte du salon.

— Maman, je pars avec papa.

— Avant de partir, poudre ton visage pour ne pas ressembler à ces filles de colons à la chair tannée comme du vieux cuir.

— C'est fait, maman.

Sarah se poudrait outrageusement, mais rien n'arrivait à enlaidir son visage frais de seize ans.

Elle courut chercher son manteau et suivit son père à la petite écurie.

— Pouah! Ça pue, ici.

Charles-Édouard avait attelé sa pouliche à une voiture sur patins à deux passagers. En longeant la maison, il remarqua une tache jaune sur la neige. Il la pointa du doigt.

— Qu'est-ce que c'est que cette tache sur la neige? On dirait de l'urine.

Sarah tenta de couvrir Évelyne.

— Ce doit être un chien! répondit-elle de la manière la plus banale.

— Un chien aurait laissé des pistes sur la neige.

— D'abord, ce doit être un lièvre.

Charles-Édouard leva les yeux vers la fenêtre et ajouta, comme pour lui seul :

— C'est un peu fort, mais c'est quand même possible.

Sarah détourna la tête en mangeant ses lèvres pour ne pas éclater de rire devant la drôlerie de la situation. Son père avait-il deviné? Si oui, il s'ensuivrait une série de reproches; quoique pour sa petite Évelyne, il avait le pardon facile.

L'élégante pouliche n'attendait pas qu'on la commande. Sitôt les occupants installés, la tête dressée,

Gaillarde s'élança sur ses pattes grêles et tendues et prit le trot. Elle dépassait allègrement tous les attelages, même les plus éloignés. C'était comme un orgueil, chez cette bête fringante, de gagner une longueur d'avance sur ses semblables.

Charles-Édouard remonta la couverture qui glissait de ses genoux.

– Suis la voiture de Gougeon. Il dit demeurer complètement au bout du Grand Rang.

– Vous savez comme Gaillarde n'est pas tenable. Elle va dépasser au risque de sauter dans le fossé.

– Tiens bien tes cordeaux. Un bon charretier doit rester maître de son attelage.

– Je ne suis pas un charretier !

Comme prévu, la bête s'élança à toutes jambes jusqu'à devenir incontrôlable. Sarah, apeurée, jeta les rênes sur son père et s'accrocha solidement des mains à la banquette.

Charles-Édouard sourit et modéra Gaillarde, sachant qu'un cheval n'avait qu'un maître.

– Tu vois, Sarah. Le fait de m'accompagner te permettra de connaître tous les rangs, même les plus retirés.

– Je n'y vois aucun intérêt.

Sarah avait beau être amère, son père jouait celui qui n'entendait rien.

L'attelage de Gougeon quitta le chemin pour s'engager dans la cour de sa ferme et filer jusque sous la remise.

Charles-Édouard, prêt à descendre, repoussa la couverture rouge et saisit sa trousse de soins.

– Sarah, attache Gaillarde au piquet et suis-moi.

– Non. Je préfère vous attendre dans la voiture.

– Viens vite !

Sarah émit un grondement qui ne passa pas inaperçu de son père.

– Qu'est-ce que tu grognes ?

– Rien, dit-elle, amère, en se levant de la banquette.

Le médecin entra dans la maison des Gougeon en coup de vent. Il entrait toujours dans les maisons sans frapper. C'était une question d'urgence.

Dans la cuisine, six enfants étaient attablés. L'aînée laissa le déjeuner en plan et conduisit le médecin à la chambre. Charles-Édouard, sa trousse à la main, marchait à petits pas rapides. Il ferma la porte derrière lui.

Sarah s'assit dans une berçante en bois d'érable, et dans l'attente, elle observait l'aînée, une fillette d'environ douze ans un peu timide, qui, plantée devant le poêle, tournait d'une petite main habile les galettes de sarrasin. La sueur coulait sur son front. Les filles de la campagne ne reculaient pas devant la besogne.

* * *

De l'autre côté de la cloison, une femme était allongée sur un drap taché de sang. Elle pleurait et ses larmes glissaient de son œil à l'oreiller.

– J'vais perdre mon bébé, docteur ?

– Je ne peux pas me prononcer avant de vous examiner. Détendez-vous.

Le docteur allait procéder à un bref examen quand il aperçut une fourchette à l'entrée du vagin. Charles-Édouard leva la tête. Un violent dépit crispait son visage.

— Qui a fait la perforation?

— Personne!

Le médecin devinait qui avait fait le coup.

— C'est votre mari?

— …

— Vous pouvez parler. Je suis tenu au secret professionnel.

— …

— Cette fourchette est plutôt suspecte, vous ne trouvez pas?

La dame cessa net de chialer pour se porter à la défense de son Ernest. Son regard triste devint méfiant.

— Elle doit être tombée de la table à la chaise et j'dois m'être assise dessus sans la remarquer.

Madame Gougeon avait une réponse d'enfant pris en défaut. Mais le médecin savait. Avec lui, ce n'était pas la peine de mentir. Depuis que les femmes travaillaient à la manufacture de tabac du village, elles apprenaient des trucs pas très chrétiens qu'elles se transmettaient ensuite en secret. Dans le cas présent, son Ernest, sans doute dans un état de nervosité inhabituel causé par l'hémorragie, devait avoir oublié l'instrument de son crime.

— Le fœtus est encore là, mais ne comptez pas le réchapper. Le mal est fait.

— J'le voulais, moé, cet enfant, je vous l'jure. Mais à quoi sert de m'lamenter, vous m'croyez pas!

— Si votre mari recommence, il faudra que je le dénonce et j'aime mieux ne pas en venir là. Vous savez comment s'appelle ce que vous faites? Un avortement, et c'est un crime punissable par la loi. Par la même occasion, vous risquez votre vie. Maintenant, vous aurez de la chance si votre matrice n'est pas perforée.

La femme affaiblie par l'hémorragie se remit à pleurer devant la remontrance sévère du médecin.

– Vous êtes dur avec vos malades. Le docteur Chénier était plus humain.

Charles-Édouard restait impassible. Pour lui, les larmes n'étaient rien en regard d'une vie.

– Docteur, pensez-vous que j'vais m'en tirer?

– Un avortement n'est pas un accouchement normal. Comme le placenta n'est pas « mûr », il adhère à l'utérus par des villosités qui s'arrachent et qui saignent. C'est grave. Il faut procéder à un curetage.

Charles-Édouard pratiquait la médecine à l'ancienne mode. Il retira doucement l'instrument du crime. La femme grimaçait et laissait entendre des gémissements.

– J'ai mal au ventre.

Le médecin gardait le silence. Il s'assit près du lit. Tout en attendant la suite de l'avortement, il surveillait l'hémorragie.

Après deux heures de douleurs insupportables, le fœtus s'échappa du corps de la mère.

Charles-Édouard entrebâilla la porte et tendit le fœtus à Sarah.

– Tiens, baptise-le sous condition.

À son arrivée, Sarah avait remarqué une serviette à main sur la barre chromée du poêle. Elle s'en servit pour envelopper le petit être qu'elle ondoya sous l'eau du robinet.

Sa tâche terminée, elle déposa le fœtus sur la huche à pain.

Dans la chambre, Charles-Édouard inséra une raclette dans l'utérus de la femme et procéda au curetage. Il en retira des lambeaux ensanglantés. Il sortit ensuite de sa trousse une longue bande de coton hydrophile et en remplit l'utérus de sa cliente pour stopper l'hémorragie.

— Maintenant, vous allez rester alitée.

— Combien de temps?

— Vous reprendrez votre besogne quand je vous le dirai. Une interruption de grossesse est anormale, on ne peut donc prévoir les dégâts. Voyez à ce que votre mari n'enlève pas la mèche; vous risqueriez une autre hémorragie qui mettrait de nouveau votre vie en danger. Vous me comprenez bien? Si jamais quelque chose d'anormal se produisait, n'hésitez pas à m'envoyer chercher.

— C'est Ernest qui décide de tout icitte. Moé, j'fais juste obéir.

— Vous lui répéterez ce que je viens de vous dire.

Le médecin replaça les instruments dans sa trousse et la referma en murmurant:

— Je repasserai demain.

Charles-Édouard traversa à la cuisine savonner ses mains. Sur le fait, Gougeon rentra de l'écurie et prit l'autre berçante placée en angle de la fenêtre.

Le médecin prit le fœtus, un petit être à la tête et aux membres disproportionnés qui mesurait environ quatre pouces, et le lui présenta.

– Voici l'enfant dont vous vous êtes débarrassés. Il faudra déposer le petit corps dans une boîte et aller le porter au presbytère.

Gougeon ne lui jeta même pas un regard.

Charles-Édouard déposa de nouveau le fœtus sur la huche à pain. Il griffonna un papier indiquant le prix de la consultation et le remit à Gougeon en main propre, mais celui-ci refusa de payer la note.

– Attendez-vous pas à c'que je paie pour cette boucherie, dit-il d'une voix dédaigneuse. C'est vous qui avez fait passer le p'tit, y était encore dans le ventre de ma femme quand chus allé vous chercher. Vous allez en entendre parler, croyez-moé !

– C'est une accusation absurde qui tient de la pure invention ! La fourchette était déjà à l'intérieur à mon arrivée.

Charles-Édouard était sidéré. Il aurait dû s'y attendre. Ce goujat devait être capable de tout. Comme de tels hommes existaient, il restait à les éviter, mais comme médecin, il ne pouvait refuser de soigner. Il préféra oublier la scène et subir la perte. Il quitta les lieux désemparé. Son devoir était de sauver des vies et que ce soit un fœtus ou un enfant, chaque mort le tuait à petit feu.

Il décida de ne pas poster la facture à Gougeon. Il fallait empêcher la rumeur de faire le tour du village, sinon il risquait de perdre la confiance de ses futurs clients. Il n'en parla plus.

II

L'angélus sonnait midi au clocher et l'écho de sa pieuse sonnerie résonnait dans tout Saint-Jacques.

Chez les Beaudry, le poêle surchauffait la cuisine. Clarisse se pressait de dresser les couverts. Son père exigeait que les repas soient servis à heures fixes. La jeune fille releva un coin de son tablier et épongea la sueur sur son front, puis elle déposa sur le bout de la table un grand plat contenant des côtelettes de porc braisées garnies de légumes verts. Elle commença à servir, son père en premier, ensuite sa mère, puis les autres.

Charles-Édouard mâchouillait à la façon béate d'un ruminant.

— Ta viande est trop cuite, Clarisse. Elle est un peu dure.

— J'ai pourtant suivi les instructions à la lettre.

— Tu devrais mieux contrôler ton feu.

— Moi, je la trouve à point, protesta sèchement Sarah.

Cette manie de son père de tout critiquer énervait Sarah. Il reprenait Clarisse sur tout : un grain de sel, une goutte de bouillon, un soupçon d'épice, un degré de cuisson trop bas ou trop haut. Son père, si bon, ne semblait pas s'apercevoir qu'il était exigeant avec l'aînée de ses filles et indulgent envers ses autres enfants, et la pauvre Clarisse supportait toujours avec résignation ce qu'elle croyait être son devoir. Elle se dévouait corps et âme pour gagner l'affection de son père.

Au dessert, Charles-Édouard se mit à frotter ses mains de satisfaction. C'était une manie chez lui, chaque fois qu'il se réjouissait.

— Sarah et Évelyne, vous allez partir pour les vieux pays.

Le bruit des cuillères cessa net.

Les filles crurent avoir mal compris. Leurs parents, qui passaient tous leurs faits et gestes à la loupe, ne pouvaient les laisser ainsi à elles-mêmes.

— Qu'est-ce que vous dites? demanda Évelyne pour s'assurer d'avoir bien saisi.

— Vous irez étudier en France, plus précisément à Paris. Je vous ai inscrites pour un cours de trois ans au Conservatoire national supérieur de musique.

Évelyne déposa aussitôt sa tasse pour ne pas l'échapper. Ses grands yeux étonnés interrogeaient son père. Sarah, elle, croyait à une farce, même si ce n'était pas la nature de son père de blaguer.

— Au conservatoire? Nous? Et maman est d'accord?

Laurentienne appuyait Charles-Édouard dans ce projet. Elle était prête à tout pour éloigner ses filles des garçons de la paroisse, au risque que celles-ci s'éprennent d'un Français, ce qui, selon elle, serait préférable à un colon. Le dimanche précédent, elle avait entendu un adolescent effronté siffler Sarah sur le perron de l'église. Celle-ci n'en avait fait aucun cas bien sûr, mais ce n'était qu'un début; ses filles seraient bientôt le point de mire des garçons. Déjà ceux-ci se retournaient sur leur passage. Un exil de trois ans ne pourrait qu'être bénéfique aux filles. Il leur permettrait de mûrir un peu.

— Oui, bien sûr! N'avez-vous pas le goût des surprises et des découvertes? Là-bas, on va perfectionner votre piano, votre violon et retravailler vos voix. Au retour, vous pourrez enseigner la musique et le chant.

Sarah possédait une voix claire et haute qui se mariait bien avec celle d'Évelyne, forte et grave.

— Un voyage en mer! s'exclama Évelyne, satisfaite de quitter sa paroisse ennuyante.

— Et là-bas, où logerons-nous? s'informa Sarah, la plus pratique des deux filles.

— Chez un confrère d'université, le docteur Michel Pillet, un bon catholique. À la fin de ses études, Pillet a marié une Canadienne, Laurence Fontaine. À l'époque, Laurence était une amie de votre mère. J'ai contacté Michel et il a accepté de vous prendre en pension à la condition que vous vous contentiez d'une petite chambre au-dessus de la buanderie.

— Et quand partirons-nous?

— Vous prendrez le bateau dans quinze jours. Vous dormirez dans une cabine pour deux personnes. À votre arrivée là-bas, les Pillet vous attendront au port du Havre.

— Mais je n'ai rien à me mettre sur le dos pour aller à Paris.

— Cette semaine, vous irez chez Dupuis Frères acheter des tenues de mise. Votre grand-mère vous accompagnera et vous conseillera dans vos choix.

— Vous auriez dû nous en parler avant; nous aurions eu le temps d'en rêver.

— Votre mère et moi en avons gardé le secret pour ne pas attiser l'envie des villageois. Ce n'est pas donné à tout le monde, la chance d'étudier à l'étranger. Aussi, je vous demanderais une grande discrétion à ce sujet.

Les filles ne voyaient pas à qui elles pourraient en parler ; elles ne fréquentaient personne.

— Clarisse ne viendra pas avec nous ?

— Clarisse restera ici, s'empressa de répondre Charles-Édouard. Ça prend quelqu'un pour s'occuper de votre mère et de la tenue de la maison.

Clarisse, aussi soumise que belle, ne disait rien. Elle n'avait aucune formation en musique, même ses études étaient en souffrance. Elle avait dû abandonner ses classes à treize ans pour seconder sa mère au foyer.

D'une certaine manière, le départ de ses sœurs l'arrangeait. Elle aurait la chambre des filles à elle seule, davantage d'attention de son père et surtout le plaisir de sortir faire les courses, elle qui était toujours confinée à la maison.

Sarah et Évelyne coururent à leur chambre pour causer plus à l'aise de leur voyage outre-mer. Évelyne, excitée par ce projet, s'assit vivement sur son lit.

— Moi, je tiens à choisir mes vêtements moi-même, dit Sarah. Je veux une robe marine à col matelot blanc pour la traversée, si grand-mère est d'accord naturellement.

— Et moi, renchérit Évelyne, je veux porter des mini-jupes. Avec maman, c'est impensable, mais grand-mère n'est pas aussi sévère. Celle-là, je l'ai dans ma poche. Là-bas, si les Pillet ne sont pas trop regardants sur le compte des sorties, nous aurons peut-être le droit de rencontrer des garçons.

– Des Français?

– Pourquoi pas? Les Pillet doivent avoir des garçons ou des filles de notre âge.

Ce soir-là comme les suivants, les filles rêvaient tout haut de leur grande aventure.

* * *

Quel plaisir ressentait Céleste à accompagner ses petites-filles dans les grands magasins! Malheureusement, sitôt montée dans le train, la vieille dame reçut un crachat sur son soulier. Les filles voyaient leur grand-mère entrer dans une colère noire pour la première fois et elles en restèrent abasourdies. La vieille essuya son soulier sur la jambe de pantalon de l'effronté.

– J'aurais jamais cru qu'un type puisse être aussi salaud. Vous n'êtes qu'un cochon!

La grand-mère se tourna ensuite vers les filles et leur adressa son plus beau sourire. Elle ne tenait pas à gâcher leur sortie.

Au rayon des vêtements, Céleste regardait ses petites filles entrer dans les cabines d'essayage les bras chargés de jupes, de chandails, de chemisiers et de jaquettes.

– Je tiens à voir tout ce que vous essayez.

Elle faisait ensuite le tri comme elle l'aurait fait dans le temps pour Rose, la sœur de sa mère.

– Je veux ce combiné, la supplia Évelyne. Je peux grand-mère? S'il vous plaît! Dites oui.

C'était une minijupe grise à plis pressés et un chandail rouge qui retombait mollement sur les hanches.

— Cette mode est un peu légère, mais c'est la façon de porter un vêtement qui fait que la personne a l'air distingué. C'est le temps d'en profiter pendant que vous êtes jeune. Moi, je suis trop vieille.

* * *

Avant leur départ pour Paris, Charles-Édouard embrassa affectueusement ses filles comme si c'était la dernière fois et, à son tour, leur mère leur expédia un bec sur la joue.

— Montrez-moi ce que vous avez dans vos valises.

Sarah se raidit. Elle avait attendu à la toute dernière minute pour enfouir les minijupes dans ses bagages afin de les dissimuler aux yeux de sa mère. Maintenant, celle-ci allait sûrement les confisquer.

— Ah, non! Vous avez tout vu, maman! Nos vêtements sont placés de façon à ne pas trop se froisser.

— Ça va! Soyez prudentes. Surtout, ne parlez à personne et si on vous regarde, baissez les yeux.

Puis vint le tour d'Honoré et de Clarisse d'embrasser leurs sœurs.

Charles-Édouard se réjouissait. Ses filles réalisaient un rêve qui lui était cher, perfectionner leur violon et leur voix et ensuite rentrer au pays avec un certificat en musique. Il avait pourtant l'impression d'échapper ses cadettes, ses trésors. Il aimait bien Honoré et Clarisse, mais il surprotégeait particulièrement Sarah et Évelyne, ses petites dernières, ses préférées, Évelyne surtout, celle à qui il pardonnait tout, même ce qui était inexcusable.

— Regardez! s'écria Évelyne.

Un paquebot accostait. On eût dit un immense hôtel blanc. Une bande de mouettes affamées planait au-dessus de l'édifice flottant.

Non loin, sur le quai, des hommes s'affairaient autour des hangars. Des débardeurs, préposés à la manutention des colis, poussaient des cageots de légumes et pestaient contre les fientes des oiseaux marins. Il y en avait partout, sur les piles de sacs, sur les barils de potasse et même sur la rambarde.

Charles-Édouard conduisit les deux adolescentes jusqu'à la passerelle du paquebot et déposa les malles noires à leurs pieds. Il ne cessait de répéter : « Bon voyage ! » et chaque fois, il ajoutait : « N'oubliez pas d'écrire. »

— Entendu, papa.

— Vous saluerez les Pillet de ma part.

— Promis, papa !

Charles-Édouard, la main en visière au-dessus de ses lunettes, regardait s'éloigner ses filles qui s'en allaient, rieuses, cheveux et jupes au vent, en trottinant sur la passerelle d'embarquement, comme si elles étaient contentes de le quitter, quand lui retenait avec peine ses émotions. Il les trouvait plus belles que jamais. Était-ce une sottise de les exiler sur un autre continent ? Trois ans, ce serait long ! Deux mots lui revenaient sans cesse à l'esprit : « mes bébés ». Il les revoyait au berceau, ensuite à grimper sur ses genoux, à se rouler dans la neige, à jouer à la poupée sur le perron de leur résidence, et plus tard, en train de réciter leurs leçons. « À leur retour, seront-elles encore les petites filles à papa ? » Il en doutait fort ; déjà elles lui échappaient. La gorge serrée, Charles-Édouard tourna le visage du côté du quai où les débardeurs poussaient des ballots de marchandises. Il n'allait pas pleurnicher. Il fallait rester digne et cacher aux autres ses yeux humides. Il se moucha fort et reprit son allant.

Depuis un moment, les machines ronflaient et le paquebot tremblait de toute sa carcasse. Des chaînes grincèrent et la sirène poussa un cri rauque qui se répercuta sur le fleuve. On levait l'ancre. Le paquebot glissa lentement le long du quai, comme à regret de s'en aller. On ne sentait plus rien, pas une secousse, pas une oscillation.

* * *

Accoudées au bastingage, Sarah et Évelyne restaient là, côte à côte, les valises et les violons à leurs pieds, à saluer leurs parents.

Le grand vapeur blanc s'éloignait doucement en traçant une longue courbe pour venir passer de nouveau devant le quai avant de prendre sa vitesse de croisière sur le fleuve Saint-Laurent. Sur le pont, Sarah et Évelyne, comme de minuscules poupées, agitaient les bras dans les airs.

Un garçon de service, un steward, vint à leur rencontre. Il portait un veston noir court, à revers de soie garni de boutons dorés, un pantalon à galon de soie sur le côté et un casque copié sur celui du capitaine. Il souleva les valises et les violons.

— Si vous voulez bien me suivre. Je vais vous conduire à votre cabine où vous pourrez vous installer à votre aise.

Tout en marchant, le steward expliqua :

— Les cabines des garçons sont à l'avant, celles des femmes à l'arrière et, tout au fond, des familles sont regroupées. Les cabines de troisième classe sont réservées aux passagers majoritairement plus jeunes et plus vivants.

Les filles suivirent le garçon de service dans un large escalier qui menait à un passage où s'alignaient les cabines.

Les portes des petites chambres sans hublot étaient ouvertes sur le couloir ; leurs occupants devaient chercher un peu d'air. Les filles regardaient avec curiosité à l'intérieur. Peut-être trouveraient-elles des jeunes de leur âge qui, comme elles, allaient suivre des cours de musique au Conservatoire de Paris ? Dans la première cabine, elles aperçurent des joueurs de cartes, dans la suivante, une cabine enfumée, des hommes buvant de la bière et fumant cigarette sur cigarette, dans une autre, une famille et des matelas déposés par terre, sans doute pour permettre aux plus petits de passer la nuit près de leurs parents qui occuperaient les lits.

Le steward s'arrêta au trente-neuf et ouvrit.

— Les cabines sont confortables, assura-t-il.

Évelyne y jeta un regard rapide. La pièce devait mesurer deux mètres sur trois. C'était une cabine avec deux lits superposés, recouverts de superbes édredons brodés sur lesquels paressaient de gros coussins pêche à cordonnets dorés. Un lavabo sur colonne était chargé de serviettes blanches. Des fleurs roses, fraîchement coupées, agrémentaient une petite table de chevet.

Le steward déposa leurs effets.

— Les chambres de bain collectives sont à proximité des coursives. On annoncera le dîner au son du clairon.

Il sera servi entre dix-huit et dix-neuf heures trente. Les convives doivent se présenter à la salle à manger en tenue modeste. Prenez le repos qui vous convient, mesdemoiselles, et bon séjour parmi nous.

Sarah verrouilla la porte. Évelyne, assise à l'indienne sur le lit du bas, attendait que Sarah vide les malles.

— Tu ferais mieux de ne pas verrouiller, dit Évelyne. Si jamais il nous arrivait quelque chose de mauvais, comme ce fut le cas sur le Titanic, personne ne pourrait nous secourir.

Sarah fit la sourde ; sa sœur avait peur de tout, même une mouche l'effrayait. Elle appuya les violons dans le coin de la pièce et vida les valises sur l'édredon. Les filles devaient s'installer, mais les bruits environnants les attiraient et l'agitation les entraînait. Elles laissèrent leurs effets pêle-mêle sur le lit et montèrent sur le pont.

Le clairon sonnait le dîner.

La salle à manger destinée aux voyageurs de troisième classe contenait deux cent quarante convives. Une hôtesse désigna aux demoiselles Beaudry une table qu'elles devraient partager avec deux autres jeunes filles à peine plus âgées qu'elles, Anne et Rose Santerre, deux sœurs qui, après avoir visité l'Ouest canadien, rentraient chez elles à Bordeaux. Après les présentations d'usage, l'hôtesse leur souhaita bon appétit et se dirigea vers une autre table. Les filles échangèrent leur numéro de cabine. Les Santerre logeaient au trente-six, à trois portes des Beaudry.

La salle à manger était comble de gens de tout âge.

Le repas était raffiné et copieux. Sept plats différents étaient servis chauds. C'était à se demander ce que le menu de première classe comprenait.

Tous les yeux étaient rivés sur Sarah et Évelyne, blanches comme des grands Pierrots rêveurs au visage enfariné.

– Qu'est-ce que les gens ont à nous dévisager ainsi ? s'étonna Sarah.

Rose, leur compagne de table qui parlait beaucoup, lui avoua :

– C'est ce talc dont vous poudrez exagérément votre visage.

Sarah ne dit mot, mais elle regarda Évelyne et, pour la première fois, elle constata à quel point elle et sa sœur étaient différentes des autres convives. Elle se leva, s'excusa auprès de ses compagnes de table et fit signe à Évelyne de la suivre.

À la table, Anne semonça Rose :

– Tu les as froissées. Elles n'oseront plus revenir.

– Je suis désolée, mais je n'ai dit que la vérité.

Cinq minutes plus tard, Sarah et Évelyne, après une rapide visite à leur cabine, réapparaissaient à la salle à manger, la peau rosée, toute trace de talc disparue.

Vers la fin du repas, un steward s'adressa aux convives :

– À partir de vingt heures, la soirée sera consacrée à la danse et au chant. Quelques amateurs parmi vous savent-ils chanter ou possèdent-ils un accordéon ou encore un harmonica ?

Anne leva un bras et désigna Sarah et Évelyne.

– Mes compagnes jouent du piano et du violon.

La soirée promettait. Sarah et Évelyne jubilaient.

À vingt heures, deux accordéonistes entamèrent un bastringue sautillant. Sarah et Évelyne, qui ne savaient jouer que des airs classiques, laissèrent leurs violons dans les étuis, de peur de ruiner l'atmosphère enjouée, et marièrent leurs belles voix à celles du groupe.

Anne proposa au steward de faire chanter Sarah et Évelyne en duo. À la fin, des applaudissements retentissaient et couvraient les voix. Un jeune homme joufflu s'approcha des filles, s'inclina devant Évelyne et l'invita à danser un charleston, une danse américaine.

— Je suis désolée. Je ne connais pas cette danse, mais laissez-moi observer les autres et ensuite je tenterai de les imiter. J'espère seulement ne pas vous faire trop honte.

— Vous permettez que je m'assoie près de vous?

— Désolée, la place est déjà prise.

— Eh bien, dans ce cas, je reviendrai vous chercher tantôt pour le charleston que vous m'avez promis.

Sarah se pencha vers sa sœur et murmura:

— Tu ne vas tout de même pas accepter? Tu ne sais même pas danser, surtout un charleston. As-tu vu comme cette danse est rapide? De quoi tu vas avoir l'air?

— Je la connais assez pour ne pas te faire honte. Tu ne te souviens pas? Nous dansions ça dans le dos des sœurs, au couvent. Et puis, pourquoi je refuserais? Ce garçon ne me plaît pas, je me fous éperdument d'être laissée-pour-compte. Mais je ne vois pas pourquoi je bouderais mon plaisir.

— Tu as sans doute raison.

Après avoir bien observé les danseurs, Évelyne s'exécuta. Elle dansait en agitant les jambes de chaque côté et en serrant les genoux. Évelyne avait le rythme dans la peau. Elle se laissait emporter dans un tourbillon de joie, de gloire, de mondanité. Dans son coin, Sarah pensait : « Si maman la voyait, elle ferait une syncope. »

À vingt-deux heures, les stewards invitèrent les voyageurs à regagner leurs cabines et à vingt-trois heures, les lumières furent mises en veilleuse.

Après l'excitation du départ, tout le va-et-vient inhabituel et le divertissement de la soirée, Évelyne se retrouvait à plat. Elle venait à peine de quitter le Canada et déjà elle éprouvait la nostalgie du foyer, ce bon petit nid qu'elle n'avait jamais quitté auparavant. Des larmes montèrent involontairement à ses yeux et des sanglots étranglèrent sa gorge.

— Voyons, Évelyne, qu'est-ce qui te prend ? s'étonna Sarah. Nous sommes bien, la mer est belle, la nourriture est succulente, que veux-tu de plus ? Tantôt encore, tu t'amusais comme une folle.

Sarah tentait de consoler sa sœur en entourant ses épaules de son bras, en lui parlant doucement, mais les bons mots ne venaient pas.

— De toute façon, c'est trop tard pour regretter. Le bateau ne fera pas demi-tour pour toi. Et puis, autant t'y faire tout de suite, nous en avons pour trois ans là-bas.

Les pleurs d'Évelyne redoublèrent. Sarah se dit que sa sœur était inconsolable.

— Je ne pourrai jamais tenir trois ans.

— Je ne comprends pas que tu puisses t'ennuyer de Saint-Jacques. Tu as toujours détesté ce coin ! Ici, nous avons déjà des amies.

— C'est de papa que je m'ennuie, de mon lit, de Clarisse.

– Ce soir, nous sommes mal installées, nos choses sont à la traîne, mais demain tout s'arrangera. À Paris, en compagnie des Pillet, nous pourrons visiter des cathédrales, des musées, la tour Eiffel et, une fois habituées, nous nous déplacerons dans Paris seules. Nous pourrons sortir avec des copines.

Sarah parlait seule ; Évelyne s'était endormie, la tête sur son épaule. La danse l'avait épuisée.

* * *

Le lendemain, Évelyne s'émerveillait du spectacle qui s'offrait à elle sur le pont.

– Regarde, Sarah ! On voit la mer valser. Et là-bas, de grands oiseaux blancs flottent sur la crête des vagues, on dirait des fleurs.

– Ce sont des mouettes. Elles suivent les navires.

Un steward s'approcha d'elles.

– Bonjour, mesdemoiselles. Accepteriez-vous d'interpréter deux chansons de votre répertoire ce soir au dîner du capitaine ?

Sarah, ravie, répondit avec empressement :

– Nous nous en ferons un plaisir, monsieur.

– Je vous conseille de porter vos plus belles toilettes, et de grâce, n'exagérez pas votre maquillage. J'espère que vous serez à l'aise devant les gens de la haute société.

– Ne craignez rien, nous avons l'habitude de nous produire devant un public de la haute société.

Sitôt revenue à sa table, Sarah mit ses compagnes de table au courant de cette invitation emballante. La main devant la bouche, elle avoua :

– Je lui ai fait croire que nous avons l'habitude de côtoyer des aristocrates !

À l'heure du dessert, comme promis, le garçon de table vint chercher Sarah et Évelyne et les conduisit au dîner du capitaine. Elles en avaient plein la vue : des gens en smoking, des vestons à rayures, des robes en crêpe, d'autres en taffetas aux manches bouffantes, des châles, des capes, des bijoux et, au milieu de toutes ces grandes toilettes, la vaisselle et l'argenterie qui jetaient des reflets scintillants.

On présenta Sarah et Évelyne comme étant deux filles de médecin qui allaient parfaire leurs études à Paris.

Les filles entamèrent en duo l'Ave Maria, de Schubert. En entendant les belles voix, les convives se turent net. À la fin, on les applaudit, on les rappela et cette fois elles chantèrent J'ai deux amours, de Joséphine Baker. À la fin, le commandant les gratifia d'un sourire. Il renversa son casque et le remit au valet qui le fit circuler de main en main, geste inattendu de la part d'un capitaine. L'argent tombait comme une pluie de grêlons dans la casquette blanche. La reconnaissance se lisait dans les yeux des filles. À Paris, elles pourraient se permettre des petites fantaisies. Elles remercièrent et retournèrent à leur cabine, pressées de compter les pourboires. Évelyne frottait ses mains de satisfaction.

– Une fois rendue à Paris, je vais me faire couper les cheveux en balai avec une frange sur le front et je vais aussi m'acheter des bandeaux et une longue chaîne pour porter au cou. Ce sera joli avec ma minijupe.

Au coucher, Évelyne sortait de la salle de bain quand elle se sentit poursuivie par un homme à l'apparence louche. Elle n'allait pas crier à l'aide, cet homme ne pouvait être qu'un passager. Elle pressa le pas, mais l'intrus la bouscula et se faufila dans sa cabine avant qu'elle eût le temps d'y entrer elle-même ou d'articuler une seule syllabe.

Sarah l'affronta en se plaçant bien en face de lui. Elle n'avait pas peur de ce maigrichon qui osait violer leur intimité.

— Vous, le petit homme, sortez ou j'appelle.

— De grâce, ne faites pas ça, mademoiselle.

Sarah s'avançait et bravait l'importun qui reculait contre le mur. Le garçon ne résistait pas. Ça se voyait qu'il n'était pas violent.

— Sortez ou j'appelle, répéta-t-elle.

Le garçon, les yeux écarquillés, refusait de sortir.

— Écoutez, mademoiselle. Mon nom est Max. Je ne vous veux aucun mal, murmura l'inconnu d'une voix caverneuse, mais j'ai faim, tellement faim. Je n'ai rien mangé depuis le départ du bateau. Je suis un acteur, un homme de grand talent et je n'ai pas de rôle en Amérique où on me prend pour un cabotin, je veux tenter ma chance en Europe. Je suis donc monté sur le navire sans autorisation. Maintenant, si vous me dénoncez, on me conduira en prison.

Il se tut, épuisé, et s'assit sur le pied du lit.

Un clandestin, il y avait un voyageur clandestin dans leur cabine! Ses vêtements étaient défraîchis. Il portait un chapeau avec une petite plume plantée dans le ruban et une chemise grise à carreaux en lambeaux. Ses cheveux longs pendaient sur son visage amaigri par la faim. Tout son aspect révélait le découragement et la misère. Malgré sa mauvaise apparence, une lueur d'intelligence perçait dans son regard.

Sarah était émue de voir un homme aussi misérable.

— Qu'est-ce que vous attendez de nous? La cabine est trop petite pour trois personnes. Il est hors de question que vous dormiez ici.

— Non, je dors dans la soute du paquebot. Je vous ai entendues chanter au dîner du capitaine; j'étais caché derrière le rideau de scène près du grand escalier. Vous irez loin avec de pareilles voix. J'ai vu qu'on vous a remis de l'argent. Je me suis dit que vous pourriez me payer un peu de nourriture, juste un peu pour m'éviter de mourir de faim. Un jour, si j'obtiens des rôles, je vous rembourserai.

— Pourquoi ne pas simplement la… prendre, dit Sarah, incapable de suggérer à l'homme de voler. Si vous avez pu déjouer leur vigilance et monter sur le navire, vous saurez trouver un moyen de subvenir à vos besoins.

— Croyez bien que j'ai essayé, mais c'est à croire que leur nourriture vaut plus que l'or. Il y a toujours des stewards dans les parages. C'est pourquoi j'en appelle à votre charité.

— Comment faire? Nous n'avons rien ici.

— En offrant un pourboire au steward, il trouvera tout ce que vous lui demanderez.

— Ce qui veut dire que nous serons complices?

– Malheureusement! Mais je ne vois pas d'autres solutions. Je vous en prie, aidez-moi.

Sarah, profondément imprégnée de principes, mettait du temps à mesurer le risque dans lequel elle s'embarquait. Puis elle se dit qu'on ne laisse pas mourir les gens de faim sous son nez.

– Nous refusons de vous porter de la nourriture. Si jamais nous pouvons vous en procurer, vous viendrez la chercher vous-même la nuit, sinon, vous vous passerez de manger.

– Merci! Merci mille fois.

L'acteur s'en retourna discrètement.

* * *

La journée était splendide pour une dernière d'août.

Sarah enfila sa robe marine à col matelot que sa grand-mère avait bien voulu lui acheter et Évelyne sa minijupe grise et un chemisier blanc. Les filles sortirent s'allonger sur le pont où chaque passager avait à sa disposition une chaise longue, recouverte d'une longue serviette blanche. Des voyageuses en maillots de bain, d'autres en culottes courtes, lisaient ou conversaient entre elles.

Sarah allait fermer les yeux lorsqu'elle entendit un craquement et un cri de mort. Tout le monde se leva. Il y eut un mouvement précipité vers la gauche et un hurlement des dames affolées. On entendit des voix crier: «Un homme à la mer!»

Un chapeau et un mouchoir flottaient à la surface de l'eau, une main apparaissait et disparaissait. Sarah crut reconnaître Max se débattant dans l'eau. Quelqu'un avait-il projeté l'acteur par-dessus bord ou celui-ci s'était-il jeté volontairement à la mer? Un matelot vint à sa rescousse en lui tendant une bouée.

— Tenez-vous à la surface, on vient à votre aide, cria-t-il.

Un autre marin lança à l'eau une échelle en câble.

— Agrippez-vous solidement.

Comme le garçon était trop faible pour s'accrocher, le marin sauta à la mer pour le rescaper, mais il n'arrivait pas à le saisir. Le navire avait ralenti sa vitesse. On mit un canot à l'eau et deux autres sauveteurs s'ajoutèrent au premier.

Du navire, les filles voyaient une tête molle émerger de l'eau. Un marin saisit le rescapé par le cou. Max avait les cheveux collés aux tempes et la bouche ouverte. Une fois remonté sur le pont, on l'allongea par terre.

Max frissonnait et haletait pour reprendre haleine.

— Allez chercher un carabin! cria un marin.

— Qu'est-ce que c'est qu'un carabin? demandèrent certains témoins du drame.

— Un carabin, c'est un médecin. Tout le monde sait ça!

Sarah s'avança au travers de la foule

— Je peux vous aider, dit-elle. J'ai un peu d'expérience pour avoir assisté mon père médecin. Qu'on apporte une couverture et un peu de rhum.

On lui présenta un châle.

— N'approchez pas de lui, dit un matelot. C'est un clandestin.

Sarah ignora son ordre.

— Permettez-moi de vous couvrir de ce châle, monsieur Max. Vous nous avez causé des palpitations.

Max claquait des dents.

— Quelqu'un m'a jeté par-dessus bord.

Sarah souleva la tête du rescapé et l'appuya sur son bras.

— Tenez, voici une bonne boisson et si elle ne fait pas son effet, c'est que vous n'en prenez pas assez. Buvez.

Sarah leva les yeux vers le steward.

— N'avez-vous pas un lit chaud à lui offrir ?

La foule s'écarta pour laisser passer le capitaine qui accourait vers le rescapé.

— Méchant garnement ! Tu vas me causer des problèmes. Ici, on ne fait pas de passe-droit pour le fils du capitaine. Un représentant de la loi peut te faire enfermer.

— En prison, je serai nourri.

— Trouve-toi un travail.

— Il n'y en a pas dans mon métier.

— Change de métier. Cesse de t'entêter et de gaspiller ta chienne de vie à vouloir monter sur les planches.

Puis, le capitaine ordonna :

— Qu'on lui apporte à manger !

Le lendemain, Max était propre et frais rasé, mais son corps flottait toujours dans ses vêtements trop grands.

* * *

Le cinquième jour, la foule de voyageurs réunie sur les ponts applaudissait et manifestait son allégresse par des cris de joie. La terre au loin ressemblait à un nuage gris couché sur la mer.

Le paquebot s'ancra doucement au port du Havre où Pillet attendait les filles. L'homme était seul. Sa femme s'occupait de bénévolat dans les hôpitaux et elle n'avait pu se libérer pour accueillir les jeunes femmes. Pillet se présenta et invita les filles à monter dans une Renault noire. C'était un grand monsieur aux cheveux bruns et aux membres secs, qui parlait avec emphase de sa personne et de son travail, comme s'il ressentait le besoin de faire valoir sa supériorité.

Il gara sa voiture devant une coquette résidence jaune or, agrémentée de persiennes vert olive. Au bas de chacune était dessinée une gerbe de marguerites. Aux fenêtres ouvertes et chargées de fleurs flottaient de jolis rideaux de dentelle. La façade, située à la même hauteur que le trottoir, n'avait ni perron ni marche.

Pillet précéda les filles dans un vaste portique au plafond couronné d'une cimaise.

– Venez. Montez vos valises. Le cabinet de toilette est en haut à gauche. À droite, c'est votre chambre.

Il poussa la porte. La pièce peinte en rose était agrémentée de deux fenêtres jumelles habillées de légers rideaux bonne femme en batiste de coton blanc. Pour tout ameublement, il n'y avait que deux lits sur roulettes et une grande armoire à deux portes.

Évelyne se sentait étrangère dans cette maison. Elle vit s'étaler devant elle trois longues années d'études, coincée dans cet appartement. Elle tourna vers Sarah ses grands yeux tristes.

Sarah sourit, comme elle savait le faire pour apaiser les craintes de sa sœur.

— Monsieur Pillet, si vous n'y voyez pas d'inconvénient, nous aimerions nous reposer un peu. Le souper sera servi à quelle heure ?

L'homme secoua les bras. Après son long discours sur lui-même où tout avait été déballé, il semblait déjà ennuyé par ses petites pensionnaires. Il aurait dû y réfléchir à deux fois avant d'accepter un contrat à si long terme. S'il n'avait pas hésité, c'était pour se donner bonne conscience ; il avait une grosse dette envers Charles-Édouard.

— Est-ce que je sais, moi ? Ici, les repas ne sont pas servis à heures fixes. Si vous avez faim, vous ferez comme moi : vous trouverez de quoi vous sustenter dans le garde-manger.

Les filles se regardèrent. Dans cette maison, personne ne devait s'occuper des repas.

— Ça va, nous nous débrouillerons bien, dit Sarah.

— Chez nous, le repas serait déjà sur la table, marmonna Évelyne à l'oreille de sa sœur.

Sarah lui donna un coup de coude dans les côtes pour la faire taire. Sitôt leur hôte disparu, elle s'exclama :

— Cet homme ne te fait pas penser à Honoré ? Mêmes yeux en amande, même menton avancé et même ton de voix.

— J'ai eu la même impression. J'espère seulement que, comme Honoré, Pillet ne rapportera pas tous nos faits et gestes aux parents.

* * *

À Saint-Jacques, les mois filaient en douceur pour Clarisse.

Depuis le départ de ses sœurs, son plus grand plaisir était d'enlever son tablier blanc pour se rendre au magasin général se procurer de la nourriture. Dans ce commerce, on pouvait trouver de tout, autant des barils de clous et du pétrole que de la viande et des épices, mais surtout, un beau garçon.

Clarisse nourrissait des sentiments secrets pour le fils du marchand Courchesne. Le jeune homme de grandeur moyenne portait le front haut, quand il n'était pas penché sur son étal. Son regard lointain et sa bouche dédaigneuse lui donnaient un air indépendant. Clarisse serait restée là des heures durant à l'admirer, mais une certaine réserve l'obligeait à détourner le regard. Elle trouva comme prétexte pour voir le garçon plus souvent de multiplier ses allers et retours au magasin en réduisant les quantités de denrées. Clarisse espérait que Simon Courchesne lui porte une attention spéciale, ne serait-ce qu'un simple regard. Malheureusement, le garçon, trop occupé à dépecer ses viandes, ne la voyait pas.

Clarisse, de nature renfermée, parlait peu, mais les jours d'épicerie, elle chantonnait du matin au soir.

Ses sœurs étant absentes, elle profitait de l'espace et du silence de la grande chambre. Le soir, elle montait sans bruit pour ne pas déranger les siens et une fois la porte bien fermée, elle poussait jusqu'à la penderie une petite chaise à capucine, grimpait dessus et retirait de la plus haute tablette un cahier d'école. Il n'y avait pas de dates comme dans un agenda, seulement des belles pages lignées où elle pouvait inscrire elle-même le jour et le mois avant d'y confier tous ses secrets : chaque visite au magasin, chaque déception et chaque torture morale que lui imposait le petit boucher par son indifférence.

Ce soir-là, elle élabora la rencontre du lendemain. Elle espérait qu'il se passe quelque chose. Elle écrivit dans son cahier :

30 août 1934

Demain, j'irai acheter un jarret de veau avec l'os pour une soupe. Je porterai ma robe bleue et j'attacherai mes cheveux avec un ruban de même teinte. Une fois dans le magasin, je laisserai mon gilet ouvert afin que Simon voie ma robe du même bleu que mes yeux. Cette fois, je ne pourrai pas passer inaperçue. Bientôt, je m'endormirai le cœur plein d'espoir. J'espère tant de cette rencontre.

Que me réserve demain ?

Satisfaite, Clarisse referma son cahier et se glissa sous ses couvertures, lorsqu'elle entendit le ton monter dans la chambre d'à côté. On eût dit de la bisbille. Elle rejeta ses couvertures, se leva et, comme le faisaient autrefois ses sœurs, elle se rendit sur la pointe des pieds dans la penderie. Là, elle colla l'oreille au mur.

De l'autre côté de la cloison, sa mère s'en prenait violemment à son père.

— Tout ça est de ta faute, Charles-Édouard Beaudry. À quarante et un ans, je n'ai plus l'âge ni le goût d'élever un enfant.

— Tant que la ménopause n'est pas terminée, toute femme peut s'attendre à une maternité.

— Je n'en veux pas et je ne veux surtout pas que mes filles me voient enceinte.

— Ne prends pas cette nouvelle comme un malheur. Une naissance, c'est une joie, un cadeau.

— Un cadeau! Non merci, pas pour moi. Fais-le passer. Tu connais le truc.

— Jamais! J'espère que tu ne penses pas sérieusement à ce que tu dis. Autre chose aussi : je tiens à ce que tu cesses de prendre des médicaments sur-le-champ. Ils pourraient être nocifs pour l'enfant.

— C'est mon corps et je sais ce qui est bon pour moi. Sors de cette pièce immédiatement.

Laurentienne poussa Charles-Édouard hors de sa chambre et fit claquer la porte derrière lui.

Dans la pièce voisine, Clarisse, stupéfaite, retourna à son lit. «Un bébé!» Elle se réjouissait à l'annonce d'une naissance, mais à entendre les propos virulents de sa mère, elle se demandait si l'enfant verrait le jour. Elle aurait préféré ne rien entendre des chamaillages de ses parents.

Une vague inquiétude l'envahit soudainement. Elle sentit le besoin de parler à quelqu'un pour calmer ses appréhensions et, comme Sarah était au loin, elle pensa à sa tante Rose, mais celle-ci demeurait à Montréal.

Inquiète, elle finit néanmoins par s'endormir.

* * *

Le lendemain soir, Clarisse écrivit dans son journal :
31 août 1934

Aujourd'hui, je sortais de la maison pour me rendre à l'épicerie Courchesne quand une feuille d'érable, aux couleurs de mes rêves, est tombée à mes pieds. Je l'ai ramassée et je suis revenue la placer ici, dans mon journal, croyant qu'elle me porterait chance.

Comme le soleil était éblouissant, j'ai mis sur mon nez les grosses lunettes de soleil de maman. Le fond de l'air sentait déjà l'automne. Arrivée au magasin, j'ai entrouvert mon gilet et je me suis approchée du comptoir des viandes. Simon était là, debout devant l'étal. On eût dit qu'il m'attendait. Mon cœur battait à grands coups. Je crois que ma main a tremblé quand je lui ai tendu le papier où étaient notées mes commissions. Simon a retiré mes lunettes de sur mon nez en disant : « Ne cachez pas vos beaux yeux avec ces bricoles, mademoiselle. » J'ai senti sa main frôler ma joue et j'ai éprouvé une douceur infinie que j'ai essayé de dissimuler derrière un sourire. Simon m'a souri à son tour. J'ai enfoui les lunettes dans la poche de mon gilet. Malheureusement, une cliente me talonnait. Simon s'est remis au travail comme si de rien n'était. J'espère que son intérêt pour moi ne s'arrêtera pas là.

Je ne vis que pour le revoir.

Ce 31 août 1934 aura été le plus beau jour de ma vie.

III

À Paris, septembre ne ressemblait en rien aux automnes du Canada, riches en couleurs. Le jour de la rentrée au Conservatoire, le soleil brillait à l'orient et la journée s'annonçait douce.

Sarah et Évelyne ne se quittaient pas d'une semelle. Dès son arrivée dans l'établissement, on assignait à chaque nouvel arrivant un ancien qui s'occuperait de le familiariser avec les lieux.

À dix heures, le recteur lut aux élèves le règlement de l'institution qui ressemblait à celui des couvents. On exigeait le port de la jupe grise pour les filles, du pantalon gris pour les garçons, et pour tous, le chemisier blanc ainsi qu'une veste en flanelle de couleur marine. Les élèves devaient se vouvoyer entre eux. Pas d'amourettes ni d'amitiés particulières.

Lecture faite, chaque groupe devait ensuite se rendre à sa classe respective.

Le professeur de chant passa en revue chaque élève en particulier pour une présélection d'altos et de sopranos. Lorsque vint le tour de Sarah, dont la voix ressemblait au timbre argentin d'une clochette, puis d'Évelyne, à la voix puissante et grave, le chef de chœur fut impressionné. Pourtant, il en avait entendu d'autres. La vibration de leur luette provoquait un trémolo émouvant à en couper le souffle. Étaient-ce le froid et les vents d'outre-mer qui façonnaient ainsi les voix des Canadiennes ?

Le maître rassembla ensuite ses élèves et indiqua à chacun la place qui lui convenait. Debout devant la classe, la baguette à la main, il dirigea une pièce vocale.

Le cours terminé, le professeur réclama l'attention des élèves.

– Chaque premier samedi du mois, nous assisterons à des concerts ou à des pièces de théâtre.

Toute la classe applaudit. Sarah et Évelyne jubilaient.

* * *

Les étudiants se moquaient de l'accent étranger des Canadiennes. Certains élèves, comme Dauvergne et Thuret, allèrent même jusqu'à imiter leur prononciation, mais comme c'était sans malice, Sarah et Évelyne s'en amusaient. «Fichons-nous de ces Français, dit Sarah à sa sœur. Une fois retournées au Canada, nous ne les reverrons jamais.» À leur tour, les filles ne se privaient pas de s'amuser aux dépens des Parisiens qui parlaient comme des livres ouverts et, lentement, à force de se moquer, elles intégrèrent, sans s'en rendre compte, la phonétique normative de la Ville lumière.

* * *

Par un samedi ensoleillé, Sarah et Évelyne quittèrent leur pension pour se rendre à pied à La Samaritaine, un grand magasin de dix étages situé entre le Pont-Neuf et la rue de Rivoli. Après avoir flâné dans quelques boutiques, les filles se rendirent au Piace Caffe, une pause gourmande où elles se proposaient de casser la croûte.

Deux adolescents, assis à proximité, chuchotaient entre eux et regardaient les filles avec intérêt. Ils parlaient d'elles, c'était évident. Évelyne, un peu timide, poussa Sarah du coude.

— Tu vois les deux garçons, assis à la table du coin avec un porte-documents à leurs pieds? Ce sont eux qui, à notre arrivée au Conservatoire, se moquaient de notre parler. Ils ne nous lâchent pas des yeux, regarde. Mine de rien, je gagerais ma chemise qu'ils vont nous aborder.

Sarah, sérieuse et réservée, se sentait responsable de sa sœur.

— N'en faisons pas de cas, Évelyne. Ça ne servirait à rien de créer des liens pour ensuite retourner dans notre pays.

Évelyne pensait autrement; sans doute parce que l'un d'eux, beau comme un dieu, ne lui déplaisait pas.

— Ce serait commode d'avoir des copains pour nous accompagner dans la ville. Moi, je choisis le plus beau, celui qui est assis près de la fenêtre, et je te laisse l'autre, le laideron.

— Il n'est pas si laid. Tiens, disons plutôt que c'est un laideron sympathique. Et puis quelle importance qu'ils soient beaux ou pas, si c'est pour les mettre au rancart à la fin de nos études?

Au sortir du restaurant, les garçons étaient descendus à la rue où ils s'entraînaient en vue d'un combat de trottoir. De petits moines en bois venaient de faire leur apparition sur les pavés de pierre. Ces jouets ressemblaient à de menues toupies. Les filles s'arrêtèrent un moment et suivirent des yeux les moines lancés au bout de leur corde : un à rayures vertes, l'autre à rayures rouges. Ils tournaient sur leur pointe de métal jusqu'à mourir d'étourdissement.

Les badauds se groupaient par deux ou par trois autour des adversaires et la bande grossissait à chaque instant jusqu'à former une barricade. On misait deux, cinq, dix centimes, même si la joute n'était qu'un amusement entre copains. Le possesseur du moine au sommeil le plus prolongé gagnerait la partie. Et l'enjeu était Sarah.

Après avoir entendu quelques bribes de conversations, celle-ci s'en rendit compte. Elle poussa sa sœur du coude et murmura :

— Laissons-nous prendre à leur jeu.

Un silence se fit.

Fabrice Thuret commença la compétition. Sitôt lancé, son moine s'abattit contre la chaussure d'un curieux et ne remua plus.

On entendait des « ahhh » de déception. Cette défaite arrangeait Évelyne. Le beau Fabrice lui revenait de droit. Les bras en l'air, elle s'écria comme une imbécile :

— Bravo ! Bravo !

Des regards étonnés et des sourires mal retenus convergèrent vers elle. Sarah la poussa du coude.

— Calme-toi, Évelyne. Tout le monde te regarde.

Fabrice, déçu de son échec, insistait :

— Ça ne compte pas. J'ai droit à une reprise.

Mais Romain lui refusa cette chance. Il ne renoncerait à Sarah pour rien au monde.

Les parieurs s'en mêlèrent. Le ton montait. Des murmures parcouraient la foule. Certains, dont les mises étaient plus élevées, en voulaient à Romain pour son manque de tolérance envers Fabrice. Ils le huaient. Son tour venu, Romain Dauvergne exécuta une lancée bien ajustée. Son moine se couchait pour mieux se redresser. Le garçon s'assit sur ses talons et compta les secondes de dormance. Après dix-huit secondes, le moine chancela puis s'affaissa. Romain gagnait la partie.

Toute la barricade applaudit. On en redemandait, mais Romain refusa net.

Le garçon s'approcha de Sarah et, bien à l'aise, il fit sa demande à voix haute:

– Mademoiselle Canada, accepteriez-vous d'accompagner le lauréat de cette compétition pour une promenade sur les bords de la Seine?

Sarah sourit en entendant cet amusant surnom.

Les badauds, curieux de savoir si la fille accepterait, s'attardaient discrètement.

Sarah poussa sa sœur du coude et chuchota: «Il me prend pour une dinde», mais elle gardait la tête haute.

– Monsieur?

– Romain Dauvergne.

– Est-ce que je fais partie de votre pari, monsieur Dauvergne?

Derrière Romain, Fabrice, qui lui en voulait, faisait oui de la tête. Romain, mal à l'aise de savoir son manège découvert, rougit et chercha à se justifier:

– C'est que j'ai misé sur une jeune fille bien. Je n'aurais pas misé sur n'importe qui, vous savez.

– Accepte, murmura Évelyne à l'oreille de sa sœur. Nous aurons des copains pour sortir.

– J'accepte votre invitation, monsieur France, mais à la condition que notre relation se limite à une simple cama-raderie.

Évelyne ne laissa pas voir sa joie. Fabrice Thuret, le perdant, et le plus séduisant des deux garçons, lui revenait. Les choses s'arrangeaient par elles-mêmes.

Fabrice ravala sa déception et fit une courbette devant Évelyne.

En voyant le garçon s'incliner exagérément avec une politesse obséquieuse, Évelyne sourit.

– Comme je vois, je devrai m'accommoder du perdant, dit-elle, avec une pointe de moquerie dans le regard. Pour vous, ne suis-je qu'un prix de consolation ?

Fabrice se contenta de sourire. La fille avait de grands yeux étonnés où se peignait un effarement comique. Il prit sa main et la baisa.

– Venez !

Les nouveaux amis marchaient et conversaient gaiement quand, près d'eux, une porte s'ouvrit, laissant déverser une trombe d'eau de vaisselle sur le trottoir. Romain reçut le tout sur son pantalon et dans ses souliers. L'incident provoqua des fous rires et la sortie se termina là.

Au retour, les filles s'amusaient encore de l'incident. Évelyne pensa à Clarisse, restée au pays.

– Dommage que notre sœur passe à côté de ces petits plaisirs !

* * *

De l'autre côté de l'océan, au centre de son village, Clarisse se préoccupait trop de Simon Courchesne pour s'ennuyer de ses sœurs.

Derrière un échafaudage de boîtes de conserve, Simon tenait tendrement sa main.

— Vous me permettez d'aller vous voir au salon ce soir?

Clarisse le regardait les yeux humides, la gorge serrée.

— Ça me ferait tellement plaisir, mais chez moi, c'est impossible, toute visite est interdite. Mes parents sont sévères sur ce point et ils ne supportent ni discussions ni objections.

— D'abord, on pourrait s'voir ailleurs?

— Non plus! Sinon, je devrai mentir et ce serait contre ma nature. Il n'y a qu'ici qu'on peut se rencontrer.

— Si c'est comme ça, suivez-moé, je vais vous faire visiter l'abattoir.

Simon prit son bras et tout le temps que le garçon la conduisait, Clarisse sentait le revers de sa main appuyé sur son sein gauche, ce qui provoquait chez elle un trouble mêlé de désir et de langueur. Simon ressentait-il la même émotion? Il avait le visage tranquille des gens qui gardent leur sang-froid. Ils se rendirent dans les dépendances à l'arrière du magasin où on égorgeait des agneaux.

— Le bêlement des brebis est semblable à des pleurs d'enfants. Je m'habitue pas à ces massacres. Pourtant, chus un boucher. Venez.

Simon lui fit visiter un petit endroit où un jeune garçon préparait la saucisse. Dans une grande cuve, des tripes retournées à l'envers trempaient dans une eau tiède que le garçon devait changer à quelques reprises jusqu'à ce que l'eau reste claire.

— Les boyaux doivent être lavés ben comme y faut, parce qu'y serviront à envelopper la viande épicée, expliqua Simon. Regardez.

Des tripes étaient attachées à un petit moulin à manivelle où la chair de saucisse était poussée dans les boyaux. À chaque six pouces environ, le charcutier tordait la tripe et on pouvait voir un long chapelet de saucisses prêtes à se retrouver dans les poêlons.

Clarisse se laissa conduire dans une autre annexe et Simon ferma la porte derrière lui. La pièce était mal éclairée. Ils étaient seuls. Simon enlaça Clarisse et lui vola un baiser. La jeune femme, émue jusqu'à l'âme, tressaillit. Il lui semblait que toute la vieille bâtisse avait frissonné avec elle. Elle repoussa pourtant doucement Simon.

— Je dois rentrer. Mes parents vont trouver que je mets du temps à faire mes achats. Ils vont me poser des questions.

— Non, attendez! Encore un peu et vous aurez fait le tour des dépendances.

Simon prit de nouveau son bras et la même émotion sensuelle gagna Clarisse.

— Icitte, on entrepose l'huile à lampe, la mélasse, le vinaigre, tout ce qui demande à être transvidé. Et là, dans le bas-côté, les barils de lard salé, les poches de farine blanche et de sarrasin.

Simon montrait du doigt une remise.

– Ce hangar a rien d'intéressant pour vous ; y contient des clous, des cisailles, des pentures, enfin toutes sortes de choses qui intéressent pas une jeune fille.

Au contraire, Clarisse s'intéressait à tout ce qui avait rapport à Simon.

– Vous êtes un bon guide.

– J'ai pas d'autre guide que mon intérêt pour vous, mamzelle Clarisse.

– Vos dépendances sont plus vastes que le magasin lui-même. Tout ça est intéressant, mais je dois malheureusement partir.

Le train de quatre heures sifflait.

– Le train est écho, y va mouiller.

– C'est un signe de pluie ?

– C'est ce qu'on dit.

Simon glissa un bras autour de son cou et l'embrassa longuement.

Clarisse, le cœur en émoi, tenta de cacher son trouble. Si elle s'écoutait, elle resterait là, à étirer ce moment euphorique, mais c'était malheureusement impossible, on l'attendait à la maison.

Elle s'en retourna avec son bonheur fragile. Tout se confondait dans sa tête : Simon et elle, la mélasse, le baiser, la saucisse, son bras, les barils et encore le baiser.

Ce n'était qu'un début, mais il semblait de bon augure. Simon s'intéressait à elle, il le lui avait clairement fait savoir. Clarisse repensait à ce baiser et elle en était encore toute chavirée quand elle entendit appeler son nom.

Elle tourna la tête et vit Simon qui courait derrière elle avec son sac d'épicerie. Elle avait honte ; Simon allait voir à quel point elle était troublée pour aller jusqu'à en oublier ses provisions.

— Je m'excuse de vous avoir fait courir, bafouilla-t-elle.

— À la prochaine, mamzelle Clarisse. J'espère que vos parents m'en voudront pas trop de vous avoir retardée.

— Ils n'en sauront rien.

Clarisse s'en alla gaiement sur le trottoir de bois. Elle s'amusait comme une gamine à poser un pied à toutes les deux planches et elle revivait la scène délicieuse du baiser volé.

Elle avait hâte de se retrouver dans sa chambre pour écrire une belle page dans son cahier. Si au moins il n'y avait pas eu ce souper à préparer !

* * *

À Paris, avenue de la République, Fabrice se retira dans sa chambre et s'allongea sur son lit, les bras sous la tête. Il repensait à la partie de moines. Il avait perdu Sarah, la plus belle, mais il découvrait chez Évelyne un petit quelque chose qui lui plaisait bien. Sûrement son petit air moqueur, ses superbes yeux noirs ourlés de longs cils pleins de pudeur et ses réflexions spontanées. Évelyne était amusante. L'envie le prit de la revoir.

Au souper, il entama une bonne discussion avec ses parents dans le but d'inviter les Canadiennes et quelques amis à passer la soirée chez lui. Sa mère finit par abdiquer en faveur de son fils à la condition que la soirée se termine à dix heures. On était en pleine semaine et le lendemain, il y aurait les cours et le travail.

Le même soir, dans le salon des Thuret, ils étaient neuf étudiants, garçons et filles, assis par terre, à chanter et à discuter quand Sarah sortit son violon et entama le Reel du pendu, un petit rigodon de son pays, appris d'une copine du couvent. Le seul qu'elle connaissait. Évelyne se mit à swinguer, seule au beau milieu de la place, un bras au-dessus de la tête et une main qui tenait sa jupe pour l'empêcher de se soulever. Une fille se mit à frapper des mains et les Français imitèrent Évelyne, s'étourdissant et se laissant tomber sur leur chaise. Les heures passaient si agréablement que les jeunes ne voyaient pas le temps filer. La mère de Fabrice intervint à deux reprises dans le but de faire cesser ce tapage nocturne qui troublait le sommeil de la maison, mais Fabrice insistait chaque fois et demandait un sursis d'une heure qui évidemment n'était pas respecté. Finalement, la soirée s'étira jusque tard dans la nuit.

* * *

Sarah et Évelyne rentraient à leur pension sur la pointe des pieds.

Monsieur Pillet, inquiet de leur retard, les attendait sur le pas de la porte. Il était très fâché.

– Je ne suis pas un chien de garde. Je vous défends de dépasser dix heures, sinon, je prendrai les grands moyens.

Évelyne se faufila et disparut en murmurant:

— Moi, je vais gagner mon lit.

— Nous n'avons rien fait de mal, rétorqua Sarah. Nous avons seulement oublié l'heure. À l'avenir, nous essaierons de rentrer plus tôt.

Comme les filles pénétraient dans leur chambre, Évelyne, avec l'ardeur joyeuse de son adolescence, s'élança sur son lit à roulettes en s'écriant:

— Vive Paris!

Le lit roula et frappa le mur, provoquant un bruit sourd.

Les filles pouffèrent de rire, les mains sur la bouche pour ne pas déranger les Pillet. Mais déjà, on frappait à leur porte.

— Qu'est-ce qui se passe ici?

C'était la voix grave de Pillet.

— C'est Évelyne qui a buté sur son lit, répondit Sarah, sans ouvrir.

— À trois heures de la nuit, vous ne pourriez pas vous calmer?

— Excusez-la, ça ne se reproduira plus.

Les filles se remirent à causer tout bas.

— Dis Sarah, qu'est-ce que Pillet voulait insinuer par les grands moyens?

— Je ne sais pas trop, quelque chose comme nous renvoyer. Depuis notre arrivée ici, je sens que nous dérangeons sa vie. Mais je m'en fiche. Après tout, nous ne lui devons rien. Papa paie notre pension.

* * *

Le lendemain, Évelyne se tira péniblement du lit. Ses membres pesaient une tonne. Comme une automate, elle se rendit à la salle d'eau et là, appuyée au mur, elle fit machinalement une lente ablution.

En bas dans la cuisine, Sarah, emportée par une poussée d'adrénaline, sortit un gros pain rond et en déchira deux quignons qu'elle et Évelyne mangeraient en chemin. Elle en déposa une part dans la main de sa sœur et la poussa à l'extérieur.

— Presse-toi un peu, nous allons être en retard.

* * *

Les étudiants se rendaient à la classe de maître Pasquier, le professeur de violon.

Dans la pièce, une sculpture en bois représentait un homme tenant dans une main un violon et dans l'autre, un archet. Les chaises étaient placées en demi-cercle de manière à ce que le professeur puisse garder l'œil ouvert sur le groupe au complet.

Maître Pasquier commençait toujours son cours par cette formule un peu prétentieuse :

— Le violon a une tête, des cordes vocales, une ouïe fine et une âme qui vibre. Sous la caresse de l'archet, il pleure, il chante, il vit. Tout ce qui a une âme vit.

Évelyne n'écoutait pas ; épuisée par sa nuit trop brève, elle résistait au sommeil qui la rattrapait. Elle bâillait et ne pensait qu'à la douceur de son oreiller. Son tour venu de se produire, elle étira un solo d'une main somnolente en poussant l'archet jusqu'au bout de son crin, ce qui produisait une lamentation à n'en plus finir. Tous les instrumentistes avaient le regard braqué sur elle. Elle échappa un long soupir, comme si elle n'en pouvait plus de ses heures de veille. Ses paupières tombaient comme des stores sur ses yeux fatigués. Au moment où le maître allait la reprendre, Évelyne, profondément endormie, tomba de sa chaise, comme morte. En frappant le sol, elle s'éveilla en sursaut et, ne s'y retrouvant plus, elle échappa tout haut :

— Crotte de crotte !

Elle tenait son bras gauche endolori dans sa main droite. Une explosion de rires s'ensuivit. Seule Sarah ne rit pas.

Le professeur, le visage rouge de colère, dévisagea la fautive. Au Conservatoire, on n'enseignait pas que la musique et le chant, mais aussi la discipline, la distinction sociale, la noblesse. On misait sur la réserve dans les tenues, les manières, les paroles, et on ne laissait passer aucune grossièreté.

— Mademoiselle Beaudry, à la fin du cours, vous passerez devant le chargé de discipline.

Évelyne, la bouche amère, baissa les yeux.

— Oui, monsieur.

Le cours terminé, elle attendit le moment où les élèves quitteraient la classe pour se retrouver seule avec le professeur. Elle craignait d'être mise à la porte ou encore d'être classée au rang des élèves à ne pas fréquenter.

— Maître, je vous fais mes excuses. Si je me suis endormie, c'est que j'ai pratiqué mon violon jusque tard dans la nuit. Auriez-vous l'amabilité de faire disparaître mon billet de mauvaise conduite? S'il vous plaît, donnez-moi une chance, je vous promets de ne plus recommencer.

– Ça va pour le chargé de discipline, mais je ne peux accepter qu'une élève dérange ma classe. Ce n'est pas la première fois que ça vous arrive de bâiller pendant les cours, mais cette fois, c'est trop fort, je me dois de sévir. Comme conséquence, vous serez privée de votre sortie à la Comédie des Champs-Élysées. Vous profiterez de votre samedi pour reprendre vos heures de sommeil. Et de grâce, surveillez vos paroles. Vous devriez prendre modèle sur votre sœur Sarah. Une distinction se détache de toute sa personne.

Le regard d'Évelyne se durcit. Elle qui comptait les jours qui la séparaient de cette sortie et qui rêvait qu'une fois assise auprès de Fabrice celui-ci tienne tendrement sa main, c'en était fait de ses rêves.

– J'en prends note. Merci, monsieur.

Évelyne n'avait pas d'autre choix que d'être polie et de se taire, mais dans son for intérieur, elle ménageait une vengeance à Pasquier.

* * *

Les jours passaient, la sortie approchait, et Évelyne, qui ne digérait pas sa punition, en voulait à Pasquier au point de le détester. Il lui avait donné Sarah en exemple et Évelyne n'aimait pas être comparée à sa sœur. Pasquier la confrontait dans l'unique but de la diminuer. Une autre raison de se vexer.

Un soir, Évelyne tenta de prendre Sarah par les sentiments.

— Toi aussi, Sarah, tu vas manquer la pièce de théâtre ?
Tu ne vas pas me laisser seule un samedi alors que nous
pourrions nous promener dans Paris.

— Non, je ne suis pas en pénitence, moi.

— Tu ne vas pas croire que je me suis endormie par
exprès ! Ça aurait pu t'arriver à toi aussi ?

Sarah ne répondit pas. Évelyne n'insista pas, mais sa
rancœur pour Pasquier grandissait.

* * *

Le lundi suivant, avant le cours de violon, Évelyne se
faufila en catimini dans la classe de Pasquier, saisit un bâton
de rouge à lèvres et en colora la bouche de la statue de bois.

À l'heure du cours, comme les élèves retenaient un
sourire, le maître les questionna :

— Dupuis ! Dites-moi ce qu'il y a de si drôle.

Dupuis pointa la statue du doigt. Pasquier y jeta un
regard et se raidit :

— Qui a osé ?

Les élèves avaient repris leur sérieux et se regardaient
entre eux. Personne ne répondait.

— Le coupable sera puni.

Évelyne pensa : « C'est déjà fait. »

Le maître donna son cours. Le lendemain, la statue
était nettoyée et on n'en parla plus.

* * *

Au Conservatoire, Sarah et Évelyne étaient des élèves appliquées, à part bien sûr pour la petite vengeance d'Évelyne. Par contre, dès qu'elles trouvaient le moyen de s'échapper de leur pension, les filles sortaient visiter Paris et chaque fois, elles rentraient à des heures avancées de la nuit. Elles prenaient un vif plaisir à déjouer l'autorité. Pour Évelyne, ces écarts de conduite lui faisaient oublier l'ennui des siens.

Michel Pillet, exaspéré de leurs rentrées tardives, repoussait chaque fois le moment de mettre ses menaces à exécution. Il n'osait pas retourner les filles dans leur pays. Charles-Édouard payait assidûment leurs frais de pension. Après maints avertissements, Pillet supporta en silence leurs incartades, mais les filles le mettaient au supplice.

* * *

Le samedi matin de la sortie, Sarah quitta sa pension pour se rendre à la Comédie des Champs-Élysées.

Évelyne paressait au lit avec un roman, *Les Misérables*. Elle était prise par l'histoire au point d'en oublier de déjeuner. On sonnait en bas. Évelyne déposa son livre sur l'oreiller et descendit à la course sans prendre le temps de se faire une toilette. Sa sœur, dans l'excitation du départ, devait avoir oublié quelque chose. Évelyne se présenta à la porte, pieds nus, les cheveux ébouriffés, la robe de chambre ouverte sur sa nuisette brodée en coton fin, un peu transparent, et arriva nez à nez avec Fabrice.

– Vous, ici?

Son cœur se mit à battre très fort. Dans un élan de pudeur, Évelyne croisa les pans de sa robe de chambre, serra les genoux, et se recroquevilla comme une feuille brûlée, comme si elle voulait rapetisser devant le garçon jusqu'à disparaître.

Malgré sa tenue négligée, Fabrice la trouvait désirable pour ne pas dire excitante. Ils étaient seuls. Il avait la chance de l'embrasser, mais il lui fallait contrôler son désir. Si Évelyne devait le repousser...

— Excusez ma tenue, dit-elle, je me disais que Sarah avait dû oublier quelque chose.

— C'est moi qui devrais m'excuser. J'aurais dû m'annoncer, mais je n'ai aucun regret, je vous trouve adorable.

— Je faisais la grasse matinée. Vous ne deviez pas aller voir *Les Vierges Folles*?

— Je vous savais seule et je me suis dit que vous alliez passer la journée à vous ennuyer. Et puis, si j'étais allé là-bas, j'aurais passé une journée sans vous voir.

— Pasquier va vous reprocher votre absence.

— Je sais. Je trouverai un prétexte.

— Allez m'attendre au salon, je me fais une toilette rapide et je reviens.

Évelyne monta, légère comme une plume. Fabrice avait renoncé à la pièce de théâtre pour elle. Ils auraient toute la journée à eux seuls. Quel bonheur! Sa punition se changeait en récompense. Elle ne pouvait espérer mieux. Elle enfilait ses bas quand elle sentit une présence et un souffle court dans son dos. Fabrice, obsédé par la nuisette légère et vaporeuse, l'avait suivie en douce. Il en était à ses premières émotions romantiques et il n'arrivait pas à refouler ses élans. Il serra Évelyne dans ses bras et l'embrassa passionnément. Évelyne ressentit une émotion mêlée de désir et de crainte. Ils étaient seuls et elle l'aimait. Elle ploya sous son baiser. Sa robe de chambre tomba à ses pieds et le garçon vit pointer, sous la chemise de nuit semi-transparente, deux seins hauts et ronds comme deux pommes fermes, prêtes à être cueillies. Évelyne sentit le contact d'une main pure et bien vivante sur le tissu. Elle aurait voulu rester soudée à Fabrice des heures durant, mais tout tournait dans sa tête: l'appel de la chair, la morale, le péché. Ces contacts risquaient de les entraîner trop loin. Elle se dégagea à regret.

Fabrice s'excusa, simulant un semblant de vertu, même s'il ne ressentait aucune contrition.

C'était leur premier baiser. Elle avait quinze ans et lui, seize; l'âge attendrissant où l'amour s'éveille.

— Allez, descendez avant de commettre des folies que nous regretterions ensuite. À notre arrivée, monsieur Pillet nous a défendu d'amener des garçons chez lui. Vous feriez mieux d'aller m'attendre à l'extérieur.

Évelyne entendit un bruit de porte qui s'ouvrait et se refermait. Elle revêtit en vitesse une minijupe écossaise, un chemisier blanc, un gilet de couleur marine et un béret du même ton. Elle descendit à son tour, le cœur battant, heureuse de se sentir désirée de Fabrice. Celui-ci faisait les cent pas devant la maison.

— Vous êtes adorable. Allons d'abord casser la croûte. Ensuite, nous irons nous promener sur les bords de la Seine.

Évelyne vida son porte-monnaie dans sa main et compta. Elle leva ses grands yeux de velours sur Fabrice.

— Ce sont mes derniers sous.

Il prit sa main et l'entraîna vers un petit café populaire, meublé de tables et de chaises bistrot.

— Nous prendrons seulement un café, ensuite je vous amènerai chez moi prendre un bon déjeuner avec des œufs et du jambon.

— Qu'est-ce que vos parents vont dire de me trouver dans leur cuisine en pleine matinée?

— Ils sont au travail.

Fabrice prit sa main. Évelyne jubilait.

— Ma punition est douce et tout ça à cause de votre gentillesse.

— Pourvu que Pasquier ne rapporte pas mon absence à mes parents.

Soudain, Fabrice retira vivement sa main et murmura:

— Évelyne, mine de rien, regardez qui vient d'entrer: le conseiller d'éducation chargé de la discipline du Conservatoire.

— Glissez-vous sous la table et faites semblant de ramasser un objet quelconque.

Fabrice se contenta de sourire.

L'homme passa près d'eux et leur jeta un regard insistant.

— Ça y est, nous sommes faits. Lundi, nous aurons droit à des représailles.

Évelyne savait tourner les défaites à son avantage.

— Ma grand-mère disait: « Pourquoi perdre du bon temps à se tourmenter? Rendus à la rivière, nous traverserons le pont.» Maintenant, nous avons toute la journée devant nous, profitons-en au maximum.

Fabrice posa de nouveau sa main sur celle d'Évelyne.

— Je m'amuse bien avec Romain et votre sœur, mais parfois, je préfère me retrouver seul avec vous.

Évelyne regardait Fabrice dans les yeux. Allait-il lui dire les mots qu'elle désirait tant entendre? Non, il en resta là. Fabrice n'était qu'un adolescent qui ne pensait pas plus loin dans ses sentiments, trop occupé à se préparer un avenir prometteur.

* * *

À son retour des Champs-Élysées, Sarah s'exclama:

— Évelyne, devine qui j'ai vu au théâtre!

— Je donne ma langue au chat.

— Tu ne le croiras jamais: Max! Max est monté sur les planches. Après la présentation, je suis allée lui parler. Il a du travail, enfin, un rôle. Il m'a dit: «Je suis obnubilé par ce qui m'arrive et en plus, à guichets fermés pour un mois. J'arrive enfin à gagner ma croûte.» Il était surpris qu'on se retrouve sur un si grand continent. Je lui ai dit que je l'avais trouvé super. Il a insisté pour me revoir, mais j'ai refusé.

— Pourquoi?

— Un saltimbanque? Non merci! Ce n'est pas le genre de garçon qui me plairait, et puis je ne veux m'attacher à personne, pour éviter d'avoir mal ensuite.

— Je te trouve bien sage, Sarah, de pouvoir gérer tes sentiments aussi froidement, mais je me demande si tu y arriveras encore quand tu seras en amour par-dessus la tête.

— Ça, ma petite sœur, on appelle ça de la volonté.

— Et Romain, lui, il t'aime?

— Non.

— Je ne te crois pas. Il te dévore des yeux. Il ne te l'a jamais dit?

— Tu es trop rêveuse, Évelyne. Dors.

Sarah rentra la tête sous sa couverture. Ainsi, Évelyne n'entendrait pas ses pensées. Quelques jours plus tôt, Romain lui avait récité un poème qu'il disait avoir lu dans un feuilleton. Mais elle n'était pas dupe, Romain était si ému qu'il était facile de reconnaître que les mots venaient de son cœur. Pourtant, tout était clair entre eux, ils resteraient bons copains.

* * *

Le lundi, le professeur de piano remit un travail aux élèves. Évelyne et Sarah, qui possédaient déjà une bonne notion de la musique, devançaient les autres. Fabrice fit signe à Évelyne d'approcher sa chaise contre la sienne, mais le professeur intervint aussitôt.

— Chacun à sa place.

Évelyne murmura :

— Nous nous reverrons à midi.

L'heure du repas sonnée, Fabrice, son exercice à la main, alla retrouver Évelyne au réfectoire et, entre chaque bouchée, il posait une question transcrite sur un bout de papier :

– *Lorsqu'il n'y a pas de silence écrit à la fin d'une phrase, d'un membre de phrase ou d'une incise, que faut-il faire ?*

Et Évelyne répondait par écrit :

– *Il faut quand même interrompre le son quelque peu, c'est ce qu'on appelle un silence artificiel.*

Fabrice sourit. Il savait tout ça. Lui aussi avait une bonne base en musique à son entrée au Conservatoire, mais il ne le laissait pas voir.

– *Ça va, je vais m'en rappeler, dit-il. Et ici, ils demandent : Quelle est l'utilité d'un bon phrasé ?*

– *Un bon phrasé met de la clarté dans l'exécution et la rend intelligible.*

– *Que faut-il faire si la note inférieure n'est pas tonique d'une gamme majeure ?*

– *Il faut trouver la note tonique la plus voisine de la note inférieure donnée et tenir compte de la différence entre ces deux notes pour déterminer la qualification de l'intervalle.*

– *Vous savez tout ça ?*

– *C'est du déjà vu, mais bientôt, ce sera de l'inconnu pour moi comme pour vous. Nous pourrons continuer de nous entraider aux heures de récréation.*

Comme Évelyne entrait dans la classe, un élève de terminale l'interpella.

– Mademoiselle Beaudry, le chargé de discipline demande à vous parler.

Évelyne passa près de Sarah et lui jeta un regard ennuyé. Elle savait ce que le préfet allait lui reprocher. Elle se rendit au bureau en préparant sa défense.

Le préfet l'attendait, la porte ouverte, le corps raide, le regard sévère.

Évelyne inclina la tête comme on le lui avait appris chez les sœurs.

— Monsieur. Vous avez demandé à me parler?

— Fermez la porte et prenez un siège.

— Merci, monsieur.

— Depuis le début de l'année, on vous voit partout en compagnie d'un jeune homme, un monsieur Thuret, je crois. Corrigez-moi, si je me trompe. Le conservatoire n'est pas un lieu de rencontres et de fréquentations entre jeunes gens et jeunes filles. Vos pensées doivent être concentrées uniquement sur vos études.

— Ce sont exclusivement le travail et les études qui nous rapprochent, monsieur.

— Matin, midi et récréations? Même au petit-déjeuner?

Évelyne s'attendait à ce qu'il lui mette cette rencontre sur le nez.

— Même au petit déjeuner!

— Cessez cette plaidoirie en votre faveur, je vous ai vue vous dépenser en œillades et en minauderies, votre main chevauchant celle du garçon en question. Maître Pasquier m'a rapporté l'absence de monsieur Thuret à la Comédie des Champs-Élysées.

— Entre nous, c'est de la pure amitié.

— Comme vous ne ressentez aucun sentiment pour ce garçon, vous ne verrez aucun inconvénient à mettre fin à cette camaraderie nuisible pour vous et pour monsieur Thuret.

— Aucun, monsieur.

– Allez, et souvenez-vous que je vous tiens à l'œil. En cas de dérogation au règlement, je me verrai dans l'obligation d'aviser vos parents.

– Je me conformerai au règlement, monsieur. Merci.

Évelyne se retira poliment, mais intérieurement, elle nourrissait un mépris pour cet homme et pour Pasquier. «Il va me le payer», se dit-elle.

* * *

Évelyne laissa passer une semaine pendant laquelle elle rumina son besoin intense de se venger. Quelques jours plus tard, au cours de violon, la statue de bois était revêtue d'un soutien-gorge blanc, bourré de chiffons de papier et dont les bretelles flottaient sur le buste, de quoi gêner les filles devant la gent masculine. Un fou rire gagnait les garçons, mais les filles, plus réservées, faisaient preuve de pondération. Cette fois, Pasquier entra dans une colère noire. C'était la deuxième offense en l'espace d'un mois et le professeur sentait dans cet affront une menace d'intimidation. Il craignait de se faire ridiculiser par ses élèves et d'ainsi perdre le contrôle de sa classe.

– Dupuis, allez m'enlever cette décoration ridicule.

À la fin du cours, le maître questionna les garçons un à un parce que, selon lui, ça prenait un garçon pour commettre un tel acte. Il n'en tira rien.

Sarah, elle, avait reconnu le soutien-gorge de sa sœur. Le soir, elle en parla à Évelyne:

– Tu risques fort de te faire prendre et de payer pour.

– Tant pis pour Pasquier. Il m'a fait manquer le concert et pour ajouter, il cherche à me séparer de Fabrice. C'est à lui de payer pour! Et toi, tu ne parles de cette histoire à personne, tu m'entends? Sinon je serai renvoyée du Conservatoire et nous serons toutes deux tenues de retourner au pays.

— De toute façon, c'est ce qui va nous arriver si Pasquier découvre le pot aux roses.

* * *

Ce soir-là, il pleuvait à verse.

Michel Pillet, seul dans la maison, s'assit à la table de cuisine pour lire *Le Figaro*, mais à peine avait-il lu deux lignes de son journal que les filles entrèrent, trempées. Pillet jeta un œil à sa montre, elle marquait vingt heures.

Les filles, transies, enlevèrent leurs caoutchoucs. Évelyne claquait des dents.

— Quel temps de chien! dit-elle. Je vais me chauffer devant le feu de la cuisine.

L'homme replia tranquillement le quotidien et se mit à causer.

— Ma femme est à ses œuvres patronnesses. Je l'attends dans la minute. Si vous n'êtes pas pressées de monter, nous pourrions prendre le thé ensemble.

Madame, comme toujours, avait laissé à l'intention de ses pensionnaires des charcuteries et des baguettes de pain. Sarah déposa les amuse-gueules sur la table et sortit la théière de l'armoire.

— Je m'occupe du thé. Toi, Évelyne, sors les tasses.

Le regard jaloux de Michel Pillet se promenait de l'une à l'autre des adolescentes à la taille fine, aux longues jambes. Dire qu'elles auraient pu être ses filles si, dans le temps, Laurentienne avait accepté de rentrer avec lui à Paris.

— Ces jeunes gens que vous fréquentez, c'est sérieux?

Sarah se demandait ce que Pillet voulait savoir.

— Depuis le début, les choses sont claires entre nous. Nous nous en tenons à l'amitié et, à force d'amitié, nous formons une famille.

— Vous, mademoiselle Évelyne, vous ressemblez à votre père. Les mêmes traits, le même regard. Avez-vous seulement son intelligence?

— Certes! répondit Évelyne avec un grain de malice dans le regard.

— Ce cher Charles-Édouard était un homme de grand talent, d'une curiosité sans bornes et aussi d'une gaieté inégalable. Vous pouvez être fières de lui.

— Papa, «d'une gaieté inégalable»? s'exclama Sarah. C'est difficile à croire, lui si sérieux.

— C'est qu'il a vieilli. La vieillesse apporte avec elle la sagesse.

— Parlez-nous de lui, de sa jeunesse.

— Que désirez-vous savoir?

— Tout!

— Tout?

— Oui, tout: comment il était, ce qu'il faisait, son caractère, ses amis…

— C'est que je dois reculer dans le temps. Quand nous étions à la Faculté de médecine, votre père avait deux amours.

Les filles écoutaient religieusement. Entendre parler des amours de leur père excitait leur curiosité.

Soudain, Pillet s'arrêta net.

— Non, votre père m'en voudrait de raconter ses amours de jeunesse à ses filles. Ce serait plutôt à lui de le faire. Certaines confidences entre amis doivent rester secrètes.

Au fond, Pillet brûlait de continuer.

Sarah, assaillie par le désir de connaître des secrets de famille, insista :

— Maintenant que vous avez commencé, vous n'allez pas nous laisser sur notre appétit ? Nous ne sommes plus des enfants.

— Si vous ne parlez pas, nous pourrons imaginer des choses peut-être pires que la réalité, ajouta Évelyne. Je vous en supplie, nous voulons tout savoir. Ce que vous direz restera entre nous.

— Si vous me le promettez.

— Promis, répondirent les filles en chœur.

Pillet tirait vanité des secrets qu'il détenait. Suspendues à ses lèvres, Sarah et Évelyne attendaient la suite de ce qu'elles croyaient être la belle histoire d'amour de leurs parents. Pillet avala une gorgée de thé vert.

— Je disais donc… Dans le temps, votre père avait deux amours : Laurentienne Prud'Homme et Augustine Dion, une fille de bonne famille.

En entendant le nom d'Augustine, les deux filles se dévisagèrent un moment.

— C'est celle-ci qu'il aurait voulu épouser, mais Laurentienne était déjà dans le décor. Elle était la fille de Joseph Prud'Homme, notre professeur de physique, ce qui pesait dans la balance. Et Laurentienne avait déjà un enfant, un petit aveugle.

Évelyne pensa tout de suite à Honoré. Elle était bouche bée.

— Un enfant ? questionna Sarah. Notre mère aurait eu un enfant avant son mariage ? Je ne vous crois pas.

— Un enfant..., reprit Évelyne. Elle va aller en enfer pour ça.

Sarah lui appliqua un coup de coude dans le côté et lui jeta un regard suppliant. Évelyne reprit aussitôt son bon air, prête à entendre la suite.

— Ne la jugez pas trop sévèrement. Ce sont malheureusement des choses qui arrivent. Peut-être aurais-je dû garder le silence sur cette étape de sa vie ? C'est que tantôt vous avez tellement insisté pour tout savoir.

— Continuez, monsieur Pillet.

— Charles-Édouard a fini par comprendre qu'il devait oublier Augustine et épouser Laurentienne à cause de l'enfant. Il aimait bien le petit.

— Est-ce que l'enfant était de lui ?

Michel Pillet hésita un moment, tourmenté par ce secret qu'il gardait en lui depuis toutes ces années. Il n'allait quand même pas avouer aux deux sœurs qu'il était le père de leur frère Honoré, quand Charles-Édouard lui-même l'ignorait.

— C'est ce qu'il a dit. Et il a marié Laurentienne. À force de l'entendre prendre son petit ton mielleux, il a fini par se sentir indispensable et l'aimer un peu. C'est une bêtise sans nom qu'il a faite là. Avec elle, il allait sans contredit vers le sacrifice.

— Pourquoi dites-vous ça?

— Ils avaient des caractères trop différents. Laurentienne était une capricieuse qui aimait trop le luxe et la mollesse. Cette femme, je l'ai aimée à la folie, mais elle a refusé de me suivre à Paris. Et elle a épousé votre père.

Pillet continuait de raconter, comme si ça l'amusait d'étonner les filles.

— Laurentienne ne pouvait sentir Augustine. Elle en était jalouse. Jalouse de la voir trop hautaine, je pense. Puis ce furent les disputes pour le jeune ménage. Pour avoir la paix, Charles-Édouard se taisait. C'est un peu partout la même chose, hein! Les mariages heureux se comptent sur les doigts de la main.

— Je pensais que mes parents s'aimaient.

Pillet réalisa qu'il avait poussé un peu loin ses confidences.

— Ils s'aimaient à leur manière, bien sûr. On peut s'aimer même dans les querelles.

Sarah, blessée par les propos déconcertants de Pillet, déposa d'un geste sec sa tasse de thé sur la table.

— Mon père vous racontait tout ça?

— Je ne dis pas qu'on se disait tout, mais ça se sentait. Puis mes études terminées, je suis rentré en France avec Laurence. Votre père et moi avons échangé nos adresses et nous nous sommes perdus de vue.

— Et vous, vous êtes heureux?

— Heureux? Hum... Est-ce que je vous ai dit que ma Laurence m'a trompé? Au moins une fois, j'en suis sûr.

— Elle vous l'a dit?

— Non, bien sûr que non! Je l'ai surprise dans un restaurant à embrasser à pleine bouche un inconnu. Je l'ai confrontée et elle a nié. J'avais peine à le croire, elle qui devait symboliser le foyer, la famille!

— Et vous êtes resté avec elle?!

— Mais oui! Il y a toujours l'honneur à sauver. Nous y arrivons sans nous entretuer. Comme ma femme est rarement à la maison, les mésententes sont presque inexistantes.

Évelyne sentait le besoin de défendre les siens, qu'elle aimait.

— Chez nous, mes parents s'entendent bien, jamais de discorde entre eux.

— Comme dans tous les ménages, ils ne doivent pas régler leurs désaccords ouvertement, surtout pas devant leurs enfants.

Sarah sentait une agressivité dans les paroles d'Évelyne.

— Viens, Évelyne. Montons.

Les filles souhaitèrent le bonsoir.

Pillet se leva.

— Au fait, j'ai une lettre pour vous.

Le visage des filles s'illumina. Sarah saisit l'enveloppe.

— Nous la lirons en haut.

— Allez, et tâchez de ne pas faire trop de bruit.

Sitôt seul avec lui-même, Pillet s'en voulut d'avoir parlé, mais c'était maintenant trop tard pour regretter.

Les filles coururent à leur chambre, préoccupées par la révélation de Pillet et, une fois au lit, Sarah s'appuya sur un coude et demanda à sa sœur:

— Toi, Évelyne, crois-tu tout ce que raconte monsieur Pillet au sujet de notre père?

— Je ne sais pas. Je ne peux pas croire que maman s'est mariée obligée, elle qui est si regardante pour tout ce qui a trait à la pudeur. Mais pour Honoré, il a raison, et il a aussi raison quand il dit que maman aime le luxe et la mollesse.

— Monsieur Pillet ne serait pas un peu jaloux de papa vu qu'il aimait maman?

— À notre retour, je vais le vérifier. J'en aurai le cœur net. Je vais demander à papa si tout ça est vrai.

— Non! Papa nierait tout et il en voudrait à monsieur Pillet. Et puis, nous avons donné notre parole.

— Je veux savoir si papa et maman s'aiment encore. Ça commence comment l'amour?

— Je ne sais pas. Probablement quand un garçon te fait rêver ou bien quand le cœur s'emballe.

Sarah déplia la missive et lut pour elle seule. Une fois sa lecture terminée, elle tendit la petite feuille à sa sœur.

— Je pensais recevoir plus de nouvelles. La lettre ne contient rien, sauf les petits faits insignifiants du quotidien et un chèque pour monsieur Pillet.

— Et rien pour nous?

— Non.

— Papa ne parle pas de Clarisse ni d'Honoré?

— Non. Je ne serais pas étonnée qu'en plus de se taper tout le travail de la maison à elle seule, Clarisse accompagne papa aux visites à domicile. Papa nous reproche de ne pas écrire plus souvent. Il dit que nous ménageons l'encre et le papier.

– Maintenant, il faut répondre. C'est à ton tour, cette fois.

– Je déteste ça. Je ne sais jamais quoi raconter. Je ne peux quand même pas leur écrire que nous nous amusons comme des folles! Papa va nous rappeler au pays. Il n'y a que les études qui comptent pour lui.

Inconfortablement installée sur son lit, une tablette sur les genoux, la plume à la main, Sarah réfléchissait à ce qu'elle allait écrire. Finalement, elle attaqua.

Cher papa, chère maman,

Comment allez-vous? Votre lettre nous a fait bien plaisir, mais vous êtes plutôt avares de nouvelles. Vous ne dites presque rien de Clarisse et d'Honoré, sont-ils encore en vie? Et vos clients de tous les coins de la paroisse?

J'ai attrapé une bonne grippe, trois jours au lit avec toux, fièvre, maux de tête et de gorge. J'ai bien pensé mourir, mais maintenant, je suis guérie. Évelyne, elle, s'en est sauvée avec un bon mal de gorge.

Au Conservatoire, les professeurs sont gentils, mais très exigeants dans leur enseignement.

Nous sortons à l'occasion dans Paris, mais jamais seules. Il n'existe pas de mots pour décrire toutes les beautés de la Ville lumière; les maisons sont gaies avec leurs nombreuses fenêtres et leurs murs revêtus de fleurs grimpantes et de vignes. Mais ici, les repas sont sans saveur. Nous mangeons des mets vite préparés: des œufs à la coque, des charcuteries, des sandwiches. Je m'ennuie de la cuisine de Clarisse.

Les Parisiens nous apprennent toutes sortes de petites subtilités de langage, de raisonnement. Ils nous reprennent sur notre prononciation, ce qui est agaçant à la longue, alors parfois on exagère pour mieux les provoquer.

Il est tard, je dois aller au lit.

Évelyne et moi vous embrassons tous très fort et pensons à vous tous.

Sarah

P.-S.: Nous avons besoin d'argent pour visiter Paris et assister à des concerts et aussi pour d'autres nécessités comme faire réparer mes chaussures.

Sarah replia les petites feuilles et les glissa dans une enveloppe.

— Enfin, j'ai fini, n-i, ni!

— Tu vois, lui dit Évelyne, ce n'était pas la mer à boire.

* * *

Le dimanche suivant, Sarah et Évelyne se rendirent rue de Rivoli rejoindre les garçons pour une randonnée à vélo. Avec ce transport rapide, les jeunes pouvaient se permettre d'allonger leur parcours. Les filles se juchèrent sur les guidons. Leur corps penchait à gauche et à droite comme un balancier et l'air gonflait leur jupe. Maintes fois, elles perdaient l'équilibre et se précipitaient par terre en se tordant de rire. Il fallait les entendre crier de joie en parcourant le boulevard Montmartre. Les garçons, debout sur les pédaliers, appuyaient leur menton sur la clavicule des filles. Ils se penchaient tellement dans les virages que leur pédalier raclait le sol et, pour éviter de tomber, les filles sautaient au sol. Elles remontaient ensuite sur les vélos aussi vite qu'elles en étaient descendues.

Heureux, les jeunes s'arrêtèrent au pied de la basilique Sacré-Cœur et, tout essoufflés, ils s'assirent sur le parvis, la joie au cœur.

Fabrice enlaça Évelyne. Celle-ci cessa de rire et appuya sa tête sur l'épaule du garçon.

– Venez, insista Sarah, nous repartons.

Mais pour Évelyne, Sarah et Romain n'existaient plus. Elle aurait vendu son âme au diable pour que la main de Fabrice reste soudée à sa taille pour la vie.

– Allez-y seuls. Fabrice et moi allons vous attendre ici.

Romain tira Sarah par la main.

Au fil des jours, les rencontres se multiplièrent et les sentiments d'Évelyne pour Fabrice grandirent. À quinze ans, on se laisse griser, le cœur est fou.

Toutes les fins de semaine, le temps des vacances et le temps des fêtes se passaient à quatre. On retrouvait quelque chose d'enfantin, de spontané dans leurs émotions : des fous rires, de joyeuses réparties, des plaisanteries. Et graduellement, le cœur d'Évelyne battait de plus en plus fort. L'adolescente ne vivait plus que pour Fabrice.

IV

Mille fois, le soleil se leva et se coucha sur Paris.

Au Conservatoire, c'était le jour de la remise des diplômes. On ne s'entendait plus dans l'auditorium avec le tumulte des pas précipités, des interpellations bruyantes et des acclamations.

Tout le personnel et les élèves du Conservatoire étaient réunis dans la grande salle. Chaque professeur prononça un discours éloquent, aux propos tous plus semblables les uns que les autres. Pasquier fut le dernier à parler. Heureusement, il fut bref.

– Allez, jeunes gens et jeunes filles, maintenant, vous êtes prêts pour la gloire. Vous pouvez marcher la tête haute parce que vous êtes devenus des gens de classe supérieure au commun des mortels. Vous pouvez maintenant enseigner le chant et la musique. Vous êtes prêts pour la gloire. On se reverra sous les feux de la rampe.

* * *

Le lendemain, Romain et Fabrice accompagnaient les filles au port du Havre.

Depuis deux semaines, Évelyne était chagrine. Le fait de se séparer de Fabrice la rendait morose. Fabrice ne lui avait jamais dévoilé clairement ses sentiments. Il ne trouvait pas les mots. Toutefois, le garçon ne l'en aimait pas moins. Ces derniers temps, elle le sentait plus tendre, il retenait sa main qu'il gardait dans la sienne, comme s'il craignait de l'échapper, et en cet instant, elle sentait son regard chaud l'envelopper, sans un sourire, sans une parole.

Évelyne tourna sur elle-même et se trouva face à face avec Fabrice.

— Dites, Fabrice, un jour, vous viendrez chez moi, au Canada?

— Je vois ce jour bien loin, ce serait plutôt à vous de rester. Ne partez pas, Évelyne.

Fabrice s'approcha davantage.

— Vous savez bien que c'est impossible.

— Avec votre baccalauréat, vous trouveriez facilement du travail à Paris.

— Mes parents ne me le permettraient pas. Vous m'écrirez?

— À la condition que vous répondiez à chacune de mes lettres. Vous promettez?

— Promis!

Sur le quai, assis sur son ballot de vieux vêtements, un émigrant à la face brune jouait de l'harmonica. Un peu en retrait, cinq religieuses aux coiffes blanches bien empesées attendaient le départ, sans doute pour des missions lointaines.

Fabrice serrait désespérément la main d'Évelyne.

— Je ne peux pas croire que notre belle amitié puisse finir ici.

Fabrice avait dit « notre belle amitié » quand ses sentiments à elle étaient de l'amour. Elle n'osait pas mettre de mots sur ses sentiments. Elle attendait que Fabrice lui déclare son amour le premier ; craignait-il de se compromettre ?

Ni l'un ni l'autre ne savait que leur cœur battait au même rythme.

— Notre amitié est assez forte pour résister à l'océan. Là-bas, je vais vivre de nos beaux souvenirs et je vais m'ennuyer de toutes nos escapades.

Fabrice la regardait dans les yeux. Bientôt, Évelyne ne serait plus là avec sa bouche moqueuse et ses réparties spontanées. Tout ce qu'il avait à lui dire restait coincé dans sa gorge, parce que cela aurait été pour rien, sinon que pour souffrir davantage par la suite.

Un peu à l'écart, Romain tentait d'embrasser Sarah sur la bouche, mais celle-ci le repoussait poliment. Pendant toutes ces années, Sarah n'avait éprouvé qu'une vive sympathie pour Romain Dauvergne. Elle s'était toujours sentie en sécurité avec lui parce qu'il l'avait toujours respectée. Pourquoi, aujourd'hui, ne s'en tenait-il pas à leur camaraderie habituelle ?

— Je vois bien que je vous déplais, Sarah !

— N'allez pas croire ça, Romain. Mais à quoi servirait de nous accrocher si c'est pour nous séparer ? dit-elle. Je pars pour le bout du monde et nous ne nous reverrons jamais.

— Mais, Sarah ! Ça fait quand même trois ans que nous sortons ensemble, trois ans de bonheur, trois ans que j'attends un premier baiser. Vous vous souvenez de notre première rencontre au Piace Caffe, de nos escapades, de nos fous rires, de nos soirées de chant dans le garage du docteur Pillet, des fêtes de Noël chez mes parents, de nos déjeuners sur l'herbe ?

– Qu'avaient donc de si charmants nos déjeuners sur l'herbe si ce n'était nos plus niais bavardages ?

– Ne dites pas ça, Sarah. Pour moi, ils étaient très importants. Vous vous souvenez de tout ça, Sarah ?

– Oui, bien sûr que je me souviens et je n'oublierai jamais ! Nous avons tant ri ensemble, mais tout ça n'était pas de l'amour. C'était de la franche camaraderie.

– Pour moi, c'était de l'amour.

Romain l'enlaça tendrement en la regardant dans les yeux, comme s'il pouvait ainsi éveiller des sentiments chez elle.

– Dites-moi que vous reviendrez et que nous recommencerons. Ce jour-là, nous referons le même chemin et nous répéterons les mêmes fredaines.

Mais Sarah ne ressentait aucun sentiment amoureux pour Romain. Elle tenta de s'arracher de ses bras sans trop le brusquer.

– Ce jour-là, nous n'aurons plus l'âge des folies et de l'insouciance. Les plaisirs de jeunesse passent et ne reviennent plus et il ne reste que le souvenir

– Vous ne ressentez donc rien pour moi, Sarah, aucun sentiment ?

– Oui, Romain. Une solide amitié. Je mentirais si je vous disais ce que vous voulez entendre.

Romain se précipita à ses genoux, qu'il entoura de ses bras, et, le corps secoué de pleurs convulsifs, il cacha sa tête dans la jupe de Sarah qui n'osait bouger ni ne dire mot. Gênée de tant d'effusions, Sarah s'efforçait de garder son attitude ferme, mais elle perdait de son aplomb.

La voix rauque de la sirène annonçait le départ du paquebot.

— C'est l'heure, dit-elle.

Sarah se dégagea de l'emprise de Romain, un peu mal à l'aise de ne pas l'aimer, de ne pas répondre à ses sentiments ; « mais l'amour ne se commande pas », pensait-elle.

— Je vous garderai toujours en amitié. Mais ne m'attendez pas, Romain, vivez votre vie.

— Ne vous occupez pas de ma vie.

Romain recula d'un pas et Sarah vit passer dans ses yeux un regard chargé de mépris. Romain tourna les talons, contrarié.

Sarah était désolée de voir leur amitié se terminer aussi brusquement. Maintenant, Romain la détestait. Cependant, elle se sentait délivrée. Elle s'approcha de sa sœur dont les mains étaient soudées à celles de Fabrice.

— Viens, Évelyne, c'est l'heure du départ.

Les jouvenceaux ne bougeaient pas. Sarah tira la main d'Évelyne qui se laissa traîner.

— Viens vite, Évelyne. Le bateau ne nous attendra pas.

Sarah monta sur le paquebot, silencieuse. Elle laissait trois agréables années derrière elle et, même si ce long séjour se terminait mal pour Romain, elle aurait bien aimé que celui-ci soit là pour lui adresser des au revoir de la main !

* * *

Évelyne passa deux jours enfermée dans la cabine. Elle regrettait de ne pas être restée en France, en dépit des conséquences qui auraient pu s'ensuivre. Aux repas, elle mangeait du bout des dents et revenait aussitôt dans sa cabine. Inquiète, Sarah ne la quittait pas d'une semelle.

— Tu sais ce que c'est, toi, Sarah, que d'être en amour?

— Non, mais si c'est pour tant souffrir, je préfère ne pas le savoir.

— C'est une obsession qui te poursuit jour et nuit. C'est doux et triste à mourir.

— Et lui, il t'aime?

— Je pense que oui.

Évelyne ravala un sanglot.

— Je ne le reverrai plus jamais!

— Tu te souviens, au début, nous devions nous en tenir à l'amitié. Tu as brisé les règles du jeu.

— Je ne l'ai pas cherché. C'est venu tout seul. Fabrice est trop beau, trop gentil, trop tout. Ça fait trois ans que je l'ai dans le cœur.

Sarah tapota affectueusement la main de sa sœur.

* * *

La nuit venue, les flots frappaient sur la coque et tenaient Évelyne éveillée.

— Sarah, j'ai peur, ça brasse fort.

— La météo annonce du beau temps. Dors! Demain, nous allons retrouver nos soirées de chansons comme il y a trois ans, lors de notre première traversée.

— Écoute, j'entends des pas, si les autres passagers sont debout, c'est qu'il se passe quelque chose d'anormal. Allons les retrouver, ce sera plus rassurant en groupe.

— Non, s'il y a du danger, la sirène va crier. Le capitaine va s'occuper du bateau. Tu n'as toujours pas l'intention de piloter le navire toi-même?

Évelyne ne put retenir une moue boudeuse.

— Comme tu es drôle, Sarah Beaudry!

— L'océan, c'est comme toi, tantôt calme, tantôt agité, mais il finit toujours par s'apaiser.

V

Après trois ans d'absence, Sarah et Évelyne arrivèrent au port de Montréal avec, dans leur valise, un certificat en musique. Les jeunes filles suivaient à petits pas la file de voyageurs qui n'en finissaient plus de débarquer.

Charles-Édouard, Laurentienne, Honoré et Clarisse, appuyés au parapet, attendaient deux adolescentes quand ils virent s'approcher deux jeunes femmes très mignonnes à la taille fine et aux contours agréables : Sarah, les cheveux en boucles endiablées et folichonnes, Évelyne, les cheveux coupés au carré, agrémentés d'un bandeau sur le front. Elles avaient peint leurs lèvres d'un rouge criard et portaient des robes à taille basse qui laissaient voir le genou. L'engouement pour cette mode américaine perdurait dans le tout-aller malgré les nouveautés des grands dessinateurs de mode.

Charles- Édouard serra ses filles dans ses bras et recula d'un pas.

— Comme vous avez grandi. C'est pour ça que vos jupes sont trop courtes de trois doigts ? dit-il, mi-figue, mi-raisin.

Trois doigts, c'était peu dire. Sarah pinçait les lèvres pour ne pas rire et Évelyne avait un éclair malicieux dans les yeux.

— C'est la mode de Paris.

— Et ce teint foncé, et ce rouge à lèvres vulgaire, renchérit Laurentienne, c'est aussi une mode de Paris?

— Non, c'est le soleil qui nous a bronzées pendant la traversée.

— Vous vous débarrasserez de ces accoutrements provocateurs.

Sarah et Évelyne ignorèrent la remarque de leur mère. Laurentienne avait l'impression de parler à des sourdes.

— Je les trouve belles, moi! s'exclama Clarisse avec un sourire lumineux.

— Toi, ferme-la et occupe-toi de tes oignons!

Clarisse ravala son sourire, regarda autour d'elle pour s'assurer que personne n'avait entendu les paroles blessantes de sa mère et pencha la tête.

Déjà, Évelyne et Sarah prenaient chacune un bras d'Honoré et embrassaient ses joues.

— Tu nous as manqué, Honoré, lui dit Sarah. Là-bas, nous n'avions personne avec qui nous chamailler.

— Et moi de même.

Sarah tapotait son bras et Honoré souriait.

Charles-Édouard répétait sans cesse: «Mes petites filles!»

Soudain, Évelyne, n'en pouvant plus de faire bonne figure, éclata en pleurs. On mit ces effusions sur le compte de l'émotion. Seule Sarah en connaissait la vraie raison.

— C'est l'énervement, dit-elle. Évelyne n'aime pas la mer.

Évelyne se ressaisit aussitôt pour reprendre son air des bons jours et s'occuper des siens.

Puis vint le tour de la mère de déposer un bécot obligé sur les joues de ses filles. Il fallait bien pour ne pas être en reste. Sarah se colla contre Évelyne et chuchota:

– Maman est aussi froide qu'à notre départ.

Sarah remarqua que Clarisse avait quelque chose de différent, comme une luminosité dans son regard de sainte. À dix-neuf ans, elle aussi était à l'âge où les filles sont belles.

Sarah et Évelyne en avaient long à raconter sur leur séjour en France. Elles parlaient sans arrêt et leur conversation était comme une visite guidée dans Paris.

Honoré les interrompit.

– Vous parlez bien pointu !

La remarque déclencha un rire général.

Évelyne s'approcha de Clarisse.

– J'en ai vu des choses merveilleuses, des châteaux, des églises, des musées, la tour Eiffel. Mais si tu voyais leurs installations sanitaires, leurs toilettes à pédales, tu verrais que, sur ce point, la France est pas mal en retard sur nous. Monsieur Pillet est un des chanceux à posséder une toilette à l'eau.

– Qu'est-ce que c'est que des toilettes à pédales ?

– Dans le plancher, il y a deux marques de pieds creusées dans le béton, assez distantes l'une de l'autre. Ces traces ressemblent à des pédales de vélo, d'où, sans doute, leur nom de toilettes à pédales. Tu dois faire tes besoins debout ou accroupie. Ça pue là-dedans, si tu savais ! Il n'y a même pas une bolée d'eau pour couper la mauvaise odeur.

– Et ça se trouve dans toutes les maisons ?

– On trouve ces latrines dans les édifices, au bout des corridors.

– Tu en as vu des choses !

— Ce soir, je t'en raconterai des meilleures. Nous avons passé des moments merveilleux à visiter Paris.

Elle ajouta à voix basse :

— Et nous en avons eu du plaisir avec des copains. Malheureusement, l'inconvénient d'un voyage, c'est qu'il faut toujours revenir.

— Monsieur Pillet vous permettait de sortir ?

— Non ! Mais nous trouvions toujours le moyen de déserter la pension. Nous n'allions pas rester enfermées comme des dindes quand les jeunes de notre âge faisaient la fête.

Sarah aurait préféré passer leurs escapades sous silence, mais Évelyne racontait tout, se disant que c'était comme ça et que ses parents n'allaient pas revenir trois ans en arrière.

Charles-Édouard était pressé de retourner à la gare centrale. Le train en partance pour Saint-Jacques était à deux heures quinze.

— Partons, nous jaserons en chemin.

— Vous savez, reprit Évelyne, nous avons visité Paris de nuit comme de jour.

— Vous sortiez la nuit ?

— Parfois, oui, mais jamais seules ! Paris, la nuit, est merveilleux. Maintenant, je pourrais m'y promener les yeux fermés.

Charles-Édouard se demandait si c'était une bonne décision que d'avoir envoyé ses filles étudier à Paris ou si ce n'avait été que pour leur perte.

Moins bravache, Sarah retenait un sourire. Elle ne dit rien devant ses parents, mais elle ne pouvait compter les fois où, écartées dans Paris, elles avaient dû se faire rac-compagner à leur pension par des brigadiers.

Charles-Édouard était aussi heureux que le jour de son arrivée à Saint-Jacques. Ça se voyait à son regard pétillant.

— Maintenant, la famille est de nouveau complète. Allez, parlez-moi de vos études.

Les filles échangèrent un regard grave.

— Nous avons réussi notre diplôme, c'est ce qui compte ! s'exclama Sarah.

— Bien sûr, c'est ce qui compte ! Mais parlez-moi de vos notes ?

— Bonnes et celles d'Évelyne, moyennes.

Charles-Édouard fit une moue de mécontentement, mais il n'allait pas reprendre ses filles, sitôt arrivées.

— La fabrique est prête à vous payer cent dollars par année pour toucher l'orgue, dit-il, et la mère supérieure du couvent veut vous rencontrer pour des cours de piano aux élèves.

— Cent dollars, s'exclama Évelyne, mais c'est du béné-volat !

— C'est que vous êtes maintenant habituées de compter en francs.

— Avec cet argent, je vais m'acheter une bicyclette.

Laurentienne fit aussitôt volte-face.

— Ces machins sont bons pour les garçons. Tu te verrais, la jupe en l'air, surtout écourtichées comme vous l'êtes ? Vous n'en avez presque plus. Où voudrais-tu aller avec ça ?

« Tiens, ça recommence », pensa Évelyne. Elle ravala la réplique qui lui démangeait la langue. Dans son jeune temps, sa mère n'avait-elle pas fait fi de la morale ? À peine débarquées, c'était le retour à la sévérité, au verdict, à l'interdiction. Après les avoir laissées se débrouiller seules pendant trois ans, leur mère considérait encore ses filles comme des enfants.

— Ce serait juste pour le plaisir de me promener. Il existe des culottes aux genoux pour les filles qui font du vélo.

— Ça, jamais! Une fois à la maison, vous me brûlerez ces jupes courtes.

— Mais, maman, protesta Évelyne, elles ont coûté une petite fortune, et puis c'est la mode parisienne!

— Les filles du notaire font de la bicyclette, elles, ajouta Sarah. Vous nous les donnez toujours en exemple.

— Oubliez ça! La semaine prochaine, vous irez à Montréal vous acheter des robes convenables. Votre grand-mère vous accompagnera.

— Nous ne sommes plus des enfants. Nous avons l'âge de choisir nous-mêmes nos vêtements.

Les filles étaient à peine rentrées au pays que de nouveau la réalité leur sautait au visage. La vie reprenait là où elles l'avaient laissée, trois ans plus tôt, à la différence que la grande rue était macadamisée. La maison était fermée comme un cloître et les pièces semblaient avoir rapetissé pendant leur absence. Sarah et Évelyne n'avaient plus que la cour où respirer l'air pur. Cette cour était un petit royaume luxueux agrémenté de belles chaises d'osier et d'une fontaine blanche où venaient s'abreuver les oiseaux. Au centre, sur un tréteau, reposait un tableau peint par Clarisse dans ses rares loisirs. Mais c'était encore un endroit clos. Les filles sentaient l'espace se resserrer autour d'elles, en même temps que leur complicité.

Le soir, elles jacassaient comme des pies. Elles en avaient long à raconter à leur aînée sur leurs années de liberté.

Clarisse leur apprit que, quelques mois après leur départ pour Paris, leur mère, enceinte, avait fait une chute sur la glace. Elle avait pris le lit, mais la nuit venue, son père avait dû la conduire à l'hôpital où elle avait fait une fausse couche de cinq mois.

— Papa laissait entendre qu'elle s'était fêlé deux côtes, mais je n'étais pas dupe. À son retour à la maison, maman n'avait plus son ventre rebondi.

— C'était une fille ou un garçon?

— Comment savoir? Papa me cachait la vérité. Il ne se doutait pas que je les avais entendus se disputer la nuit où maman lui a appris la nouvelle.

— C'est dommage! reprit Évelyne, les yeux pleins d'eau.

— Aujourd'hui, l'enfant aurait deux ans.

VI

Ce jour-là, les cloches culbutaient joyeusement au bout de leurs câbles et leur musique retentissait jusqu'au fond des campagnes pour rappeler aux fidèles qu'on était dimanche. Il était neuf heures quinze. Sarah se mirait dans la petite glace du réchaud du poêle.

– Bon! Il faut que j'aille, moi.

Habituellement, Sarah se rendait à l'église vers neuf heures dix. Son porte-documents sous le bras, elle montait le long escalier aux cinq paliers qui menait au jubé. Une fois en haut, son premier geste était d'enlever son manteau et d'échanger ses bottines lacées contre des ballerines. Ainsi, ses pieds sentaient mieux le contact des pédales. Elle retirait ensuite de sa serviette des partitions qu'elle sélectionnait et déposait dans l'ordre sur le lutrin, puis elle entamait un air de marche qui, tantôt, réglerait le pas des arrivants.

Petit à petit, des bruits de pas martelaient le vestibule et les multiples escaliers menant au jubé. L'église se remplissait de fidèles et il en arrivait toujours de nouveaux: des gros, des grands, des fluets. Comme les places manquaient, quelques hommes se tenaient debout à l'arrière.

Sarah regardait les paroissiens s'entasser quatre par banc. Chaque dimanche ramenait les mêmes visages. Depuis son retour de Paris, ils avaient tous vieilli de trois ans.

Régulièrement, dans le banc de droite, en biais de l'orgue, s'agenouillait un garçon à l'air modeste que trois années d'absence avaient transformé en un fort beau jeune homme. Au départ de Sarah pour Paris, il était encore un adolescent aux bras et aux jambes démesurés. Comme Sarah arrivait tôt, elle assistait régulièrement à l'arrivée du garçon. La lumière oblique de la fenêtre démarquait son front droit et l'arcade prononcée de ses sourcils. Sa bouche molle aux commissures un peu tordues donnait l'impression qu'il se fichait de tout. Il avait toujours été là, et pourtant Sarah ne l'avait jamais remarqué particulièrement. Ce jour-là, sans savoir pourquoi, elle l'observait du coin de l'œil. Il était seul dans son banc, mais sitôt installé, il invita deux enfants d'une famille nombreuse à partager sa banquette. Il retenait un garçon par un bras, empêchant ainsi les gamins de s'asseoir côte à côte pour éviter les distractions et coups de coude, qui accompagnent parfois les jeux des jeunes fanfarons.

Après quelques mois d'un voisinage régulier, ils n'avaient pas échangé un mot, pas même un bonjour. Toutefois, cette présence continuelle créait, à leur insu, un lien mystérieux, une douce habitude.

Sarah s'en aperçut quand un certain dimanche, contrairement à la routine, son voisin n'y fut pas. Était-elle arrivée trop en avance? Elle consulta l'horloge. Qu'est-ce qui pouvait bien retenir ce garçon? Pourquoi n'était-il pas là? Il n'avait pas l'habitude de manquer la messe dominicale. Avait-il déménagé? Était-il malade? Si c'était le cas, elle le saurait, vu qu'elle accompagnait régulièrement son père aux visites à domicile. Mais qui sait, des fois, si un malaise bénin…

Cette absence décevait Sarah au point de la préoccuper. Ce manque était comme un vide inexplicable, un bonheur dont elle se sentait privée. Comment pouvait-elle se soucier ainsi d'un étranger dont elle ne connaissait même pas le nom? Pourquoi songeait-elle à lui quand rien, dans les manières de ce garçon, ne laissait croire qu'elle avait une quelconque importance à ses yeux? Elle s'était sans doute fait une trop haute idée de lui. Il avait une figure difficile à oublier, un regard paisible et une bouche appétissante, faite pour le sourire. Dépitée, Sarah fut tentée de déserter l'orgue, mais elle ne pouvait se désister au moment où la chorale attendait la note.

La messe commençait et, à pleins poumons, le chant de l'orgue aux mille voix montait et gémissait avec elle pour aller mourir en longs soupirs délirants.

Toute sa semaine en fut une de questions sans réponses et chaque fois, Sarah se demandait ce que venait faire ce garçon dans ses pensées.

* * *

C'était un dimanche pluvieux de novembre, et les cloches carillonnaient. Le sacristain accomplissait avec rigueur sa responsabilité. Il sonnait une première fois, pour réveiller les paroissiens endormis.

Sarah était en retard sur son horaire habituel. Elle fit ses ablutions à l'eau froide, poudra son visage et donna un coup de peigne rapide à ses cheveux. Heureusement, elle n'avait qu'à traverser la rue et à passer devant le couvent pour se rendre à l'église. À son arrivée au jubé, elle déposa son grand parapluie noir au sol et installa ses partitions sur le lutrin.

La cloche se fit entendre à nouveau. Cette fois plus joyeuse, plus urgente, elle sonnait le tinton.

Comme Sarah s'assoyait à l'orgue, le mystérieux garçon arriva, casquette à la main.

Avant d'entrer dans son banc, il fléchit le genou, se pencha légèrement de côté et s'informa à son voisin de dos, un dénommé Lapointe :

— C'est qui la fille qui joue de l'orgue ?

Lapointe pensait profiter de la naïveté du garçon pour le taquiner.

— Farine Beaudry.

Sur les entrefaites, une partition s'envola du lutrin pour se retrouver aux pieds de Sarah. Le jeune homme s'empressa de ramasser la composition musicale et la lui tendit avec un sourire.

— Tenez, mamzelle. Mamzelle ?

— Beaudry, Sarah Beaudry.

— Pis moé, Colin Coderre. J'reste dans le Bas des Continuations. C'est un beau nom, Sarah.

Colin tourna légèrement son corps pour cacher son geste à Sarah et, la main dans son dos, il montra à Lapointe un poing menaçant qui signifiait « Tu me paieras ça ». Derrière lui, le gars, content de sa bonne farce, retenait un sourire malin.

Sarah était très blanche, mais derrière ce masque, Colin trouvait la blonde demoiselle fort jolie avec ses yeux verts et sa fossette au menton.

Elle murmura un remerciement et, risquant le tout pour le tout, elle ajouta :

— J'ai remarqué que vous n'étiez pas là, dimanche passé. Je me demandais si vous étiez malade.

Colin remarqua que, quand la fille parlait, ses mots chantaient.

Colin sourit.

— Chus ben flatté de voir qu'on s'inquiète de moé. Non, j'étais pas malade ; j'étais invité chez ma sœur qui reste à Sainte-Marie pis j'ai assisté à la messe là-bas pour pas trop retarder son dîner. J'ai mangé un bœuf à la mode recouvert d'yeux gras qu'était pas piqué des vers.

Sarah trouva le garçon simple et spontané.

Les fidèles entraient. Une femme, qui exigeait un silence total dans la maison de Dieu, posa un doigt sur sa bouche et fit entendre un « chut ! » pour faire taire les jeunes gens, mais le garçon ne semblait pas vouloir mettre fin à leur conversation à peine amorcée.

— On pourra se reparler après la messe, une fois les gens sortis, proposa Sarah.

— Entendu !

Elle se rassit devant l'orgue et, grisée d'une sensation nouvelle, elle se mit à jouer des pieds et des mains sur l'instrument à vent. Ses doigts délicats caressaient les notes languissantes. Ce dimanche-là, pour Sarah, la grand-messe sembla interminable.

Une fois l'église vidée, le garçon quitta son banc et s'approcha de Sarah. Il lui dit pour la taquiner qu'elle utilisait mal la soufflerie, ce qui donnait des saccades à sa musique.

Elle rit. Elle savait que l'orgue est un orchestre entier auquel une main habile peut tout demander et qu'il peut tout exprimer.

— Je sais, dit-elle. C'est le rythme qui est saccadé. Je vous remercie de me le noter, mais j'avais la partition sous les yeux et j'ai bien suivi la lecture d'ensemble.

Colin rit de concert avec Sarah. Toutefois, il se traitait en lui-même de mal élevé. Qu'est-ce qui lui avait pris, lui qui ne connaissait rien à la musique?

La fille s'exprimait avec élégance. Tout un monde devait les séparer, mais il n'était nullement question de renoncer à une amitié possible. Alors commença entre eux un bavardage familier. La hanche appuyée contre l'orgue, le garçon tenait sa casquette à la main.

Sarah avait la sensation que sa vie commençait ce jour-là, gaie, vraie, amoureuse.

— Vous demeurez avec vos parents?

— Non, j'reste tout seul sur une ferme à trois milles du village. Mes deux parents sont décédés de la grippe espagnole quand j'avais un an. C'est Malvina, la plus vieille de mes sœurs, qui a pris la relève. Après ça, elle est rentrée chez les sœurs de Sainte-Anne. J'ai trois autres sœurs mariées. Aujourd'hui, j'reste encore dans la maison où chus né et où j'ai grandi. Je peux vous dire qu'elle est grande et vide en verrat!

Il avait dit « verrat! » Sarah se figea, comme si elle avait reçu un coup à la tête.

— J'peux vous reconduire chez vous, si vous me le permettez, ajouta Colin.

Sarah, le front soucieux, restait bouche bée devant l'écart de langage du jeune homme. Qui plus est, amener un garçon à la maison était impensable. Sa mère le mettrait carrément à la porte. Seuls les notables étaient agréés dans leur salon.

— Merci, je demeure tout près, au prochain coin de rue, en face du magasin Blondin.

— Vous êtes la fille du docteur Beaudry?

— Oui, et je suis certaine que mon père m'attend déjà pour le conduire aux malades.

— Les gens de la place racontent que les filles du docteur Beaudry étudient à Paris.

— Nous sommes revenues en juin dernier. J'aurais bien aimé jaser plus longtemps, mais je dois rentrer. Excusez-moi.

Colin recula d'un pas.

— Ben coudon! D'abord que c'est d'même, à la revoyure!

Colin se retira sur ce simple bonjour. Il était un peu déçu et pensa que cette fille n'était peut-être pas pour lui.

Après son départ, Sarah se rendit en douceur sur le plus haut palier et elle resta là, en retrait, à regarder Colin Coderre descendre les cinq petits escaliers, à sentir son cœur battre très fort. La venue de ce garçon dans sa vie était comme un vent de fraîcheur et elle se répétait qu'elle avait de la chance.

Sitôt à l'extérieur, Colin se mit à siffler comme un bienheureux. Le garçon ne se doutait pas que des yeux mélancoliques le suivaient, ni qu'une image de lui était gravée au plus profond d'un cœur.

Sarah glissa ses partitions dans son porte-documents et, légère comme l'air, elle descendit en trottinant les petits escaliers à étages qui menaient à l'extérieur.

Cependant, une pensée la tracassait : quelle piètre opinion Colin Coderre aurait-il d'elle après son refus de se laisser raccompagner ? Allait-il prendre son excuse pour une dérobade de sa part et à l'avenir l'ignorer ?

* * *

Au repas du soir, chez les Beaudry, tous occupaient leur place habituelle autour de la table. Les filles se levèrent à l'arrivée de leur père et dès que celui-ci se fut assis sur sa chaise, entouré de sa femme, plutôt reine que mère, et de son fils Honoré, Clarisse étendit sur la table une longue nappe brodée à la main et y déposa la vaisselle anglaise : des assiettes et des tasses d'une blancheur éclatante, à large bordure rouge vin, ourlée d'or. Les filles devaient respecter scrupuleusement les règles de la bienséance, placer le couteau et les cuillères à droite, deux fourchettes à gauche et plier la serviette de table en bonnet d'évêque, comme si, à chaque repas, on attendait la visite du pape. Chez les Beaudry, les repas se passaient différemment des autres maisons où, habituellement, on mangeait sur une toile cirée, dans une vaisselle écaillée, et où la mère servait les siens en premier et mangeait la dernière.

Évelyne s'occupait de l'omelette, qui collait au fond du poêlon, pendant que Clarisse plaçait un verre devant chaque convive, lorsque la mère aperçut un faux pli sur la nappe brodée.

– Clarisse, ta nappe est mal repassée. As-tu besoin de lunettes?

– Non, maman. C'est la marque de la pliure. Ça ne se reproduira plus.

Le père fit claquer sa langue contre son palais, une manie chez lui pour attirer l'attention.

– Apporte la soupe, Clarisse, et sers-nous.

Et comme toujours, Clarisse obéit.

À la première cuillérée, Charles-Édouard grimaça.

– Ta soupe n'est pas assez salée. Va chercher le sel.

Évelyne bouillait intérieurement de voir sa sœur faire figure de servante. Elle posa la main sur son poignet.

– Laisse, Clarisse. Je m'en occupe.

Évelyne se leva et, au retour, elle déposa brusquement la salière et la poivrière devant l'assiette de son père et soutint son regard.

Charles-Édouard n'avait pas besoin de plus pour comprendre. Il sourit. Toutefois, pas question de céder un pouce de son autorité paternelle.

– J'en prendrais un autre bol, Clarisse.

Et Clarisse se levait, s'assoyait, se levait de nouveau.

La famille avait conservé les coutumes de la ville. Là-bas, on ne plaçait pas la chaudronnée de soupe au centre de la table. Clarisse remplissait une grande louche de soupe au riz qu'elle versait dans les bols avant de les distribuer. Pas un instant, elle n'arrêtait de servir, son père en premier, sa mère en deuxième, puis Honoré et les autres.

Pendant quinze minutes, on cessa de causer dans la salle à manger; on n'entendait que les cuillères racler les bols et le bruit des lampées. Puis Évelyne servit une omelette aux fines herbes, baveuse sur le dessus, brûlée en dessous. Son père repoussa l'assiette.

— Pouah ! Ça sent le roussi, ma puce. Clarisse la réussit mieux que toi. Laisse ta sœur à ses chaudrons.

— Quand nous étions enfants, vous nous disiez : « Si ce n'est pas de ton goût, passe sous la table. »

Charles-Édouard retint un sourire. « Celle-là, pensait-il, elle ne se laissera pas piler sur le gros orteil. » Il regardait Évelyne avec une adoration dans le regard.

Sarah observait la scène. Évelyne pouvait braver son père, celui-ci supportait tout venant d'elle, même ses bravades le faisaient sourire, tandis qu'avec Clarisse, il ne laissait rien passer.

— Sers le dessert, Clarisse.

Quand le père eut mangé sa part de gâteau, il se fit apporter la Gazette, que lui seul pouvait lire, les autres ne connaissant pas l'anglais. Il attendait chaque fois que la table soit desservie pour l'ouvrir à pleine grandeur.

— Après la vaisselle, nous allons prier pour la veuve Lachapelle qui va bientôt rendre l'âme.

Un moment après, ils étaient tous à genoux sur le plancher dur de la salle à manger, les yeux tournés vers le crucifix.

Ses dévotions terminées, Charles-Édouard s'adonna tranquillement à la lecture de son quotidien et à dix heures, il salua son monde avant de se retirer.

— J'espère que la nuit ne sera pas trop agitée. Ça fait deux jours que je ne dors pas.

— Pourtant, rétorqua Évelyne, je vous ai vu cet après-midi étendu sur le fauteuil du salon, vous dormiez, la bouche ouverte, les pieds sur le pouf.

— Juste un petit somme. Ce n'est pas ce que j'appelle un sommeil réparateur.

* * *

Au beau milieu de la nuit, des cris dans la rue et des coups frappés à la porte obligèrent Charles-Édouard à se lever. Un homme venait pour sa vache. Il criait d'une voix plaintive que sa bête allait mourir et qu'il n'avait pas d'argent pour payer un vétérinaire. L'homme ne cessait de tambouriner à la porte. Charles-Édouard sauta dans son pantalon.

— Entrez, c'est ouvert, et cessez ce vacarme, vous allez réveiller le village au complet.

L'homme traînait sur lui une odeur d'étable. Le médecin retint une grimace.

— C'est pour un accouchement?

— Oui, je viens pour ma vache.

— Qu'est-ce qu'elle a, votre vache?

— Elle est pas capable de vêler. Je vais la perdre.

— Je soigne les humains, moi, pas les bêtes! Il faut vous adresser au vétérinaire.

— Je le sais ben, mais j'ai pas d'argent et si ma vache meurt, j'vais mourir avec, dit l'homme, pris de panique.

À l'entendre se lamenter, c'était à se demander qui de lui ou de sa vache était le plus souffrant. Le médecin le prit en pitié.

— Attendez un moment.

Charles-Édouard téléphona au vétérinaire et lui expliqua le cas urgent.

Au bout de la ligne, le soigneur mécontent répondit :

— Vous me réveillez en pleine nuit !

« Enfin, pensait Charles-Édouard, un autre que moi va savoir ce que c'est que de passer des nuits blanches ! »

Au bout de la ligne, le vétérinaire tentait de se débarrasser du client.

— Dites-lui que sa vache est finie, qu'elle va mourir. Et qu'il me foute la paix !

— Ça ne se dit pas ! En tant que médecin, je sais que vous pouvez faire quelque chose pour sauver sa bête.

— Bon, ça va ! Qu'il ne bouge pas ! J'arrive dans la minute.

Le médecin raccrocha l'appareil. Il donna une tape dans le dos du client et le poussa vers la porte.

— Le vétérinaire s'en vient. Allez l'attendre sur le perron.

— Le vétérinaire ? Ça veut dire des frais et je viens de vous dire que j'ai pas d'argent pour le payer.

— Vous lui donnerez une corde de bois ou une poule. Prenez un arrangement avec lui. Moi, j'ai besoin de dormir.

VII

Assise au bout de la table, Évelyne pelait les pommes de terre. Elle laissait tomber ses épluchures sur une feuille de journal et tournait la patate en tout sens dans sa main pour voir si elle n'avait pas oublié un œil ou deux avant de la déposer dans un chaudron à moitié rempli d'eau. Elle regarda ses doigts sales de terre.

— Pourquoi faut-il que ce soit toujours à moi que revienne cette tâche malpropre ?

— Si personne ne fait rien, rétorqua Clarisse en enfournant une tarte au raisin, nous devrons nous passer de manger.

— C'est répugnant. Ailleurs, c'est la mère qui prépare les repas.

— La nôtre n'a pas la santé. Laisse, je vais m'en occuper tantôt. Va plutôt mettre une bûche au feu.

— Je préfère dresser la table.

Après avoir alimenté le feu, Évelyne étendit la nappe sur la table, y déposa deux bougies, puis étira le cou à la porte qui donnait sur la cour.

— Sarah, viens m'aider.

Sarah se reposait dans le jardin fleuri qui gardait sa fraîcheur d'oasis. Elle feuilletait en léchant son doigt à chaque page un roman d'Émile Zola, *Nana*, un livre qui était à l'index dans la province, mais qu'elle avait trouvé à

Paris, sur un banc de la gare Saint-Martin. En entendant la porte claquer, Sarah plia rapidement un coin de page et fit disparaître le roman sous le coussin de sa chaise.

Son père approchait.

– Sarah, viens! Nous devons aller chez madame Rochon aux Continuations et, une fois dans le rang, nous passerons ausculter Louis-Joseph Martin.

Sarah regarda son père, étonnée. Il en était rendu à employer le «nous» pour la souder davantage à sa profession.

– Pour aujourd'hui, Évelyne ne pourrait pas me remplacer? Ce serait bien son tour. Je m'occuperai du souper avec Clarisse.

– Mais non, lui dit doucement son père, tu sais bien que ta sœur s'évanouit à la vue du sang.

– Évelyne? C'est récent ce malaise?

Sarah tenait tête, mais elle savait que c'était inutile, qu'en fin de compte, elle flancherait. Pour elle, les mots obéissance et respect avaient un sens très marqué. Elle jeta à son père un regard de côté. Charles-Édouard avait l'air impassible. Elle monta dans la voiture.

La pouliche courait et le cabriolet tremblait sur le chemin gravillonné qui longeait les terres plates. À chaque ferme, un chien jappait. Les plus galants d'entre eux allaient jusqu'à reconduire les attelages à la limite de leur territoire.

Arrivé chez les Rochon, le médecin trouva une maison vide.

– Madame doit encore être aux champs. Je lui ai pourtant défendu de travailler la terre, mais elle n'écoute pas mes recommandations. Nous repasserons un autre jour.

– Encore revenir ? Ah, non ! Attendez ! Regardez, papa, ils sont tous là-bas.

Sarah pointait du doigt le bout du lopin, où travaillait la famille.

Un gamin tenait un piquet de clôture que sa mère enceinte enfonçait à coups de masse. Près d'elle, les petits, comme leur mère, passaient leurs journées aux champs. Leur terrain de jeux était sans limites. Sarah compta huit enfants.

En apercevant la voiture du médecin, la femme laissa son travail en plan et se pressa de descendre du champ par le petit chemin de terre appelé « la route des vaches ». Elle poussait une brouette où Louise, sa petite dernière, vidait une bouteille de lait gardée au frais dans l'eau du ruisseau.

– Regardez, ils viennent ! s'exclama Sarah.

– Nous allons l'attendre. J'ai deux mots à lui dire, à la Françoise.

Dans le pré, un troupeau de vaches au regard abruti paissait tranquillement et, parmi elles, un taureau menaçant, le cou pris dans un carcan en bois, piétinait rageusement le sol de son sabot, prêt à encorner. Heureusement, un chien vigilant veillait sur les enfants.

Le médecin et sa fille patientaient dans la voiture. Devant eux, la pouliche fringante fouettait de la queue.

Dans l'attente, Charles-Édouard entreprit de raconter à Sarah la situation de la famille Rochon :

– Chez ces gens existe une pauvreté extrême. Comme le mari n'est pas très fort, la mère se tape seule le travail de la maison et de la ferme. Madame Rochon est un gros cas. Tous les ans, un nouveau bébé se présente. Tu vois, Sarah, à sa troisième grossesse, la Françoise était attelée aux mancherons de la charrue. L'accouchement a été difficile. La pauvre est passée à un cheveu de la mort. Ses os étant sans souplesse, son bassin s'est ouvert et depuis, à chaque naissance, le même problème revient ; madame doit passer trois mois en chaise roulante. Mais que veux-tu ? Elle n'écoute pas mes recommandations ! Françoise Rochon est une femme travaillante, aimante et ambitieuse à qui on ne peut reprocher rien d'autre que de trop travailler.

Sarah poussa son père du coude pour l'avertir de se taire. La femme aurait pu l'entendre ; elle approchait entourée d'un essaim de joyeux gamins en guenilles, avec des frimousses pleines de rires et des yeux ruisselants de bonheur, ce qui mit Sarah en gaieté. Un grand chien maigre grognait, la gueule retroussée, l'œil méchant, prêt à sauter, à mordre. C'était un bon gardien qui ne pouvait tolérer des étrangers sur son territoire.

Charles-Édouard, mécontent, descendit de voiture et, de son fouet, il menaça la bête.

– Pousse-toi, sale cabot !

Puis il s'adressa à la femme :

– Bonyousse ! Combien de fois je vous ai demandé d'attacher votre chien ?

– Les enfants, occupez-vous-en.

Hervé, l'aîné, n'eut qu'à siffler et pointer du doigt le dessous du perron pour que la bête s'y terre.

Le médecin suivit la Rochon à l'intérieur. Les plus jeunes craignaient Sarah avec son visage étrangement blanc. Ils se collaient à leur mère, mais le médecin, d'un geste paternel, tourna les petites épaules vers l'extérieur.

— Allez, restez dehors, vous entrerez quand on vous le dira.

Le médecin remarqua le front rouge de sa cliente. Était-ce une insolation ou encore une montée de température?

Sarah porta son attention sur les pieds de la femme brûlés par le soleil puis sur sa chemise trouée qui laissait voir son scapulaire, deux petits morceaux d'étoffe bénits, réunis par des cordons et attachés au cou.

La maison était sale, très sale. Les restes du dernier repas traînaient sur la table et de grosses mouches vertes voletaient au-dessus. Il n'y avait pas lieu d'être surpris, la femme ne pouvait être aux champs et à la maison en même temps. «Quelle vie dure! Moi, jamais je ne pourrais», pensait Sarah.

Sitôt entrée, la dame savonna rapidement ses mains crevassées où brillait un anneau en or. Elle traversa à sa chambre et s'allongea sur un lit défait, les pieds sales de terre, les ongles ourlés de noir et, sur la tête, une casquette grise qu'elle n'avait pas pris le temps d'enlever. Le travail aux champs pressait trop. Sous la visière dépassaient des cheveux mal entretenus dont le gris tournait au jaune.

À son tour, Charles-Édouard savonna longuement ses mains devant l'évier de la cuisine et suivit la femme à la chambre.

— Viens, Sarah. Tu vas prendre la température rectale de madame.

Sarah plaça le thermomètre sous la langue de la femme.

– Allons, allons, Sarah, au rectum. Tu es une infirmière, voyons.

Sarah retira le petit instrument de verre et cette fois l'installa sous une aisselle.

– Mais non, protestait son père, à l'anus, à l'anus.

Sarah, mal à l'aise, rougit.

– Non. Je ne suis pas une infirmière et je n'aime pas ça.

– Il faut bien. Tu dois t'habituer.

Sarah, indignée, quitta la chambre rapidement, laissant le thermomètre sous le bras de la Rochon.

Jusqu'où son père irait-il avec ses exigences ? Lui demanderait-il le même service pour les hommes ? Ça, elle ne le pourrait pas. Sa décence le lui interdirait. Sarah éprouvait de la rancœur envers son père. Au retour, elle lui dirait carrément sa façon de penser.

Aux naissances, Sarah donnait quelquefois le premier bain à l'enfant, mais quand arrivait le temps d'assécher le nombril avec du peroxyde, elle se trouvait chaque fois embarrassée devant cette forme répugnante qui ressemblait à une grosse verrue. À l'occasion, il lui arrivait de nettoyer des plaies et de poser des pansements, mais son assistance s'arrêtait là. Elle refusait de donner des injections, d'administrer des lavements et d'insérer des suppositoires.

Dans la pièce d'à côté, le médecin procédait à un examen rapide et, en même temps, il grondait la dame en empruntant une grosse voix :

– Vous travaillez trop fort, madame Rochon. Je vous avais pourtant interdit tout travail aux champs. Vous vous souvenez ?

— Y faut ben gagner sa croûte.

— C'est à l'homme que revient cette tâche.

— Mon mari est à la ville. Y cherche un travail pas trop fatigant, comme chauffeur de taxi, par exemple. L'agriculture demande beaucoup pour un homme qu'a pas de santé.

— Au train où vous allez, ce sera bientôt vous qui allez perdre la vôtre.

* * *

Un jour, Rochon, venu en visite à la campagne, avait proposé à sa femme d'aller demeurer à Montréal. Celle-ci avait refusé net, prétextant qu'elle ne se voyait pas élever huit enfants à la ville.

— On sait jamais, les mauvais amis! Ensuite, si nos jeunes tournaient mal, j'me le reprocherais. Et pis, icitte, les petits ont toute l'espace pour courir.

Au fond, Françoise Rochon ne pouvait pas se passer de sa terre. Sa ferme, c'était son ambition, sa vie.

D'un certain point de vue, l'absence de son mari l'arrangeait et, même si elle adorait ses enfants, elle préférait le travail de la ferme aux maternités. Sans son homme, elle pouvait prendre toutes les décisions sans que personne ne la contredise et, de son côté, monsieur s'était déshabitué du bruit de la marmaille. Sa femme avait pourtant insisté pour la forme :

— Reste plutôt avec nous autres sur la terre de tes parents. Après tout, nous, on est ta famille.

— Tu sais ben Françoise que sur la ferme j'serais d'aucune utilité.

— T'es mon mari et, comme c'est là, les enfants ont pas de père. Reste donc, même si ce ne serait que pour imposer ton autorité.

— À la ville, j'peux gagner de l'argent. On pourra les faire instruire.

Françoise Rochon n'en avait plus parlé. L'affaire était réglée à l'avantage des deux conjoints.

* * *

Son examen terminé, le médecin précéda la Rochon à la cuisine.

— Au train où vous trimez, votre cœur va flancher. Et puis, vous savez dans quel état est votre bassin ? Si vous continuez de vous tuer à des travaux d'homme, je ne vous soignerai plus. Vos os sont durs comme de la pierre.

La Françoise restait muette. Qu'adviendrait-il de sa ferme, de ses animaux, sans personne pour cultiver ses champs, pour soigner et traire ses vaches ?

— Qui d'autre que vous pourra m'accoucher ? demanda-t-elle, désespérée.

À voir la figure de la femme s'allonger, le médecin regrettait déjà ses paroles sévères. Il se rétracta :

— Votre temps venu, vous m'enverrez chercher, mais ne soyez pas surprise si l'accouchement est difficile.

Sitôt le médecin installé dans la voiture, Sarah mena l'attelage chez Louis-Joseph Martin. Elle en voulait à son père. Deux minutes plus tôt, elle était bien décidée à régler cette histoire de température rectale, et pourtant, elle ne disait rien ; sa pudeur lui conseillait de se taire.

Elle ne trouva rien d'autre pour contester qu'une longue bouderie. Emmurée dans son silence, elle établissait une comparaison entre sa mère, une poupée gâtée qui gaspillait ses journées à paresser, et madame Rochon, qui travaillait avec acharnement pour nourrir sa marmaille. Au bout d'un moment, son père demanda :

– Tu m'en veux, Sarah ?

Sarah ne répondit pas.

– Tu n'aimes plus ton père ?

– Mais oui ! Vous le savez bien !

Sarah aurait voulu lui expliquer son embarras et régler la question une fois pour toutes, mais comme à chaque fois, elle échoua. Elle n'arrivait pas à se départir de ce malaise, à surmonter sa pudeur pour tout ce qui concernait les parties intimes.

Chez Louis-Joseph Martin, comme il était question d'un examen de routine, Sarah arrêta sa bête à l'ombre d'un noyer et attendit son père dans la voiture. Sur le chemin du retour, elle s'informa :

– Et puis, comment avez-vous trouvé monsieur Martin ?

– Il prend du mieux. Cet homme est encore jeune. Avec un peu de repos et un régime sans sucre, il va s'en tirer.

Soudain, Sarah crut que son cœur allait cesser de battre. Colin, le garçon du jubé, était là, tout près du chemin, avec un chapeau de paille sur le nez, des cernes de transpiration sous les bras et une salopette de travail qui laissait voir un large trou sur une fesse. Le garçon semait la dernière planche de son champ de blé. Cette furtive apparition suffit à ramener la bonne humeur dans le cœur de Sarah.

Au bruit des fers à cheval qui frappaient le gravier, Colin leva les yeux et reconnut l'attelage du médecin. Il souleva son chapeau de paille d'un coup de pouce. Sarah lui adressa un sourire discret. Tout le reste du trajet, elle ne pensa plus qu'à Colin, à sa satisfaction de savoir maintenant où il habitait et à se remémorer son gentil salut.

Une fois rentré chez lui, Charles-Édouard déposa sa trousse près de la porte, suspendit sa veste et son chapeau à la patère puis traversa à la cuisine. Il dégusta un léger repas, à la suite de quoi, il reprit son gilet et sortit faire une petite promenade digestive sur le trottoir de bois. Quand il sortait à pied, c'était généralement pour flâner, la veste ouverte, les mains dans le dos.

Devant la boulangerie, le médecin reconnut une bande de jeunes déguenillés de la rue des Petites misères. Les mains dans les poches, le ventre vide, les petits dévoraient des yeux la vitrine appétissante. Ils se gavaient en pensée et montraient du doigt les meilleures pâtisseries

Charles-Édouard s'arrêta un moment. « Si je leur payais une brioche ? se dit-il. Ces enfants ne doivent pas s'en régaler souvent. » Il hésitait pourtant. Il risquait par la suite que la légion de gamins le poursuive comme s'il était un généreux donateur. Les garçons semblaient ignorer le reste du monde pour ne penser à rien d'autre qu'à une pâtisserie à la crème. Ils discutaient entre eux, à qui choisirait la meilleure brioche. Charles-Édouard s'approcha et, comme les petits allaient déguerpir, il les invita à entrer et les fit asseoir sur un banc qui servait à l'attente.

– Choisissez la meilleure.

Les enfants, étonnés, pointèrent du doigt la pâtisserie de leur choix. Charles-Édouard commanda, paya et se retira sans attendre un merci.

Arrivé chez lui, il se jeta sur le divan pour une sieste réparatrice qui compenserait ses urgences de nuit. Comme chaque jour, à deux heures sonnantes, Sarah réveilla son père. Il but une tasse de café brûlant, additionné d'une once de cognac, avant d'ouvrir son bureau.

Sarah profitait de ce temps libre pour se retrouver dans la cour arrière de la maison où elle causait avec Évelyne pendant que, près d'elles, Clarisse peignait une toile à l'aquarelle.

VIII

Décembre frappait aux portes des maisons, cherchant un peu de chaleur au coin du feu. C'était une nuit de tempête. On avait l'impression que le vent, pris d'une rage folle, essayait de virer les maisons de bord. La neige en rafales tourbillonnait follement et se butait à tous les obstacles jusqu'à tomber d'épuisement et se laisser choir en banquises qui rendaient les chemins impraticables.

Tout était sombre dans la cuisine des Rochon. Les enfants couchés, la mère, seule comme une veuve, veillait à la lueur de la lampe à huile. La femme avait conservé cette ancienne habitude moins coûteuse que l'électricité. Ce soir-là, dans sa cuisine en désordre, elle relaxait assise dans la berçante. C'était le seul temps de repos qu'elle pouvait s'accorder, mais les aiguilles de l'horloge trottaient sur la piste du temps et lui conseillaient d'aller se coucher.

Françoise Rochon ne pouvait fermer l'œil. La bise effrontée sifflait aux fenêtres et des bourrasques secouaient la maison qui craquait de tous ses os, mais la tempête n'était pas la cause de son insomnie. Ces derniers temps, elle n'arrivait pas à trouver de position confortable. C'était toujours comme ça, à la fin de ses grossesses. Pour ajouter à son inconfort, la petite Louise, qui partageait la même chambre qu'elle, s'était mise à tousser sans arrêt. La femme s'était levée et avait enduit son estomac de camphre.

Elle s'attarda à contempler sa cadette. À quinze mois, l'enfant n'était encore qu'un bébé et pourtant, très bientôt elle devrait céder son berceau au suivant. La mère caressa le petit front moite. Une crampe légère l'indisposait, sans doute causée par sa lourdeur. Depuis deux semaines, son ventre avait un peu descendu. Chaque fois qu'elle montait l'escalier, elle le sentait appuyer sur le haut de ses cuisses. Elle quitta la chambre. Marcher un peu lui ferait sans doute du bien. Les mains sur sa grosse bedaine, elle se rendit à la cuisine en faisant craquer le parquet sous son poids. Elle s'approcha de la fenêtre givrée. Une autre crampe l'incommoda. « Je digère mal », se dit-elle. À travers les petits cristaux blancs, la femme voyait passer la neige, comme une traînée de poudre haute comme la maison.

– Quel temps de chien! échappa-t-elle tout haut. Pis moé qui dépasse mon temps. Et si ces crampes étaient des contractions?

Elle espérait que le bébé attende la fin de la tempête pour se pointer le nez. Quelques minutes plus tard, elle sentit un liquide s'échapper de son corps et couler entre ses jambes. Elle perdait ses eaux. C'était l'annonce de la naissance. Ce qu'elle redoutait se produisait. « Quelle affaire! En pleine tempête. » Elle monta péniblement à l'étage et secoua son fils aîné.

– Hervé, réveille-toé.

Hervé se frotta les yeux.

– Va vite demander à monsieur Colin d'aller au village chercher le docteur.

Hervé sursauta.

— Le docteur, m'man ? Êtes-vous malade ?

— Oui !

Hervé s'assit carré dans le lit.

— Allez-vous mourir ?

— Non ! Grouille, pis dis à monsieur Colin que c'est pressant.

— Pis si monsieur Colin refuse d'aller au village avec cette tempête ?

— Y refusera pas. Dépêche-toé.

Dans l'attente, Françoise Rochon pensait à ses enfants qu'elle avait l'habitude d'expédier chez les voisins pour les soustraire aux lamentations qui précèdent la délivrance. Cette nuit, avec ce gros temps, c'était impensable de les éloigner. Ils resteraient dans leur lit et elle n'aurait qu'à taire ses douleurs. Elle conduisit la petite Louise à l'étage dans la chambre des filles, elle la déposa sur le lit entre Pauline et Catherine, puis referma la porte derrière elle. Une fois revenue à la cuisine, elle se rendit à la fenêtre qui donnait sur le chemin, mais elle ne voyait ni ciel ni terre. Son fils s'était-il rendu chez Colin Coderre ou avait-il été enterré vivant sur la courte distance qui séparait les deux maisons ?

* * *

Hervé était un petit débrouillard de onze ans qui aimait jouer le rôle de père de famille et, de ce fait, prendre lui-même des initiatives risquées. Aussi décida-t-il de passer outre la recommandation de sa mère pour se rendre directement au village. Il marcha jusqu'à l'écurie dans la neige jusqu'aux fesses et sangla la Rousse, la plus rapide des trois bêtes, puis monta dans la carriole. Comme tout bon charretier, Hervé secouait les guides sur la croupe de la jument et criait :

— Ho, la Rousse ! Ho donc !

La bête s'élança dans la nuit. Elle tournait la tête au vent pour ne pas étouffer. Elle n'avait pas le choix, il fallait aller. Elle affronta courageusement la tempête jusqu'au village.

Arrivé chez le docteur, le petit garçon, dans son gros capot d'étoffe grise, se leva et, debout dans la voiture, il s'arc-bouta des pieds en tirant les rênes de toutes ses forces et cria :

— Wô ! La Rousse, wô !

* * *

Pendant ce temps, dans la petite maison des Rochon, les douleurs se succédaient et Hervé ne revenait pas. Une inquiétude de plus dévorait Françoise Rochon. Où pouvait bien se trouver son petit garçon ? « Comme si j'avais besoin de ça ! » se dit-elle.

* * *

En pleine nuit, on sonnait chez le médecin.

Charles-Édouard se présenta à la porte, vêtu d'une longue combinaison grise. Un garçon d'à peine onze ans se tenait devant lui, le cou engoncé dans son col relevé, le nez collé à la vitre. Le médecin ouvrit. Le vent tentait de

lui arracher la porte des mains et poussait sur lui un tourbillon de neige. Charles-Édouard recula d'un pas et tira
vivement le gamin à l'intérieur avant de refermer en
vitesse.

— Entre, mon brave.

Hervé, tout heureux d'arriver à destination, grelottait
de froid.

— Monsieur l'docteur, m'man vous fait dire de venir
vite.

— Baisse le ton, tu vas réveiller toute la maisonnée.
Dis-moi d'abord qui est ta mère.

— Françoise Rochon, du Bas des Continuations.

— Y a-t-il une sage-femme avec elle ?

— Non.

— Bonyousse ! Elle est seule en pleine tempête ? Elle
n'a pas choisi son temps. Tu aurais dû demander à une
voisine de lui tenir compagnie, mon jeune.

Si maman savait que je chus rendu icitte, je serais mis
en pièces.

Le médecin, étonné, releva le menton d'Hervé et le fixa
dans les yeux.

— Dis donc, bonhomme, tu vas m'expliquer pourquoi
ta mère te mettrait en pièces. Ce n'est pas elle qui t'envoie
me chercher ?

— Elle voulait que ce soit m'sieur Colin, notre voisin,
mais j'me sus dit que j'pouvais le faire moé-même sans
déranger personne.

— Attends-moi ici et secoue la neige de tes vêtements
pendant que je m'habille en vitesse.

— Le vent est fort. Dehors, on étouffe.

Depuis deux jours et deux nuits, Charles-Édouard se gorgeait de travail. C'était malade sur malade et on le réclamait encore. Trop occupé à réparer la machine humaine, il ne trouvait même plus le temps de dormir, de lire son journal, de parler à ses enfants.

Le médecin était disposé à tout abandonner comme chaque fois qu'il était épuisé, mais n'était-il pas responsable de la femme qui allait accoucher? Deux vies dépendaient de lui. Il devait se changer en une espèce de saint. Et ce renoncement s'imposait parce qu'aucune autre solution ne s'offrait à lui. « Il faudrait un deuxième médecin dans cette paroisse », pensait-il.

Il grimpa l'escalier aussi vite que ses vieilles jambes le lui permettaient jusqu'à l'étage où il entrouvrit la porte de la chambre des filles. Il secoua Sarah qui dormait comme une marmotte.

– Viens, Sarah, un accouchement en pleine tempête. Habille-toi chaudement.

Sarah, mal réveillée de ses rêves, se dressa sur son séant et tendit l'oreille à savoir si on l'avait bien appelée.

– Vite, Sarah. Madame Rochon doit se faire un sang de punaise.

« Madame Rochon », se répétait la jeune fille. Celle-là, son père lui avait dit qu'il ne l'accoucherait plus et maintenant que venait l'heure, il n'y pensait même pas.

Sarah se sentait morte de sommeil, mais elle devait obéir. Elle redevenait, encore une fois, la fille résignée, liée à son père par l'attelage. Puis elle pensa à Colin, à sa ferme qui était voisine de celle des Rochon, et, comme mue par un ressort, elle se jeta hors de son lit et s'habilla en vitesse.

Elle coiffa son passe-montagne beige qui laissait voir ses belles joues rondes et, à tâtons dans la pénombre, elle s'engagea dans le corridor qui menait à l'escalier puis à la cuisine. Le vent d'ouest gémissait dans la cheminée. Une fois en bas, Sarah attendit son père près de la grande table en noyer qui occupait le centre de la pièce. Charles-Édouard se coiffa d'un tuyau de castor qu'il enfonça des deux mains sur sa tête jusqu'à ce que son front tout entier disparaisse sous la fourrure brune. Il parlait bas, le reste de la maisonnée dormait.

— Maintenant, si une bourrasque emporte mon chapeau, il aura tout mon corps avec.

Il saisit sa trousse qu'il laissait toujours près de la porte, où le gamin dormait, affalé sur une chaise.

— Je vais attacher la jument des Rochon derrière notre voiture et laisser un peu de lousse au câble. Comme ça, si ma pouliche prend le fossé, la jument des Rochon sera là pour la tirer. Réveille le petit et fais-le monter avec nous ; dans la voiture, il sera au chaud sur tes genoux.

Charles-Édouard fit ciller le fouet pour exciter sa pauvre bête, mais la neige accumulée ralentissait son allure. La pouliche marchait à longues foulées, tentant de suivre le chemin étroit presque disparu dans l'immensité blanche. L'attelage fonçait dans le brouillard sans s'occuper des obstacles et risquait à chaque instant de verser.

Confortablement installé sur les genoux de Sarah, Hervé cédait au sommeil.

La nuit, le ciel, le sol, tout se confondait dans un tourbillon blanc. Avec la poudrerie, les occupants ne voyaient pas plus loin que leur nez, sauf qu'ici et là un piquet de clôture servait de balise. Sarah remonta la peau de buffle sur sa tête. Le bercement de la voiture et le gémissement du vent engourdissaient son esprit. La pouliche, les cordeaux sur le cou, enfonçait jusqu'aux paturons dans la neige. La pauvre bête luttait ferme contre les rafales qui lui cinglaient les naseaux.

Sarah s'endormit à son tour, serrée contre son père, comme quand elle était petite. La tempête n'était pas pour elle. Malheureusement, le poids du gamin sur ses genoux engourdissait ses jambes et, pour ajouter à son inconfort, son père ne cessait de se lever de la banquette pour mieux distinguer le chemin et y guider sa pouliche et, chaque fois, la peau de fourrure glissait un peu plus bas. Charles-Édouard s'asseyait ensuite et causait d'une voix très forte, à cause du grondement du vent, pour tenir Sarah éveillée.

— Si je peux arriver à temps.

Charles-Édouard pensait à la pauvre femme qui risquait d'accoucher seule.

— Bonyousse! A-t-on idée d'envoyer un enfant dehors, la nuit, en pleine tempête! Des plans pour qu'on le retrouve le lendemain, mort gelé.

— Madame Rochon n'avait pas le choix.

— Oui, elle l'avait! C'est au père que revient cette tâche, mais il préfère traîner à la ville.

— Papa, voyons!

Sarah craignait que le garçon entende critiquer son père. Charles-Édouard continuait:

— Finalement, c'est peut-être mieux ainsi. Il ne lui en fera pas un autre pour l'an prochain.

Sarah détestait entendre son père lui parler de pro-création. Il poussait souvent ses remarques jusqu'à discuter de tout ce qui touchait la maternité ou les organes génitaux quand, dans les familles, on cachait scrupuleusement la venue prochaine d'un enfant. Sarah faisait mine de dormir. Les réflexions libres de son père choquaient ses pudeurs secrètes, un peu comme si on lui enlevait sa robe.

Sarah se promettait de tirer les choses au clair un jour, mais, mal à l'aise de ramener ce sujet, elle remettait cela chaque fois.

— Laissez-moi dormir.

— Je me compte chanceux de t'avoir. Je ne pourrais pas me passer de toi.

— Les autres médecins se passent d'une assistante, eux. Pourquoi Honoré ne vous accompagnerait pas? Il ne fait rien de ses dix doigts, si ce n'est que d'étriller la pouliche. Ça le désennuierait.

— Honoré ne me serait d'aucune utilité, reprit Charles-Édouard. Toi, tu as l'habitude.

Elle non plus ne lui était d'aucune utilité. Son père cherchait-il simplement sa compagnie? Rien ne servait de le questionner, il avait toujours réponse à tout. Et puis, il pouvait pousser jusqu'à lui rajouter des soins pour lui prouver qu'elle était indispensable.

— Je crains cet accouchement. Avec madame Rochon, je peux m'attendre au pire.

Bon! Son père recommençait. Même en pleine nuit, il avait les idées claires et tous les sens à l'affût. Sarah tenta de détourner la conversation.

— Le vent prend de la force. Au retour, nous l'aurons de dos.

Elle rentra la tête sous la peau de buffle, comme pour faire oublier qu'elle était là, mais Hervé, endormi et molasse, glissait de ses genoux, entraînant la robe de carriole au fond de la voiture où la neige s'accumulait. Sarah devait alors remonter gamin et couverture de fourrure sur ses genoux.

Son père continuait de converser comme s'il craignait que Sarah s'ennuie ou encore qu'elle s'endorme.

— C'est dur pour madame Rochon, une femme seule.

— Pourquoi dites-vous ça?

— Pour rien. Le père absent, je me demande qui l'élèvera, cet enfant.

Une idée germa dans l'esprit de Sarah: comme les Rochon étaient voisins de Colin Coderre, elle se dit qu'en restant pour aider, et avec un peu de chance, elle aurait l'occasion de lui parler, du moins de le voir rôder.

— Pourquoi pas moi? proposa-t-elle.

— Toi, élever un enfant? Et les couches à laver, le berceau à remuer et quand le bébé pleure on ne sait pourquoi... Non, on abuserait de toi; la charge serait trop lourde pour une fille de ton âge.

— Je peux aider. La mère n'est pas forte et elle manque de tout dans la maison.

Lui-même abusait d'elle.

— Et puis, je te l'ai déjà dit, j'ai besoin de toi pour m'assister.

— Madame en a plus besoin encore.

Sarah ne put retenir la réplique qui lui brûlait les lèvres.

— Et s'il me plaît de travailler, moi ? J'ai besoin d'argent pour des toilettes.

— Tu veux aider les gens plutôt qu'aider ton propre père ? Tu vis bien dans ma maison. Tu as la sécurité et une vie sans problèmes.

Au fond, Sarah ne cherchait qu'à s'évader, mais comment expliquer ses rêves à son père, jamais il ne laisserait sa fille s'abaisser au rôle de servante, lui qui ne s'arrêtait qu'à la haute bourgeoisie, qu'à l'orgueil. Son point de vue était toujours différent du sien.

— Voyez comme je suis. Mes robes ne sont plus à la mode.

— Elles ne sont pas usées ?

— Presque !

Sarah exagérait. Elle et ses sœurs portaient toujours des vêtements de qualité.

Charles-Édouard embarqua dans son jeu.

— On en reparlera quand elles seront trouées. Moi, je te trouve bien comme tu es. L'important, c'est d'être propre. Non, tu n'iras pas travailler.

À quoi servait de murmurer contre le sort. Sarah détourna la tête, comme pour dédaigner son ordre. Son père sentit dans son silence un défi secret, un reproche. Ils demeurèrent un bon moment sans rien dire, à grelotter, puis Charles-Édouard retira un dollar de sa poche et le rentra dans la mitaine de Sarah. Un dollar ! Son père avait-il bien vu son billet avec cette tempête ? Un dollar, c'était énorme quand on pense que la fabrique lui donnait cent dollars par année pour jouer de l'orgue, une somme qu'elle devait partager avec Évelyne.

Comme l'attelage approchait de la ferme de Colin Coderre, Sarah sortit la tête de sous la robe de carriole, mais déveine, la poudrerie voilait la maison. À cette heure de la nuit, il devait dormir à poings fermés. À moins que le tintement des grelots ne l'ait réveillé? Mais le vent qui hurlait devait l'emporter sur le son des clochettes. Sarah ressentait une douceur de savoir Colin endormi dans la maison voisine. « Dommage qu'il ignore ma présence dans le coin », se dit-elle.

Arrivé chez les Rochon, Charles-Édouard colla l'attelage au perron. Sarah ne bougeait pas.

— Sarah, réveille le petit.

Hervé dormait à moitié. Il sortit la tête de sous la peau de fourrure.

— Petit, mène les chevaux à l'écurie. Ils n'en peuvent plus. Et, du coup, sers-leur une terrine d'avoine.

Sarah ne bougeait pas.

— Je vous attends dans la voiture.

— Il fait trop froid pour rester à l'extérieur par une telle température. Tu vas te geler les pieds.

— Je serai très bien ici, je vais dormir enroulée dans la robe de carriole.

— Non, par ce temps de chien, ce serait une folie de rester dehors.

On entendait les arbres craquer, comme si leurs membres se fracturaient.

— Entre! L'accouchement risque d'être un peu long et puis je compte sur toi pour le bain du bébé.

— Je déteste entendre crier les mères, vous le savez.

— J'ai dit entre!

Sarah, contrariée, sauta de la voiture dans et s'enfonça jusqu'aux cuisses. Elle posa les pieds au hasard sur les marches qui ressemblaient à une banquise. Du perron, elle pouvait voir la femme derrière son rideau, le front appuyé aux croisillons. La pauvre devait attendre impatiemment l'arrivée du médecin et le retour de son garçon.

Elle ouvrit la porte devant Sarah et le médecin. Charles-Édouard lança son paletot sur une chaise et se pressa de savonner ses mains à l'évier. Sarah restait plantée près de la porte.

— Vous avez pas vu Hervé? s'informa la femme.

— Il mène les chevaux à l'écurie, lui dit le médecin.

— Hervé est allé au village tout seul? Y aurait pu y laisser sa peau! J'y avais pourtant dit de demander à monsieur Colin. Celui-là, s'il se permet de prendre les décisions à ma place, je ne pourrai plus me fier à lui.

Tout en parlant, la femme se pliait en deux sous la force d'une contraction.

— Ayoye!

Elle avait une pauvre figure de paysanne, crevassée, desséchée comme sa terre et de la même couleur terne. Ce n'était pas une vieille femme; elle n'avait que trente-cinq ans, mais elle en paraissait le double. La misère et le travail l'avaient flétrie prématurément.

Le médecin suivit Françoise Rochon à la chambre. La pauvre se traîna jusqu'à son lit avec difficulté.

Près de la porte, Sarah débarrassait ses bottes de la neige collante et secouait ses bas mouillés. Elle s'assit devant le four et posa ses pieds au chaud sur la bavette du poêle à bois. Une mince cloison séparait la chambre de la cuisine et, de son poste, Sarah pouvait entendre la conversation entre son père et la Rochon.

— Dehors, on ne voit ni ciel ni terre, disait son père. Votre fils aurait pu mourir gelé et vous auriez accouché seule.

— Le petit bonjour n'en fait qu'à sa tête.

— J'ai bien cru que nous arriverions trop tard.

La femme se lamentait de plus en plus fort, jusqu'à ce qu'un cri réveille toute la maisonnée. Des voix claires venaient du deuxième et deux fillettes se pointèrent au haut de l'escalier. Elles s'arrêtèrent brusquement en voyant une étrangère dans leur maison.

Sarah monta, reconduisit les enfants à leur lit et se mit à chanter pour couvrir les cris de leur mère. Les fillettes rendormies, Sarah descendit et s'assit dans la berçante. La femme hurlait toujours. Sarah regardait l'horloge, puis la porte de la chambre, puis l'horloge. «Mon Dieu que c'est long! Quand est-ce que ça va finir? Mon Dieu que c'est difficile», pensait-elle. Elle tentait de se changer les idées, mais les hurlements de l'accouchée perçaient le silence de la maison et lui donnaient l'envie de se boucher les oreilles. Les cris de la parturiente lui transperçaient le ventre et c'était comme ça à chaque accouchement, parfois plus d'un dans la même semaine.

La femme avait beau crier, il ne se passait rien. Et toujours le vent grondait et, entre chaque contraction, la charpente de la maison faisait entendre des grincements.

Dans l'attente, Sarah promenait son regard dans la pièce qui révélait un air de misère et d'abandon. La femme s'occupait davantage de la ferme que de sa maison.

Des mouches d'hiver collées au plafond bourdonnaient dans un bruissement d'ailes. Sarah se leva promptement et tua à coups de chaussure les moustiques à demi engourdis. Tant qu'à rester éveillée, autant mettre de l'ordre dans la cuisine. Le plancher était souillé de liquide amniotique. Sarah cherchait où trouver un torchon pour essuyer le dégât. Elle en trouva un sous la cuvette de cuisine. Il était trempé. L'évier troué perdait son eau. Elle asséchа le petit coin de plancher puis chercha un seau. Comme elle n'en trouvait pas, elle plaça un chaudron à l'endroit où tombaient les gouttes. Sarah entendait un floc à intervalles réguliers, comme le tic-tac du réveille-matin. Le nécessaire manquait dans cette maison.

Sarah saisit les bottes des enfants et les bas mouillés de neige, jetés pêle-mêle près de la porte. Elle rangea les chaussures par paires dans l'escalier et étendit les bas sur des baguettes mobiles fixées au mur pour sécher les torchons de vaisselle. Sarah balaya la cuisine puis, pendant l'attente interminable, tout le reste y passa : la vaisselle sale abandonnée sur la table, les sacs d'école et les vêtements laissés à la traîne, la chaise haute souillée d'aliments. Finalement, Sarah s'attarda à des détails moins urgents, comme faire briller les chromes du poêle à bois et décrasser le peigne.

On était le 10 décembre 1937 et Marjorie naissait aux petites heures de la nuit, comme une promesse sous le toit le plus pauvre, un ange du ciel sur un lit de paille.

Enfin finies les lamentations de madame Rochon, Sarah échappa un «ouf!» et, sans savoir pourquoi, elle ressentit une émotion joyeuse, indéfinissable. Elle n'entendait plus que les vagissements de l'enfant et le vent siffler à travers les brèches de la maison. Elle frappa trois petits coups à la porte de la chambre.

— Je peux entrer ?

La mère semblait au septième ciel. C'était comme si d'un coup, elle avait oublié les douleurs de l'enfantement.

— C'est une fille, mademoiselle, disait la femme, le visage illuminé.

Sarah, songeuse, se demandait comment une femme sans le sou, sans mari à la maison, pouvait tant se réjouir d'une neuvième naissance. C'était à n'y rien comprendre.

Comme à chaque nouveau bébé, Charles-Édouard félicitait la femme avec un tremblement de joie dans la voix.

Subitement, et sans raison apparente, les yeux pétillants de la dame perdirent leur éclat.

— Chus désolée. J'peux pas vous payer tout de suite, j'ai pas d'argent. Quand mon mari reviendra, y passera vous régler la dette.

— Comme votre mari n'est plus là, qui prendra soin de vous ? Votre bassin ouvert, ce serait préférable que vous ne bougiez pas du tout. Vous ne pourrez pas reprendre votre besogne avant trois mois.

— Mon Hervé est là.

— Votre Hervé n'est qu'un enfant ! Il a assez de son école et du train, soir et matin. Qui s'occupera des enfants, préparera les repas et fera la lessive ?

— Moé, à dix ans, j'savais tout faire dans une maison. Mon Hervé peut rendre service. Y peut manquer la classe.

— Entre rendre service et tout faire, la marge est large, madame. Vous n'avez personne sur qui compter, une sœur, une cousine ou encore une voisine?

Le médecin savait bien que dès qu'il aurait mis un pied dans la porte, la mère abattrait la besogne à elle seule.

— Je tiens à ce que vous restiez alitée pendant neuf jours, et ensuite, trois mois en chaise roulante pour ressouder votre bassin. Et pas question de nourrir l'enfant au sein. Toutes vos forces seront nécessaires pour guérir votre fracture. Je vais faire mon gros possible pour trouver une personne prête à se dévouer.

Sarah se dit que c'était le moment ou jamais d'offrir son aide à madame Rochon, et d'avoir ainsi l'occasion de se rapprocher de Colin. De le voir, même à distance, la rendrait heureuse. Mais c'était une chose impensable. Son père refuserait, bien sûr. Elle osa tout de même :

— Je pourrais, moi, dit-elle.

La femme sourit.

— Si votre père veut ben!

— Ma fille n'a pas la santé pour prendre en charge une femme et neuf enfants.

— Depuis quand je n'ai pas la santé? Vous vous mêlez, papa ; c'est Évelyne qui s'évanouit, pas moi! Je pourrais faire mon possible, les repas et le lavage. Ce serait mieux que rien.

Charles-Édouard accepta en se disant que Sarah ne ferait pas long feu dans cette maison où le strict nécessaire manquait.

— Je vais vous laisser ma fille, mais seulement en attendant une autre aide.

— J'ai pas les moyens d'me payer une servante.

— Ma fille n'est pas une servante. Ce sera un service gratuit.

— Vous allez devoir coucher dans le même lit que Catherine et Pauline, dit madame Rochon en se tournant vers Sarah.

— Votre Louise est déjà là.

— Louise va reprendre sa couchette et le bébé couchera dans un tiroir du bureau, mais avant, il faudra le vider et le déposer sur le chiffonnier.

— Toi, reprit Charles-Édouard en s'adressant à sa fille, vois à ce que madame reste au lit neuf jours et ensuite, trois mois en chaise roulante, et fais-toi obéir. Ici, c'est toi qui mènes la barque. Maintenant, je vais te montrer comment installer le corset à madame. Elle devra le garder jour et nuit pour recoller les os de son bassin.

La dame semblait triste et heureuse à la fois.

— Vous êtes ben bon, m'sieur le docteur.

Et elle se mit à pleurer.

— Qu'est-ce qui ne va pas? Je vous laisse ma fille et vous n'êtes pas contente?

— C'est pas ça. J'pleure parce j'ai pus de bois pour chauffer la maison. Le plancher est toujours glacé pis le frette rentre par les craques du solage. L'eau va encore geler.

— Je vais vous faire livrer quelques poches de charbon.

Quand le médecin, au moment de sortir, reprit son paletot, la cuisine était en ordre et Sarah au septième ciel.

– J'aurai besoin de vêtements, vous demanderez à Évelyne de s'en occuper. Dites-lui aussi de me remplacer à l'orgue pour la grand-messe du dimanche.

– Je n'y manquerai pas.

* * *

Le bain du nourrisson terminé, Sarah, épuisée, allait s'affaisser sur une chaise quand elle aperçut Hervé assis sur la plus haute marche de l'escalier.

– Tu ne dors pas, toi, après avoir passé une partie de la nuit debout?

– Chus pas capable avec les cris de m'man.

– Là, c'est fini. Ta mère est guérie. Viens, descends et tâche de ne pas réveiller les autres!

Hervé descendit doucement.

– Avez-vous besoin de moé?

– Non, tu en fais assez comme ça! Tu dois dormir pour aller en classe demain.

– Avec une pareille tempête, la maîtresse pourra pas se rendre à l'école.

– Avant de monter, veux-tu une galette et un verre de lait? Tu dormiras mieux ensuite.

Hervé s'approcha et, comme Sarah allait se lever pour le servir, il l'arrêta.

– Laissez-moé faire. Chus capable tout seul.

– Tu sais que vous avez un bébé tout neuf dans la maison? Cette nuit, les anges sont passés et ont déposé une petite fille dans le berceau.

– Les anges?

Hervé riait.

— Pas besoin de m'en conter, j'ai vu faire les animaux.

— Il ne faut pas annoncer la nouvelle aux petits avant le matin. Ça les empêcherait de dormir.

Sarah suivit Hervé à sa chambre. Elle remonta sur son cou la laine et l'édredon et lui chuchota à l'oreille :

— Les lumières éteintes racontent de belles histoires aux petits garçons sages.

Hervé sourit.

Il restait à peine deux heures de nuit. C'était trop peu pour se recoucher. Sarah s'attaqua au lavage. Elle tira la machine à laver de sous l'escalier. C'était une cuve en bois sur roulettes avec un tordeur à manivelle. Elle la poussa jusqu'au bout du poêle.

Les chaussettes, les chemises, tout était sale. Mais où trouver un détersif dans cette maison ? Il y avait près de l'évier un pain de savon du pays de la grosseur de son poing. Il ferait l'affaire. Sarah remplit la machine à laver à l'aide d'un grand gobelet qu'elle plongeait dans l'eau du boiler, un grand réservoir en fer-blanc contigu au poêle. Elle devait ensuite agiter le linge à l'aide d'un long bras en bois qu'elle tirait et poussait sans arrêt. Elle besognait fort, mais en retour, elle se sentait utile.

* * *

Plus tôt, dans la maison voisine, Colin Coderre, tiré de son sommeil par un bruit de clochettes, soulevait la tête de son oreiller. Il sauta sur ses pieds et écarta le rideau pour voir qui pouvait bien passer sur le chemin en cette nuit de tempête, mais il ne vit rien d'autre qu'une poudrerie qui enveloppait sa maison comme une fumée blanche. Il n'avait pourtant pas rêvé. Ce bruit de grelots pouvait-il provenir de la voiture du docteur Beaudry? Françoise Rochon était-elle en train d'accoucher? Il se rendit à la cuisine et fit une petite attisée. Il laissa le rond ouvert pour s'éclairer. À tout moment, il jetait un œil à la vitre de la porte, mais il ne voyait que des rafales de neige. Son sommeil disparu, il s'assit dans la berçante et occupa son esprit à méditer. « La vie est drôlement faite, pensait-il, madame Rochon est sans homme et moi sans femme, ma maison est pleine de silence, la sienne est pleine de bruit et de vie, la seule chose que nous avons en commun est notre voisinage. »

Colin s'endormit sur sa chaise. Pendant combien de temps? Il n'aurait su le dire. À son réveil, il entendit de nouveau un bruit de grelots. Il était maintenant convaincu qu'il s'était passé quelque chose chez les Rochon. Mais qui avait bien pu être allé quérir le docteur au beau milieu de la nuit, en pleine tempête? Peut-être le mari était-il revenu de la ville? Colin ne serait pas tranquille tant qu'il n'en aurait pas le cœur net. Il prit soin de fermer le rond du poêle, revêtit sa bougrine, chaussa ses bottes et sortit en luttant contre la poudrerie qui lui cinglait la figure. Il releva son col, rabattit son capuchon sur sa tête et marcha à l'aveuglette jusque chez la Rochon dans la neige qui lui montait au califourchon.

* * *

Comme l'horloge sonnait cinq heures, on frappait deux coups au carreau. Sarah souleva le rideau sale. Un individu se tenait près de la porte, la tête enfoncée dans le col relevé de son manteau. Dans la pénombre, Sarah ne le reconnut pas.

Elle ouvrit et l'homme entra. Il rejeta son capuchon sur son dos. C'était Colin, à bout de souffle d'avoir marché dans la neige haute.

Une joie intense envahit Sarah. Elle avait tellement pensé à lui que sa pensée avait dû finir par rejoindre la sienne. Il secouait les flocons blancs qui tombaient de ses vêtements sur le paillasson.

— Bonjour, mamzelle Sarah.

— Bonjour, monsieur Colin.

Sarah rayonnait de bonheur. C'était plus qu'elle n'aurait pu espérer. Sa fatigue disparut d'un coup.

— Vous, ici, en pleine nuit?

— Oui, pis j'ai dû marcher dans trois pieds de neige. Chus plutôt surpris de vous trouver icitte. Avec ce temps de chien, on voit ni ciel ni terre.

— La nuit, vous ne dormez pas?

— La nuit, en campagne, le bruit d'une voiture est tout un événement pis en hiver, avec les grelots, on peut pas les manquer. Quand j'ai entendu l'attelage du docteur passer devant la maison, j'me sus dit que la cigogne devait passer chez les Rochon et que madame aurait besoin de mon aide au train. Entre voisins, y faut ben s'entraider. Chus son homme.

— Je vais lui dire ça, elle va être contente. Enlevez votre canadienne et prenez donc le temps de vous asseoir un peu.

Colin, épuisé, se laissa tomber de travers sur une chaise empaillée, les pieds sur le tapis crocheté.

— Prenez plutôt la berçante, monsieur Colin, vous serez plus confortable près du poêle.

Sarah disparut un moment et revint radieuse.

— Madame Rochon est ravie. Si vous l'aviez vue. Elle était si émue, elle en avait la larme à l'œil. Par la même occasion, vous pourrez prendre vos repas ici.

— Ben coudon! C'est pas de refus. Je vous trouve ben d'adon.

Sarah prenait l'initiative de cette invitation. Après tout, son père lui avait bien dit : « C'est toi qui mènes la barque. »

— Si vous n'êtes pas pressé, je peux préparer un café que nous boirons tranquillement sur le bout de la table. Il vous reste bien une bonne heure avant le train, ce qui ne vous laisse pas vraiment de temps pour dormir. Nous pourrons en profiter pour jaser un peu.

Tout en parlant, Sarah poussait le linge frais lavé au bout de la table et sortait le pain, le beurre et la graisse de rôti.

— Ça va me faire du bien à moi aussi de manger un peu. Je vais porter une rôtie à madame Rochon.

Sarah sortit de la chambre, la collation à la main.

— Elle dort.

Sarah ajouta sur le ton du secret :

— Je suis ici pour trois mois. Mais si jamais vous voyez la voiture de mon père dans les parages, n'entrez pas, je vous en prie. Si papa vous voit ici, il me ramènera à la maison sur-le-champ.

— Craignez pas!

— Il passe surtout en avant-midi.

Colin prit place au bout de la table, au-dessus de laquelle pendait une lampe à pétrole coiffée d'un abat-jour blanc.

Colin ne quittait pas Sarah des yeux. Elle avait des traits délicats: un nez fin aux ailes frémissantes, une bouche aux lèvres charnues et, comme son père, une fossette au menton.

– C'est Hervé qui va être content d'avoir de l'aide au train! Le pauvre petit. À onze ans, il se prend pour le chef de famille, mais au fond, son père doit lui manquer terriblement.

Sarah observait Colin à la dérobée. Quel était ce regard chaud qui réveillait chaque fois une émotion si douce dans son être? Quelque chose changeait dans son cœur, quelque chose qui faisait rire ses yeux et sa bouche. Soudain, Colin se leva en vitesse, comme si son siège le brûlait.

– Verrat! Y faut que j'aille, moé, j'ai deux trains qui m'attendent.

«Verrat!» Ce patois vulgaire faisait chaque fois frémir Sarah.

– Je vais réveiller Hervé.

– Non, laissez-le dormir. Pour aujourd'hui, je vais m'arranger avec son train.

Colin quitta la maison en disant:

– Marci encore, mamzelle Sarah.

Pour ce qui restait de jour, Sarah termina son lavage et étendit les couches à sécher sur les dossiers de chaises, les hauts de portes, les têtes et les pieds de lits. Avec deux enfants aux couches, il y en avait partout.

* * *

Dix jours plus tard, Françoise Rochon quittait son lit pour la machine à coudre.

— Pauline, va me chercher le panier de raccommodage dans le bas de l'armoire pis mets-le icitte, à côté de moé.

Sarah regardait la femme approcher son fauteuil roulant d'une vieille machine à coudre Singer.

— Vous ne craignez pas pour votre bassin à pédaler sur votre machine ?

— Je pédalerai pas. Les garçons vont se faire un plaisir de le faire pour moé. De toute façon, y en a toujours un qui s'amuse à pédaler pour rien sur c'te patente-là. Et pis, pensez-vous que je vais rester trois mois à rien faire ?

— Avant, vous feriez mieux de demander à papa si ça peut être mauvais pour votre bassin.

— Le meilleur docteur, c'est soé-même.

* * *

Sarah, guidée par les bons conseils de madame Rochon, apprenait à cuisiner avec des riens : des œufs, du lait, des légumes en conserves, en somme, tout ce que la ferme fournissait. Elle arrivait même à sauter les crêpes et à boulanger ; sa première fournée ratée, elle s'était appliquée à mieux contrôler la chaleur de son four.

L'heure du souper était chaque fois un étourdissement d'heureuse fatigue. La grande table mise, une soupe aux pois fumait dans les assiettes creuses ; Sarah savait que

Colin viendrait bientôt et sa venue était comme une récompense pour la tâche qu'elle abattait journellement. Juste à penser à lui, la cuisine s'embellissait, la nourriture était meilleure et sa fatigue s'envolait.

Elle savait le reconnaître à sa façon de s'annoncer : il frappait deux coups secs à la vitre, soulevait la clenche et entrait.

Certains soirs, ils sortaient marcher. Madame Rochon lui donnait sa permission. Elle espérait secrètement participer à un amour possible entre son voisin et la fille du docteur.

— Les enfants dorment, profitez-en un peu. Couchez le bébé près de mon oreiller pis faites du feu avant de partir.

Pour Sarah et Colin, la soirée, trop courte, se terminait chaque fois par un café.

* * *

Au retour de l'école, les enfants prenaient la cuisine d'assaut. Hervé se pressa de remplir la chaudière de charbon, qu'il déposa près du poêle. Il se présenta ensuite devant Sarah le visage et les mains barbouillés de noir.

— Mamzelle Sarah, à l'école, Marc s'est battu avec Marcel Leblanc. Ses boutons de chemise sont arrachés et son pantalon est déchiré au genou.

— C'est pour ça que tu boîtes, Marc ? Viens me montrer ton genou.

Marc se défendit par une accusation :

— T'as pas à parler, Hervé Rochon. Toé aussi, t'es tannant à l'école, dis-le. La maîtresse a approché ton pupitre du sien pour mieux te garder à l'œil parce que t'arrêtes pas de parler en classe.

La mère écoutait, assise dans son fauteuil roulant.

— Bon! Y fallait s'y attendre! Marc, approche. Qu'est-ce que t'as fait encore?

Marc ne bougeait pas. Il regardait sa mère comme un petit chien qui craint un coup de pied au derrière. Sa mère allait le sermonner et il se sentait honteux, non pas de s'être battu, mais plutôt d'être réprimandé devant Sarah.

— Encore des coups? Ça te mènera où dans la vie? Dis-moé donc ce qui se passe dans ta bougresse de carcasse.

L'enfant penchait la tête, écoutant en silence les remontrances qu'on lui adressait, mais à son air satisfait, sa mère voyait bien qu'il manquait véritablement de contrition.

— Tu veux pas aller dans le coin, j'espère?

Son frère Julien vint à sa rescousse. Il raconta qu'après une bousculade une querelle s'en était suivie et plusieurs garnements s'étaient jetés sur lui.

— M'man, c'est la faute à Marcel Leblanc. C'est lui qui a commencé.

Julien, un adorable mutin, riait de toutes ses dents, même si, à sept ans, il lui en manquait deux au centre.

— C'est à cause de moé que Marc s'est battu. Mon frère m'a défendu.

Sa mère fit entendre un soupir et s'adressa à Marc:

— Pis si la maîtresse te jette dehors de l'école, tu seras ben avancé, hein?

— J'étais pas pour laisser Marcel Leblanc maganer mon frère sans le défendre.

— La maîtresse est pas là pour régler vos chicanes?

— Je voulais pas me faire traiter de poule mouillée.

— Pis Pauline? Où est passée ta petite sœur?

— Vous l'savez, m'man, elle met toujours une demi-heure à revenir de l'école.

— Vous devriez l'attendre.

— Celle-là, elle avance d'un pas et recule de deux.

— Votre petite sœur a juste six ans, vous feriez mieux de vous occuper d'elle plutôt que de vous battre.

Pauline entra, les joues rougies par le froid, le bonnet de laine de travers, et les pieds mouillés. Elle laissa tomber son sac d'école près de la porte, enleva ses bottes et s'assit devant le poêle, les petites jambes étendues sur la porte ouverte du four.

— Où tu traînais encore, toé?

— Je faisais un bonhomme de neige.

— Viens icitte, Pauline. Regarde-moé ben au fond des yeux pis écoute ce que je vais te dire. À l'avenir, je tiens à que tu reviennes de l'école en même temps que tes frères. Ça va faire, le traînage! T'as ben compris?

— Oui, mais eux autres, y marchent trop vite.

— À partir d'aujourd'hui, y vont te ramener en traîneau. Bon, asteure, faites vos devoirs pis vos leçons.

Françoise Rochon se tourna vers Sarah.

— J'ai des fils ben différents les uns des autres : Hervé, doux et sage, est toujours prêt à m'aider aux champs et à la maison, tandis que ce diable de Marc pense juste à se battre. Celui-là, y est toujours couvert de plaies pis de bosses, et pis comme son père est pas là pour le dresser, c'est plutôt inquiétant pour une mère seule.

Les différends entre enfants faisaient partie du quotidien. Sarah s'en amusait. Heureusement, leur mère était toujours là pour les remettre au pas.

Du coin de l'œil, elle vit Catherine plonger un doigt dans le pot de confiture. Sarah saisit la main de la fillette au vol et la conduisit devant l'évier où elle rinça ses doigts sous l'eau froide de la pompe. Elle lui administra une tape affectueuse sur une fesse.

— Va, ma petite venimeuse, essuie tes mains et, la prochaine fois, sers-toi d'une cuillère.

Catherine mit sa menotte dans la main de Sarah et se pressa contre elle.

Sarah nettoya et banda le genou écorché de Marc, puis embrassa son front.

— C'est un petit bobo de rien du tout.

— Oui, mais ça fait mal.

Marc continuait de boiter comme s'il avait une jambe plus courte que l'autre. Sarah retourna à ses chaudrons.

— Habillez-vous chaudement et allez aider monsieur Colin à son train, comme lui vient aider au vôtre. Je suis certaine qu'il appréciera votre aide. Toi, Marc, tu dois être assez grand pour rendre des petits services. Et là-bas, essayez de ne pas vous entre-tuer ; vous nuiriez plus que vous aideriez.

Mais Hervé s'opposait :

— Non, je veux pas de lui, je peux jamais faire un pas sans le traîner sur mes talons.

Marc suppliait Sarah du regard.

— Je peux soigner le petit bétail, pis je peux donner les rinçures de lait aux veaux.

— Tu diras tout ça à monsieur Colin et si vous êtes sages, au souper, je ferai dorer des tranches de patates sur le rond du poêle.

Malgré la besogne à abattre, Sarah était heureuse dans son rôle de mère de famille. Elle aimait les enfants. La petite fille qui avait à peine quitté le ventre de sa mère devenait sa raison de vivre. Tout prenait un goût différent à la table des Rochon, même le pain était meilleur. Colin y était pour beaucoup, sa présence égayait chaque repas.

* * *

Les semaines passaient, toutes semblables, toutes joyeuses dans la maison des Rochon. Après avoir dressé la table, Sarah jeta un œil à la fenêtre qui donnait sur les bâtiments. Colin et les garçons sortaient de l'étable. Elle sortit du four un pot de fèves au lard et le déposa au centre de la table.

— Pauline, apporte le lait et le sirop d'érable. Catherine, va chercher la louche. Paul, apporte le pain et le grand couteau. Et approchez tous.

Les enfants ne se faisaient pas prier pour rendre service. Sarah les avait à ses pieds.

Le souper terminé, Colin retourna à l'étable surveiller une vache sur le point de vêler.

À six ans et cinq ans, Pauline et Catherine desservaient la table sous l'œil vigilant de Sarah. La cuisine balayée, Sarah chauffa le poêle à plein. Elle plaça la cuve au bout du poêle et la remplit d'une belle eau chaude savonneuse. La mère surveillait les bains de son fauteuil roulant.

– Baignez les trois grands à tour de rôle dans la même eau, mamzelle Sarah, pis après vous changerez l'eau pour le bain des filles. Les garçons, prenez chacun une brique de gros savon.

Hervé et Marc prirent leur bain l'un après l'autre dans la même eau. Ils s'amusaient à se lancer de la mousse blanche. Sarah savonnait le cou et les oreilles, ensuite elle cédait le savon doré.

– Continue et n'oublie pas les petits coins, comme entre les orteils.

À leur sortie de la cuve, les garçons dégageaient une bonne odeur de savon du pays. Sarah attachait à chacun une serviette autour des reins que les garçons laissaient tomber inconsciemment. Quand vint le tour de Julien, le garçon posa un pied dans la cuve et le retira aussitôt en criant :

– Ayoye! J'me laverai jamais là-dedans, l'eau est glacée.

– Glacée? À t'entendre crier, rétorqua Sarah, j'aurais plutôt pensé qu'elle était bouillante. Je vais la changer, mais c'est parce que je t'aime bien.

– Je le savais que Julien se lamenterait, intervint Marc. Y est assez braillard!

– C'est même pas vrai!

– Assez, les enfants! La semaine prochaine, Julien prendra son bain en premier et ce sera à ton tour, Marc, de chialer.

Sarah changea de nouveau l'eau usée du baquet pour une belle eau claire. Puis vint le tour des fillettes, selon le même scénario. La mère ne montrait pas à ses enfants à se cacher; il y avait les bons instincts à développer et, selon elle, les jeunes âmes innocentes ignoraient le mal. Sarah était étonnée. Sa mère à elle n'avait pas la conscience aussi élastique. À la maison, les filles n'avaient même pas le droit de regarder les hommes en sous-vêtement. Sarah admirait madame Rochon : avec son côté positif, elle savait porter des jugements favorables sur les choses et sur les gens. Cette femme savait dire « eh bien ! » là où sa mère aurait dit « hélas ».

Sarah distribua à chacun des dessous propres. Elle tenait à ce que tous soient vêtus décemment avant le retour de Colin.

* * *

Toute la maisonnée dormait. Sarah profita de cette relâche pour sortir marcher avec Colin. Il lui parlait de sa famille et elle, de la sienne. Sarah ne lui cacha rien au sujet de sa vie familiale. Elle lui rappela leur premier tête-à-tête alors qu'elle avait refusé de se faire raccompagner à la maison.

— J'aimerais que ces confidences restent entre nous.

— Marci de me faire confiance. À vous entendre, j'pourrais supposer que vous m'haïssez pas trop.

Sarah sourit intérieurement d'un sourire qui se sentait. Mais tant que Colin n'exprimerait pas clairement ses sentiments, elle préférait garder les siens secrets.

Colin l'invita à visiter sa maison. Elle hésita. Dans cette paroisse, les potins allaient bon train. On serait pressé de rapporter que Colin Coderre avait ouvert sa porte à la fille du médecin et, même si ça ne regardait personne, l'histoire se répéterait dans tout le canton ; si elle venait aux oreilles de ses parents, son père la ramènerait directement à la maison.

Pourtant quel plaisir elle éprouverait à visiter les lieux où Colin habitait ! Les sens en éveil, elle se dit qu'une fois seuls, Colin et elle pourraient se permettre quelques familiarités, sans exagérer naturellement.

La tentation était trop forte. Sarah accepta. Il faisait noir. Personne ne pourrait les voir dans ce rang où les maisons se trouvaient passablement distancées les unes des autres. Elle revêtit le manteau rouge de madame Rochon et entoura sa tête d'un long foulard gris pour ne pas être reconnue de son père si, par hasard, celui-ci passait dans le rang.

Ils marchaient, elle et Colin, seuls dans la pénombre, sous une neige tranquille. Qui aurait cru qu'un jour, elle, Sarah Beaudry, se retrouverait avec le garçon du jubé, dans l'intimité de sa maison ? Juste à y penser, son cœur battait à grands coups.

– Comme vous devez vous ennuyer d'être toujours seul dans votre maison. À quoi pensez-vous donc pendant toutes ces heures ?

– À vous, maîtresse !

– Vous êtes drôle, vous ! Pourquoi m'appelez-vous maîtresse ? demanda Sarah, tout sourire.

– Parce qu'à vos côtés, chus pus maître de moé.

– Voyons donc ! Moi, Sarah Beaudry, je vous intimiderais ?

– J'préférerais « ma mignonnette » si vous avez rien contre.

Sarah partit d'un grand éclat de rire sonnant ; Colin ne savait pas comment exprimer ses sentiments, mais c'était tellement plus charmant ainsi.

La gaieté folâtre de Sarah fit aussitôt place à un côté plus sérieux.

— Quel métier auriez-vous professé si vous n'aviez pas hérité de la terre de vos parents ?

— Aucun ! J'serais devenu un raté. Vous savez, quand on vient au monde paysan, on l'reste toute sa vie.

La réponse arracha un sourire à la jeune femme.

— Vous, un raté ? Je n'y crois pas. Vous aimez trop le travail pour ça. Vous aimez vos bêtes ?

— Ben sûr ! Elles pis moé, on s'comprend sans se parler. Prenez, par exemple, à l'heure de la traite, les vaches viennent à moé sans que j'aie à les rassembler et, mes chevaux attelés à la charrue, si vous les voyiez ! J'ai rien qu'à leur laisser la bride sur le cou pis y gardent leur pas régulier jusqu'au bout du champ. Comment voulez-vous que j'les aime pas ?

Quoique très ému par la présence de Sarah, le garçon en était à ses premières émotions amoureuses et, quoique très ému, il affectait la plus grande gaieté.

— Y a longtemps que je veux vous montrer où j'reste, regardez, c'est là.

La maison solide était surmontée d'un toit en pente raide d'où dépassaient deux cheminées en chicane. Elle était ceinturée d'une longue galerie avec colonnes et colonnettes. Deux petits escaliers, aux marches trouées d'étoiles, menaient au perron, un qui donnait sur la porte du salon et qui ne servait qu'à la visite paroissiale, et l'autre menant directement à la cuisine. La peinture blanche perdait sa couleur et les persiennes vertes s'écaillaient par endroits; celle au pignon, côté nord, ballottait au gré du vent. Cette maison, un peu négligée, pourrait être très jolie si on y mettait la main. Sarah rêvait en silence d'y faire son nid.

— Je savais déjà où vous demeuriez. Un jour où je passais dans le rang avec papa, je vous ai vu dans votre champ qui longe le chemin, vous étiez en train de semer votre maïs. Je vous vois encore avec votre chapeau sur le nez.

— C'était pas du maïs, c'était du blé.

— Vous voyez comme je ne connais rien au métier d'agriculteur! Par la suite, chaque fois que je passais dans le rang, je revoyais votre ferme aux bâtiments blancs avec de grandes portes de grange rouges et votre belle maison blanche aussi.

— Asteure que vous avez vu le dehors de ma maison, aujourd'hui, j'vais vous montrer le dedans.

Arrivé au bas de l'escalier, Colin prit la main de Sarah.

— Prenez garde, les marches sont glissantes.

Les maisons de campagne n'avaient ni marteau ni sonnette. Colin frappa du poing trois petits coups à la porte et attendit, histoire de rire un peu, puis il leva le loquet de sa main libre.

L'intérieur était tranquille, comme chez les grosses familles quand les enfants dorment, à la différence que la maison froide dégageait une odeur de cendre et de moisi.

Sarah grelottait et pourtant, elle pensait «comme j'aimerais vivre dans cette maison».

— C'est humide ici. Vous ne chauffez pas?

— Comme chus presque jamais dans la maison, j'allume aux repas pis ensuite, j'laisse mourir le feu.

— Et la nuit?

— La nuit, j'dors sous une montagne de couvertures. Ça me permet d'économiser mon bois de chauffage.

— Cette humidité est mauvaise pour votre santé. Vous achetez votre bois?

— Non, tous les hivers, j'vais bûcher sur ma terre en bois deboutte. Je chauffe ma maison avec les rondins, comme ça, j'économise les beaux quartiers de bois fendus et j'peux les vendre aux gens du village.

Sarah frissonnait.

— L'humidité me transperce. Partons.

— Attendez, j'vais chauffer le poêle pis dans dix minutes, la maison sera chaude, vous pourrez vous dégrayer.

Sarah n'arrivait pas à garder son calme. Si madame Rochon la savait chez Colin, elle regretterait sa permission, et si par malheur son père passait lui faire une visite, il se surprendrait de son absence et tout le monde se retrouverait dans le pétrin : madame Rochon, Colin et elle, ce qu'elle voulait éviter à tout prix.

— Ce n'est pas la peine d'allumer. Je ne serai pas longtemps. Si on nous voyait, ça ferait jaser.

Colin n'en faisait qu'à sa tête. Il laissa le rond de fonte ouvert pour éclairer la pièce le temps d'allumer une charmante lampe Aladin suspendue en plein centre du plafond. Une fumée noire s'échappait du poêle.

— Le feu veut pas prendre. Mon bois doit être trop vert, mais y m'aura pas, je vais rallumer.

Sarah regarda Colin froisser en boule une feuille de papier journal, la jeter dans le poêle, replacer les rondins en croix et ouvrir toute grande la clé du tuyau.

Elle tenait son manteau bien serré, ce qui ne l'empêchait pas de claquer des dents.

Colin frotta une allumette sur sa fesse et la jeta sur le tas de rondins. Aussitôt, les flammes se mirent à lécher le bois et à courir dans les cases. Comme Sarah s'approchait pour mieux regarder le feu, Colin entoura ses épaules de son bras.

— Vous êtes ben belle sous les reflets de la flamme. Vous avez les plus belles couleurs que j'ai jamais vues.

— Vous y allez un peu fort. Depuis mon arrivée chez les Rochon, je me néglige un peu. Il y a tant à faire dans cette maison que j'en oublie mon apparence.

Une fumée grise s'échappait du poêle et prenait aux yeux. Sarah referma le rond avant d'enfumer la cuisine.

— Quand maman n'est pas derrière moi à me harceler, je néglige de me poudrer. Ici, à la campagne, avec la besogne qui prend tout mon temps, je me laisse un peu aller.

— Moé, je vous trouve plus belle au naturel. Venez !

— Votre maison est déserte et pourtant, elle sent le bonheur.

— Le bonheur se trouve dans les petits coins pas chers où y a juste assez d'air pour respirer et de soleil pour se voir.

Le regard de Sarah se promenait dans la grande pièce, elle cherchait à graver dans sa mémoire ces lieux où Colin vivait. Le prélart usé par endroits laissait voir des marques de goudron noir. Colin ne devait pas se soucier de ces détails.

— Votre horloge est arrêtée.

— Elle sonne pus. Depuis la mort de m'man, elle a jamais été remontée.

— Pourquoi ?

— J'sais pas trop. Quelqu'un m'a dit que c'était elle qui s'en occupait. De toute façon, moé, j'ai pas besoin de l'heure. Pour la messe du dimanche comme pour mon train, j'me guide sur le chant du coq.

Sarah ouvrit le boîtier.

— Je peux la remonter ? Ça l'empêchera de rouiller.

— Si vous voulez !

À l'aide d'une petite clé, Sarah redonna son ressort à la pendule, remit les aiguilles à l'heure et l'âme de l'horloge reprit vie, comme un cœur qui bat.

— Désormais, vous pourrez penser à moi, chaque fois qu'elle sonnera.

— Mais, j'pensais déjà à vous à toute heure. Avant, j'me sentais seul, mais depuis que j'vous connais, je pense plus rien qu'à vous.

Colin se ressaisit. Il hésitait à mettre ses sentiments à nu ; la crainte d'un rejet le retenait. Sarah, une fille de médecin, pourrait lever le nez sur lui. Il ne pouvait prendre un tel risque. Il attendrait plutôt que les sentiments de Sarah évoluent, qu'elle s'éprenne solidement de lui, si cette chance lui souriait, naturellement.

Une chaleur bienfaisante emplissait la cuisine. Comme Sarah déboutonnait son manteau, Colin le lui retira doucement. Il sentit la tiédeur de son épaule à travers le tissu et ne bougea plus. Ses yeux profonds, sa bouche rose aux lèvres pulpeuses, ses narines frémissantes, tout ce qui était

Sarah l'excitait. Jamais il n'avait connu de pareils sentiments de toute sa vie.

Colin lui fit visiter toutes les pièces de sa maison, de bas en haut.

— Regardez ces chaises. Plus jeune, elles m'ont servi de maisons, de voitures, pis aussi d'escabeaux pour fouiller dans le garde-manger.

Sarah observait les belles chaises avec leurs dossiers hauts, légèrement gravés d'une face. Était-ce celle d'un lion ou d'un humain?

— Pis cette grande table où toute la parenté se réunissait, elle en a vu des fricots. Chez nous, même si l'argent se faisait rare, la nourriture abondait. Mes sœurs étaient contentes juste quand la cuisine était pleine de monde.

Colin tentait tout pour retenir Sarah. Il lui était si agréable de sentir une présence féminine dans sa maison.

Le mur en petites planches peintes d'un jaune mat s'écaillait derrière le poêle. Deux fenêtres donnaient vue sur le chemin et entre les deux se tenait un Christ en croix.

Un mobilier des plus sommaires meublait la cuisine: une longue table, huit chaises, une huche à pain et un écoinçon sculpté à l'air ancien. Sous l'escalier, une vieille machine à coudre à pédalier de marque Singer, comme celle des Rochon. Près de l'entrée, un porte-parapluies et, accrochés au dos du poêle, une boîte à sel et un tisonnier. Tout au fond de la pièce dormait un rouet taillé dans le bois d'érable dont les pieds, soigneusement dégrossis au tour à bois, supportaient l'ossature délicate. Qu'il était joli! D'un geste de la main, Sarah fit tourner la grande roue.

— Il ne sert plus?

– La mode s'en va. De nos jours, même les ceintures fléchées sont souvent oubliées dans les tiroirs des commodes.

Deux portes jumelles s'ouvraient sur le salon où Sarah fit connaissance avec les parents de Colin par des photos en médaillon accrochées aux murs.

– Un piano ! Vous jouez Colin ?

– Non, c'est un héritage de famille. Mes sœurs disent que m'man jouait par oreille.

Sarah effleura les touches en un arpège délicat.

Une cuisine d'été adossée aux froids du nordet servait de coupe-vent pour la cuisine d'hiver. On l'appelait le bas-côté. Tout était arrangé pour une vie de famille plantureuse et gaie.

– À l'avenir, je pourrai vous imaginer dans votre cadre de vie. On connaît mieux les gens quand on les a vus dans leur quotidien.

Un bruit la fit tressaillir. Tout lui était suspect. Quand le bonheur est trop grand, on craint que quelque chose le brise.

Colin prit sa main.

– Vous aimez la campagne ?

– À vrai dire, pas l'étable ni les champs, mais la vie chaleureuse, les grandes maisons aux nombreuses fenêtres qui laissent passer la lumière. Chez moi, l'atmosphère est triste. Ici, tout est différent, votre maison respire la gaieté.

– Vous trouvez ? Moé, je la trouve ben silencieuse.

Colin conduisit Sarah vers l'escalier.

– Écoutez, les marches craquent. Elles essaient de parler, elles en auraient long à raconter.

Colin parlait comme si l'escalier avait une âme.

– Icitte, y a quatre chambres et pas grand-chose d'inté-ressant.

– Au contraire ! Tout est intéressant.

Au bout du passage, une porte secrète cachait un petit escalier raide qui ressemblait plutôt à une échelle. Colin l'ouvrit.

– Icitte, un petit escalier mène au grenier.

Durant tout ce temps merveilleux, la vieille pendule jetait ses heures à la volée.

Colin conduisit Sarah dans une autre pièce.

– Avant que mes sœurs se marient, je couchais dans cette chambre, la plus petite des quatre.

Sarah regardait avec curiosité la pièce où, enfant, Colin avait dormi, comme si elle pouvait y trouver des traces indélébiles, des secrets passionnants, enfin tout ce qui aurait pu être une partie de Colin.

Soudain, Colin se plaça en face de Sarah et, les bras et les jambes écartés, il lui bloqua la sortie.

Sarah se dit qu'il allait l'embrasser. Mais non, il lui dit plutôt :

– Tenez ! Je vous invite à mon fricot, dimanche prochain. Comme j'habite seul, Laurette et Céline s'occuperont de préparer la bouffe. Mes sœurs sont toujours prêtes à m'aider, surtout quand il s'agit de fêter un événement.

– Quel événement ?

– J'veux profiter de mon repas des fêtes pour vous présenter les miens.

— Si seulement je suis encore chez les Rochon. Sinon, mes parents ne me le permettront pas. Vous risquez d'être déçu.

Colin plongea son regard étonné dans les yeux de Sarah. Sans parents pour diriger sa vie, pour lui l'autorité parentale n'existait pas.

— Vos parents? À votre âge?

— Oui, même si ça vous paraît ridicule.

Colin colla sa bouche à l'oreille de Sarah, son corps frôlant agréablement celui de la jeune femme.

— Chus prêt à courir le risque. D'ici là, permettez-moé d'espérer.

Sarah sentait sa douce haleine réchauffer son cou. Allait-il l'embrasser? Elle espérait tellement ce moment. Et si elle osait? Quelque chose, comme une pudeur la retenait, peut-être l'envie de faire patienter Colin pour qu'il s'attache d'abord solidement à elle.

La vieille horloge, après des années de léthargie, scanda dix coups et leur rappela qu'il fallait quitter la maisn.

— Déjà dix heures! dit-elle. Partons avant que madame Rochon ne s'inquiète.

— Finalement, reprit Colin, j'me demande si c'était une bonne idée de remonter ce machin-là, ça sonne sans arrêt.

Colin serrait sa main, comme s'il craignait de l'échapper. Soudain, il prit fougueusement Sarah dans ses bras et l'embrassa à pleine bouche.

Sarah sentit son corps mollir. Tout son être bouillonnait de jeunesse, d'impatience. Sarah aurait voulu que jamais ne cesse ce baiser tant attendu. Elle allait oublier les principes que lui avaient inculqués ses parents quand, soudainement, Colin recula comme s'il avait commis un sacrilège. Pourquoi mettait-il fin à ces émotions si agréables? C'était son premier contact intense et il y coupait court, comme ça, brusquement. Colin craignait-il d'aller trop loin?

Sarah glissa doucement sa main sur le cou de Colin et lui adressa un sourire déçu. Colin, comme un enfant coupable, cachait son visage dans ses mains. Sarah lui écarta doucement un doigt, puis un autre, jusqu'à ce qu'apparaisse un œil et un autre. Ils éclatèrent de rire.

— Excusez-moé! Vous savez, à force de côtoyer les bêtes, on devient bête aussi. Pourtant, pour moé, vous êtes sacrée.

Colin prit la main délicate de Sarah dans sa grosse main de paysan.

— Vous me pardonnez?

— Je ne vous en veux pas.

Sarah n'osait pas lui confier à quel point elle était bien dans ses bras.

— Y a rien qu'une fille pour qui j'serais prêt à faire des folies, ajouta Colin. Si elle le savait, elle rirait de moé.

Sarah devint sérieuse. Colin avait des vues sur une fille. Elle aurait dû y penser.

— Dites toujours.

— À révéler mon secret, j'craindrais de briser mon rêve. J'aime tellement m'endormir le soir en pensant à elle.

« Et si c'était moi? » se dit Sarah.

— Et pour moi, seriez-vous prêt à faire des folies?

— Jamais de ma sainte vie! s'exclama Colin, espiègle.

Et plus bas il ajouta:

— Ben, peut-être.

Ils rirent de bon cœur.

Colin passa son bras sous celui de Sarah et la reconduisit chez les Rochon.

* * *

Sarah entra sans faire de bruit. La maison était refroidie et le bébé geignait faiblement. Elle alimenta le feu et poussa doucement la porte de la chambre. Madame Rochon dormait. Sarah se rendit sur le bout des pieds jusqu'au grand lit où dormait la petite Marjorie.

– Viens, mon trésor.

Sarah emporta le poupon dans la cuisine, mit un peu de lait à chauffer et changea la couche mouillée. Les petits pieds étaient froids. Sarah enveloppa l'enfant chaudement et bécota ses joues roses. Ce bébé était adorable. Sarah s'assit dans la berçante et lui donna son boire en chantonnant, en pensant à Colin, à sa maison où elle aimerait vivre, et elle se sentit habitée d'un bonheur irraisonné.

* * *

Ce soir-là, enfoui sous ses couvertures, Colin rêva d'une maison chaude, d'une jeune épouse aux mains dévouées qui rôderait à cœur de jour dans sa cuisine et qui serait là, au retour des champs, pour l'accueillir avec une caresse et une soupe chaude, et la jeune épouse était Sarah. Il repensait à l'invitation lancée au hasard. Il se demandait ce qui lui avait pris, sans en parler d'abord à ses sœurs. Il ne regrettait rien, bien sûr, si ce n'était qu'il se sentait un peu coincé dans le temps, mais allez savoir si Sarah ne retournait pas bientôt chez ses parents. Il ne restait que trois jours pour les préparatifs. Colin s'enfonça dans une douce rêverie où il se remémorait le baiser inachevé.

* * *

Le dimanche suivant, Sarah fit souper la maisonnée plus tôt afin d'assister au fricot de Colin.

— Madame Rochon, j'amène les trois grands pour les récompenser de l'aide qu'ils ont apportée à Colin. Est-ce que je peux vous laisser seule?

— Allez, si j'ai besoin de vous, je placerai la lampe devant la fenêtre de ma chambre. Vous la verrez très bien de chez monsieur Colin.

Les gamins jubilaient. Marc et Julien sautèrent tour à tour au cou de Sarah – une manière à eux de la remercier –, tandis qu'Hervé, sans doute par réserve, restait en retrait. Sarah l'attira dans le groupe et bécota toutes les joues rondes.

— Allez, sortez vos manteaux.

Sarah enfonça une tuque rouge sur la tête de Marc.

— Tu as tes mitaines?

— Oui, dans mes poches.

— Ce n'est pas dans tes poches qu'elles vont empêcher tes doigts de geler. Enfile-les tout de suite.

Sarah remonta les mitaines de laine sur les poignets du garçon et entortilla autour de sa tête un long foulard qui lui cachait presque toute la figure.

— Ouste, les gars! Marchez devant, vous connaissez le chemin.

Les petites jambes de Marc suivaient péniblement le train allongé de ses frères. Sarah prit sa main et régla son pas sur le sien.

Des voitures venaient. Sarah risquait d'être surprise par son père, mais plus rien ne pouvait la retenir.

Il y avait déjà plein de carrioles dans la cour de la ferme et, du chemin, on pouvait voir les invités se déplacer aux fenêtres. La maison de Colin était remplie de gens de tout âge, parents, amis, la plupart des gens du rang. L'air sentait déjà la fête. Sarah pensait à Évelyne et à Clarisse. Elle trouvait dommage que ses sœurs ne soient pas du nombre des invités.

La porte s'ouvrit grande devant elle, dégageant une vapeur blanche.

Des chaudrons étaient à demeure sur le feu et échappaient des parfums de viandes, de sauces et d'épices invitants.

Tous les yeux étaient sur Sarah qui, un peu gênée de son intrusion dans la famille de Colin, sentait le sang de ses veines monter à ses joues.

Depuis un bon moment, Colin attendait son arrivée avec le sentiment pénible qu'elle ne viendrait pas. En la voyant chez lui, il retrouva d'un coup son large sourire et, tout à son bonheur, il souleva Julien et Marc de terre et les fit pirouetter. Sitôt sur leurs pieds, les gamins coururent se mêler aux enfants de leur âge, rassemblés dans l'escalier, presque tous des cousins ou des amis d'école.

Les deux portes qui séparaient le salon de la cuisine étaient grandes ouvertes, ce qui permettait aux tables d'occasion, des madriers montés sur des tréteaux, de s'étirer dans toute la longueur des deux pièces.

Le bras gauche de Colin était chargé de manteaux et, de sa main libre, le garçon conduisit Sarah à l'un et à l'autre des invités en faisant les présentations d'usage. Tout le monde s'intéressait à elle, tournait la tête de son côté. Ces gens venus des quatre coins de la paroisse semblaient tous se connaître.

Sarah remarqua la table bien garnie, les plats apprêtés avec soin. Que de mangeaille! Ça lui rappelait les réveillons de sa grand-mère.

On fit approcher les enfants et les jeunes en premier. Ceux-ci enjambaient les bancs et choisissaient leurs voisins de table. Tous parlaient en même temps. Ils déplièrent leurs serviettes et le repas commença.

Sarah sentit la hanche de Colin toucher agréablement la sienne; le moindre contact lui procurait de grandes émotions. Sarah avait à sa droite une nièce de Colin, une fille d'environ treize ans qui se mirait dans sa cuillère et agrandissait les yeux devant son visage déformé pour en rire ensuite.

Les fourchettes raclaient le fond des assiettes au marli décoré d'épis d'orge. Les jeunes filles émues souriaient aux garçons. C'était à qui ferait une nouvelle conquête. L'amour chantait sur tous les tons.

Sitôt la belle jeunesse rassasiée, on dégarnit les tables et on les dressa de nouveau. Le souper ne faisait que commencer. On invita les hommes à prendre les places désertées. Les femmes se servirent les dernières et, pendant qu'elles mangeaient, les jeunes filles s'occupaient du service ou lavaient la vaisselle accumulée pêle-mêle dans le grand évier de fonte. Une fois tout le monde rassasié, les garçons démontèrent les tables d'occasion et les transportèrent dans la cuisine d'été.

Chacun y alla de sa chanson. Les plus timides se firent prier. Un ménétrier déchaîné raclait son violon avec des oscillations des épaules et tout son corps se balançait à gauche et à droite, suivant le rythme endiablé.

Les garçons, l'œil bienveillant, choisissaient une fille et l'entraînaient dans une gigue carrée sous les yeux vigilants des parents. Bob Delorme, armé de boutades qui savaient déclencher des éclats de rire, invita la belle Emma Brault à danser, mais celle-ci refusa net. Le garçon essuya la rebuffade devant tout le monde, mais il garda la tête haute. Il n'allait pas gaspiller le reste de la soirée à en vouloir à la petite Brault. Il prit le parti de tourner l'affront en dérision. Il lui rit au nez en s'adressant ouvertement à son grand-père :

— Mademoiselle Delorme est charmante, mais à ma connaissance, elle a un gros défaut, elle manque de goût. J'y plais pas. Elle trouvera ailleurs un gredin à aimer pis moé, je finirai ben par trouver mieux !

— Choisis-en une au tempérament chaud, releva son grand-père, un vieillard à la barbe grise qui devait avoir quatre-vingts ans et qui conservait une vigueur étonnante.

— Une frileuse fera l'affaire, pépère, je saurai ben la réchauffer.

— Tu nous raconteras ça, mon gars.

Sa fille, Julienne, une bigote tourmentée de scrupules, écoutait les propos un peu grossiers de son vieux père.

— Taisez-vous donc, papa. À votre âge, vous êtes ridicule.

La remarque était si acerbe que le père eut envie de répondre par une gifle.

— Toé, viens pas me bâdrer ! Bon yeu ! Y a assez de la vie qui m'a enlevé ma femme, personne icitte m'enlèvera le droit de parler.

En entendant le vieux engueuler sa fille, tout le monde figea. Julienne, les joues brûlantes de honte, prit son manteau. On tenta bien de la retenir, de minimiser l'importance de ce désaccord, mais en vain. Elle retourna chez elle, fâchée contre son père. Le pauvre vieux continuait de déblatérer sur son sort comme s'il se parlait à lui-même, accaparant ainsi l'attention des invités.

— Quand les enfants quittent la maison pis que tu te retrouves veuf et seul avec ta tête grise, tu peux ben te permettre de rigoler un peu.

Colin appliqua une tape affectueuse sur l'épaule du vieil homme et lui présenta un verre de piquette.

— Tenez, monsieur Delorme, buvez ça jusqu'à la dernière goutte. C'est pas icitte que vous allez vous ennuyer.

À la fin d'un rigodon, le violoneux laissa couler doucement son corps au sol où il s'étendit de tout son long, les bras et les jambes écartés, comme mort de fatigue.

— Sacré farceur ! cria Colin.

Aussitôt une tempête de rires retentit dans la pièce et tout le monde applaudit.

Après quelques danses, un garçon se mit à beugler une chanson à répondre. Peu importait que les voix soient belles ou éraillées, ce qui comptait était de s'amuser ferme, et tous reprenaient le gai refrain :

— Les glouglous, les joyeux flonflons font toujours les gais compagnons, amis buvons, tin, tin, tin, tin, digue digue din, vive le bon vin.

Sarah, attentive aux paroles, apprenait et reprenait les refrains entraînants avec toute la joyeuse maisonnée.

Colin prit sa main et la conduisit au piano, qui avait grand besoin d'être accordé. Sarah fit pivoter le tabouret jusqu'à ce qu'il soit à la hauteur désirée et s'assit. Elle ne connaissait que des pièces classiques. Ce rythme entraînant ne lui était pas trop familier, mais elle se souvenait avoir joué une rengaine du genre avec les jeunes passagers lors de sa traversée vers l'Europe. Ça lui reviendrait sans doute. Comme elle était rudement calée en musique, rien ne lui résistait. Pourtant ses mains hésitaient. Sarah appuya sur les touches et fit entendre quelques sons hésitants.

— Chantez un refrain, dit-elle, et je vais ajuster mes accords en conséquence.

Les doigts effilés de Sarah glissaient doucement sur le clavier et égrenaient une note, deux notes légères, puis, d'un mouvement d'artiste, elle rejeta la tête en arrière et, le regard au plafond, elle frappa des deux mains le clavier. Ses narines se dilatèrent, comme si elle respirait tout à coup un air plus pur et, en un rien de temps, elle exécuta un arpège presque parfait sur le piano désaccordé. Heureusement, elle seule était assez qualifiée pour percevoir que les sons étaient discordants.

C'était parti! Le répertoire était abondant. Tous connaissaient les chansons par cœur, même les jeunes enfants.

La maison explosait de bruits, de rires, de joie. Sur la table de cuisine restaient les desserts, les liqueurs et le café. On parlait, on riait, on racontait des histoires en choisissant du regard la meilleure pâtisserie. Colin dégusta une tarte aux prunes et déposa les noyaux sur le marli de son assiette. Hervé et Marc les ramassèrent et les glissèrent dans leurs poches. Le lendemain, ils les sécheraient un peu au four et ensuite, ils les briseraient à coups de manche de couteau, mangeraient les amandes et suceraient le petit sirop au goût délicieux.

Une fois les nappes enlevées, les verres circulèrent de main en main. Les hommes allumèrent leurs pipes aux tisons. Le violoneux, une fesse sur le coin de la table, prit la relève avec une contredanse.

— Formez la chaîne, cria Lapointe.

Les couples s'avancèrent main dans la main et formèrent un cercle. On demanda de tout côté :

— Qui va caller le set carré ?

— Moé, répondit Colin.

— Tous par la main, swinguez votre compagnie.

Pendant que filles et garçons s'en donnaient à cœur joie, les enfants, gavés de friandises, de sucreries et de gâteaux, s'endormaient dans tous les coins. Entre deux danses, Colin les déposa trois de travers sur les lits et revint à la cuisine.

Les lainages tombaient sur les dossiers des chaises. Les garçons en bras de chemise invitaient de nouveau les filles à danser.

Colin fit une révérence devant Sarah et prit sa main pour la conduire au beau milieu de la place, mais elle s'arc-boutait.

— Non, Colin, non. Je ne sais pas danser, chuchota-t-elle.

— Y est grand temps de commencer. Laissez-vous conduire.

Sarah se sentait toute légère dans les bras virils de Colin, elle n'avait qu'à se laisser guider. Tout aurait été parfait si ce n'était qu'elle sautillait plus qu'elle ne glissait, mais qu'importait ce détail, elle s'étourdissait de plaisir.

Les couples tournaient, swinguaient, le plancher tremblait. Au mur, les cadres, le crucifix et le petit miroir penchaient. Dans les bras de Colin, Sarah vibrait de tout son être. Pour la première fois, elle décrochait des contraintes de sa vie familiale. Les gens de la campagne, eux, savaient sauter, rire et s'amuser. Tout était si différent de ce qu'elle connaissait. Chez Colin, la cuisine était remplie de joie, de taquineries, de rires. Sarah aimait bien l'atmosphère de cette maison si différente de la sienne. L'intérieur était moins somptueux, mais les cœurs étaient plus heureux.

Les aiguilles de l'horloge couraient trop vite sur la piste du temps. Les invités n'avaient pas fini de digérer qu'on dressait la table de nouveau.

À minuit, Colin réveilla les plus jeunes.

– Hourra, les enfants! Et vous aussi, pépère Delorme! Arrivez, c'est l'heure de bouffer.

À l'aube, la maison bondée de monde se vida d'un coup. Après cette fête où tout fut charmant et fou, Sarah se trouvait plongée dans un bonheur incommensurable.

Colin la reconduisit chez les Rochon. Les enfants marchaient devant. Colin serrait la taille de Sarah contre sa hanche.

– C'est le plus beau fricot de ma vie, dit-il, pis ça, juste parce que vous étiez là.

Arrivé chez les Rochon, Colin embrassa Sarah sur la bouche et, encore une fois, déguerpit comme un voleur.

Sarah restait plantée devant la fenêtre à regarder Colin s'en retourner chez lui. Pourquoi était-il si pressé? Elle aurait tant aimé que durent les douces émotions des premiers baisers.

IX

IX

Sarah monta rassembler ses vêtements. Son regard faisait le tour de la chambre où elle avait dormi ces trois derniers mois. La pièce restreinte, malgré son dénuement, était d'une douceur angélique. Sarah en gardait le souvenir des nuits passées à l'étroit entre Pauline et Catherine, mais aussi des soirs où les petites n'en finissaient plus de lui raconter des petits faits sans importance pour repousser l'heure de dormir. Catherine surtout, avec son imagination féconde, avait le tour d'en rajouter pour se rendre intéressante et faire rire la chambrée.

Sarah descendit et se faufila entre les fillettes qui, assises sur la dernière marche, boudaient, le poing sur la joue. Elles en voulaient à Sarah de les quitter. En passant, celle-ci embrassa chacune sur les deux joues.

— Je vous promets de revenir.

— Ça sera pas pareil.

— J'ai un lit qui m'attend chez moi. Vous dormirez mieux à deux dans le vôtre.

— Nous, on aime mieux dormir à trois.

Les garçons tiraient la main de Sarah.

Ces trois derniers mois avaient passé comme un éclair. Pendant son séjour dans cette famille, Sarah avait développé une solide amitié pour Françoise Rochon. Mais elle allait surtout s'ennuyer de Colin, qu'elle avait côtoyé tous les jours, et cette douce habitude avait renforcé leurs sentiments amoureux. Et que dire de la petite Marjorie qui était presque sienne? Elle ne vivrait plus ces moments privilégiés où, à chaque boire, la petite tétait son biberon en l'observant de ses yeux confiants. Sarah se demandait si sa mère arriverait à lui prodiguer les soins requis avec les semis à préparer et le vêlage qui commençait. Malgré toutes ces séparations, Sarah n'était pas triste. Elle promit aux Rochon de revenir les visiter.

* * *

En entrant chez elle, sans trop savoir pourquoi, la jeune fille ressentit l'envie de sauter au cou des siens, comme le faisaient les gens de la campagne, mais elle devait retenir ses élans. Dans sa famille, on observait une réserve stricte. Son séjour chez les Rochon lui avait fait oublier la maison de son père avec sa cuisine ennuyante, où il n'entrait personne et que seules les crises de sa mère animaient.

Sarah déposa ses effets sur une tablette de la commode et, mélancolique comme elle ne l'avait jamais été, elle mesurait l'abîme entre la campagne et le village, entre les pauvres et les fortunés. Déjà, elle s'ennuyait des Rochon. En campagne, on savait s'amuser, rire et chanter. L'idée la prit d'égayer la maison plutôt que mener une existence insipide. Elle s'assit au piano et, dans l'ombre du salon, elle exécuta en chantant les gais refrains ruraux.

Sa mère intervint sévèrement:

— Cesse ton tambourinage! C'est ce qu'on t'a enseigné à Paris?

— Je veux juste mettre un peu de gaieté dans cette maison.

— Modère tes transports. Il y a des malades dans le cabinet de ton père qui eux n'ont pas le cœur à la danse.

Évelyne, tout excitée, l'appela en haut. Elle lui tendit une lettre.

— Une pour toi et une pour moi. Elles viennent de Paris. Je gage que Romain et Fabrice se sont passé le mot pour nous écrire le même jour. Ces deux-là ont toujours fait la paire.

— Romain aurait-il digéré mon départ?

Sarah décacheta l'enveloppe et lut:

Ma très chère Sarah,

Comment allez-vous? J'espère que votre retour au Canada s'est bien passé et que la mer n'a pas été aussi houleuse que votre départ.

Je regrette de vous avoir laissée partir sans vous souhaiter un bon voyage. C'est que j'ai très mal pris notre séparation. Me pardonnerez-vous la façon inadmissible dont je me suis comporté? Vous me connaissez assez pour savoir que je n'étais pas dans un état normal. En voyant le paquebot venir vous arracher à moi pour toujours, j'ai perdu mes moyens.

Hier, nous sommes retournés, Fabrice et moi, au Piace Caffe où nous nous sommes rencontrés pour la première fois, vous et moi. Après trois ans de joyeux copinage, nous nous retrouvons comme deux vieux veufs qui ont perdu leur compagne de vie. Nous avons longuement parlé de vous et de votre sœur Évelyne. Ce retour en arrière a réveillé beaucoup d'émotions en moi.

Que devenez-vous en terre canadienne ? J'ose espérer que vous êtes heureuse. Ne connaissant rien de votre pays, je ne peux même pas vous imaginer dans votre cadre de vie. Alors je vous revois ici, à mes côtés.

Après votre départ, j'ai donné quelques concerts au théâtre des Champs-Élysées, à la salle d'Issy et à la salle Berlioz, mais je préférerais de beaucoup enseigner le chant.

Je mets un peu d'argent de côté pour un voyage au Canada, mais comme le coût est élevé, ce ne sera pas pour demain. En attendant, tous les miens vous saluent. Ma mère dit qu'elle vous garde une petite place dans son cœur.

Depuis votre départ, je ne cesse de penser à vous, Sarah. Vous connaissez les sentiments profonds que je vous porte, mais puisqu'ils ne sont malheureusement pas réciproques, je vous demande en retour de me garder votre amitié.

J'espère que vous répondrez à ma lettre et que vous me parlerez de vous.

Sincèrement,
Romain Dauvergne.

Le visage de Sarah se contorsionna en une grimace. Elle déchira la missive et jeta les morceaux de papier à la poubelle.

Évelyne, curieuse, s'informa :

– Et puis ?

— Et puis rien! Romain s'excuse de s'être emporté. Il en a mis du temps à digérer! Il dit qu'il se contente de mon amitié, mais j'en doute. Je vais mettre fin à ses lettres. Il parle de venir au Canada, mais je ne veux pas de lui ici.

— Pourtant, tu lui dois bien un accueil chaleureux. Nous avons si souvent été reçues chez ses parents. Tu te souviens des Noëls passés chez lui? Sans les Dauvergne, nous aurions passé les fêtes seules.

— C'était avant sa scène. Je reconnais lui devoir beaucoup, mais de là à lui donner mon cœur en échange, non! Et toi, ton Fabrice?

— Une belle lettre d'amour!

— Je peux la lire?

— Non! Si Fabrice l'apprenait, il n'apprécierait pas.

— Tu l'aimes toujours?

— Disons que je dois me faire obligatoirement à l'idée, avec cet océan qui nous sépare. Pour être franche, j'essaie de l'oublier et je crois pouvoir y arriver. Je pense à lui moins souvent.

— Tu vas lui répondre?

Les yeux dans le vague, Évelyne réfléchissait. Avec le temps, la distance et l'absence, l'image de Fabrice pâlissait et Évelyne ne pouvait vivre sans un amour présent dans sa vie. Elle n'allait pas dire à Sarah que son cœur était déjà pris ailleurs.

— Tant qu'à lui broder un tissu de mensonges, autant m'abstenir, hein! Fabrice va se rendre compte plus facilement qu'il n'a plus d'intérêt pour moi s'il ne reçoit pas de réponse. Pour moi, il fait partie du passé, mais il reste un bon souvenir. J'ai ri avec lui comme jamais je n'ai ri avec personne.

Évelyne préférait oublier qu'elle avait aussi pleuré dans ses bras, comme jamais elle n'avait pleuré avec personne.

— Tu ne t'ennuies pas de Paris, toi ? demanda-t-elle à sa sœur.

— Je m'ennuie de notre liberté, même si nous devions en faire voir de toutes les couleurs à Pillet pour nous évader. Là-bas, maman n'était pas continuellement derrière nous, à nous surveiller et à nous dicter notre conduite. Pour une malade, c'est plutôt surprenant.

— Tu sais ce que je pense, Sarah ? Je crois que maman n'est pas plus malade que nous et qu'elle se sert d'une supposée maladie pour nous manipuler comme des marionnettes, nous et papa. Si elle était vraiment souffrante, papa saurait mettre le doigt sur son bobo. Au contraire, il s'efforce de plier à toutes ses fantaisies.

— Moi, je n'en peux plus de supporter cette prison. Si c'était possible, je retournerais tout de suite chez les Rochon.

— Ne fais plus jamais ça ! Je me suis tellement ennuyée de toi.

— J'ai presque honte de renier ainsi ma famille, ajouta Sarah sur un ton plus bas. Mais que veux-tu, j'étais mieux qu'ici dans cette maison, même si nous couchions trois de travers dans le même lit.

X

Avril fondait en larmes. Son ciel était couleur de cendre et de fumée.

C'était trois mois après la naissance de Marjorie.

Françoise Rochon ouvrait péniblement ses paupières lourdes comme du plomb. Ce matin-là, le soleil s'était levé bien avant elle. La veille, son train terminé, elle avait blanchi l'étable à la chaux. Elle avait commencé tôt en après-midi et avait trimé jusqu'au coucher du soleil, ne s'arrêtant que pour manger. Elle avait abusé de ses forces, elle qui venait à peine de quitter son fauteuil roulant et son corset de soutien ; toutefois, elle se trouvait satisfaite de son travail. Maintenant, il ne restait que la souc à peinturer.

La marmaille s'éveillait, s'agitait, criait :

— M'man, j'ai faim !

« Dommage que Sarah ne soit plus là pour s'occuper de la maisonnée ! » pensa Françoise. Si ce n'avait été du déjeuner à préparer, elle serait restée au lit à paresser et à se prélasser, comme elle le faisait jeune fille, mais quand on a neuf enfants qui se chamaillent, neuf petits ventres qui crient famine, a-t-on le choix de traînasser au lit ? « Allons ! Un coup de cœur, ma Françoise, se dit-elle, une mère n'a pas le droit d'être au bout du rouleau et encore moins quand elle doit jouer le rôle de père et de mère à la fois. » Elle repoussa le drap et, lentement, s'assit sur le côté de lit quand elle ressentit une douleur lombaire. « Ce doit être encore ce bassin qui fait des siennes. » Les mains ouvertes sur ses hanches, elle se redressa doucement et, une fois sa douleur passée, elle enfila sa robe de semaine. Ses pieds tâtonnaient le sol à la recherche de ses vieilles chaussures éculées, mais celles-ci avaient disparu. Ce devait être Louise, depuis quelques jours l'enfant s'amusait à marcher dans les souliers trop grands de ses aînés. La pièce était sombre. Françoise jeta un coup d'œil distrait sur la couchette installée au pied de son lit. Marjorie ne gazouillait pas comme à son habitude. La mère décida de laisser l'enfant étirer sa nuit. Elle traversa sans bruit à la cuisine, bourra le poêle de bois sec, étendit huit tranches de pain blanc sur les ronds et prépara une bouillie de gruau d'avoine.

— Approchez tous, la soupane est dans vos assiettes. Pis criez pas trop fort, la petite dort.

Pendant que la mère versait un peu de mélasse sur la bouillie des enfants, derrière elle, les rôties brûlaient sur le poêle et enfumaient la cuisine. La femme les jeta au feu et les remplaça par huit nouvelles tranches. Puis elle mangea à son tour.

Sitôt la table desservie, elle versa de l'eau bouillante dans la cuvette.

— Pauline, viens essuyer la vaisselle avant de partir pour l'école.

— J'ai trop peur de la casser.

— D'abord, essuie les ustensiles. Tu risques pas de les casser, eux. Pis toé, Hervé, va chercher Marjorie et réveille-la doucement pour pas trop la surprendre.

Dans la chambre du bas, Hervé appelait, sans lever le ton :

— M'man, m'man, venez donc icitte.

Hervé n'osait pas toucher à la petite.

En s'approchant du berceau, sa mère ressentit une mauvaise impression. Habituellement, le regard de l'enfant se tournait vers elle. Ce matin, sa tête était fixe et ses yeux ne regardaient nulle part ; on eût dit une poupée de cire aux yeux clos. En soulevant l'enfant pour l'emporter, la mère sentit le petit corps froid lui glacer le cœur. Elle s'arrêta, paralysée, avec dans ses bras sa fille qu'elle voulait croire endormie.

Pendant la nuit, sa petite Marjorie était partie dans son sommeil, morte seule, sans sa mère pour la rassurer, sans personne pour la serrer sur son cœur.

— Hervé, va vite chercher le docteur.

Elle savait, la mère, que c'était trop tard, que c'était pour rien. Sa petite Marjorie avait déjà rendu l'âme, mais il fallait suivre le processus habituel.

Elle s'assit dans la berçante, tenant le petit corps figé de Marjorie dans ses bras, pour le peu de temps qu'il lui restait à bercer son bébé, à s'imprégner de ses traits afin de ne pas oublier son visage. Des larmes inondaient sa figure défaite et coulaient dans ses rides profondes.

* * *

Charles-Édouard entra, suivi de Sarah. Celle-ci, incrédule, courut vers l'enfant et, frappée de stupeur, elle s'écria : « Mon bébé ! Mon trésor ! » et elle fondit en larmes.

Les enfants étaient pelotonnés contre leur mère, les plus jeunes juchés sur les barreaux de sa chaise, dans un silence profond, comme s'ils comprenaient le malheur qui s'abattait sur leur maison. Charles-Édouard prit le pouls de Marjorie et replaça la menotte sur le petit corps inerte. Il serra un à un les autres enfants dans ses bras, puis, sans un mot, il posa sa grosse main sur le poignet de la femme. Il ne trouvait que le silence pour consoler les proches de leur deuil. Ses clients étaient un peu sa famille. Il pleurait avec madame Rochon et Sarah, comme il pleurait chaque départ, surtout ceux des enfants ; pour les adultes, il arrivait à se contrôler.

Il se moucha fort, approcha une chaise de celle de la mère et prit son parler doux :

— Certains bébés décèdent comme ça, dans leur sommeil, sans qu'on en connaisse la cause.

— Pas ma petite Marjorie ! Pas ma petite fille !

— Si vous saviez comme je vous comprends ! Une mort d'enfant est inacceptable. Votre fille est un peu la mienne pour l'avoir aidée à naître. Mais que voulez-vous ? Le bon Dieu doit en avoir besoin là-haut.

— Surtout, parlez-moé pas de Lui. Y aurait pu venir prendre des vieux, pas une enfant de trois mois qui demande qu'à vivre. J'y pardonnerai jamais.

En l'entendant s'en prendre au bon Dieu, le médecin serra plus fort le poignet de la Rochon.

— Ne jurez pas, ma bonne dame, ce serait plus terrible encore s'Il était venu chercher la mère. Tantôt, je vais téléphoner à votre mari pour lui faire part du décès de sa fille.

Devant le petit corps inanimé, Sarah vivait le déchirement le plus cruel de sa vie. Ce départ de la petite Marjorie la révoltait. Cette enfant était presque sienne. C'était ce bébé qui avait éveillé en elle sa fibre maternelle. C'était sa première expérience avec un enfant et la mort la lui enlevait. Elle l'avait eue pour elle seule trois merveilleux mois, pendant lesquels elle l'avait baignée, nourrie, bercée, cajolée, consolée. Puis elle s'était ennuyée d'elle pendant deux longs jours. Maintenant, elle s'en voulait de l'avoir abandonnée à sa mère. Celle-ci lui avait-elle prodigué les mêmes soins ou si son travail sur la ferme avait pris l'avantage sur les besoins de l'enfant ? Étaient-ce les conséquences de cette séparation brusque qui avaient tué Marjorie ? Malheureusement, Sarah n'avait aucun droit sur l'enfant. Elle souffrait. La mort était le lot des vieillards, de ceux qui ont eu le temps de vivre, à l'automne ou à l'hiver. On ne meurt pas au printemps. C'est le temps du renouveau, des bourgeons, de la vie.

Debout, face à la fenêtre, Sarah sanglotait. Qui eût cru qu'un bébé puisse prendre tant de place dans son cœur.

Elle se souvenait de la naissance difficile de la petite. C'était trois mois plus tôt. Ce jour-là, elle avait mis de l'ordre dans la maison. Aujourd'hui, avec la mort de Marjorie, tout était à recommencer. Sarah ressentait le besoin de bouger. Elle se leva, vida l'évier de son eau tiède qu'elle remplaça par une belle eau claire et termina la vaisselle laissée en plan.

Charles-Édouard quitta la maison en disant :

– Je vous laisse Sarah pour quelques jours.

Sarah demanda l'aide des enfants pour nettoyer la place. Ensuite, elle s'attaqua au ménage des chambres ; elle sentait le besoin d'occuper son corps et son esprit.

* * *

Quand Gédéon Rochon entra chez lui, Françoise le reçut froidement. Elle lui en voulait de ne pas avoir connu sa fille, de ne pas s'être attaché à Marjorie.

Les enfants se ruaient sur leur père, comme des mouches, et parlaient tous en même temps. Gédéon caressait les petites têtes en se rendant au salon où Marjorie reposait dans une petite boîte blanche. Il fit un signe de croix. Aucune émotion ne passait sur son visage. Priait-il ? Françoise surveillait ses gestes. Il ne l'embrassait pas, ne la touchait pas. Il ne savait pas qu'elle gazouillait, qu'elle se tournait du ventre sur le dos. Il ne posait aucune question à son sujet. Il ne devait pas l'aimer, pourtant elle était sa fille au même titre que ses autres enfants et elle était belle comme un ange. Françoise se sentait encore plus seule avec sa peine.

Avant de conduire sa fille en terre, Françoise couvrit l'enfant d'une couverture pour que son petit corps ne sente pas le froid de la mort.

Après la cérémonie des anges, au retour du cimetière, Gédéon déposa quelques dollars dans la main de sa femme.

— Tiens, t'en auras besoin pour payer l'accouchement. Je t'en enverrai d'autres plus tard. Je retourne à la ville tantôt.

— Tu reviendras à la maison ?

— J'ai pas le temps, Lafortune m'attend au dépôt.

— Lafortune est plus important que ta famille ? Si c'est comme ça, les enfants vont être ben déçus.

Françoise Rochon monta dans la voiture et retourna aux Continuations avec les huit enfants qu'il lui restait.

* * *

Sarah passa la semaine suivante chez les Rochon. Colin, en bon voisin, vint de nouveau aider au train, mais contrairement aux mois précédents, cette fois la maison pleurait un drame.

À la suite du décès de Marjorie, la pauvre mère demeura muette pendant trois jours. Si au moins son mari était resté quelques jours, elle aurait pu lui parler de la petite disparue pour ne pas qu'on l'oublie et partager sa peine ; elle ne pouvait le faire avec personne. Qui d'autre serait intéressé à l'écouter ? Sarah, bien sûr, mais celle-ci pleurait chaque fois qu'elle passait près du berceau vide. Maintenant, elle ravalait son chagrin devant les petits vêtements à laver. Françoise n'osait pas l'affliger davantage avec ses jérémiades.

Elle enfouit sa souffrance dans ses pensées les plus secrètes. Elle n'avait plus d'intérêt pour sa ferme. Si elle s'était écoutée, elle serait restée vissée à sa berçante, les yeux dans le vide, le cœur dans la petite tombe de sa Marjorie, mais le travail commandait, c'était le temps des semences et il fallait y aller si on voulait subsister. Les premiers jours, bien sûr, elle besogna à reculons, puis avec le temps, elle reprit courage. Elle n'avait pas le droit de flancher, huit autres enfants la réclamaient. Les garçons aidaient. Comme leur mère, ils ne ménageaient pas leurs forces. À leur âge, ils ne percevaient pas nettement le drame de leur mère ; leur tristesse se traduisait par un vide causé par l'absence de Marjorie.

Françoise Rochon cherchait à enterrer sa peine dans son travail comme elle enterrait ses graines dans le sol, s'arrêtant à chaque bout du champ pour reprendre haleine et force. Et la tête pleine de sa petite disparue, elle répétait machinalement ses gestes quotidiens à la force de ses poignets.

XI

Évelyne se retrouvait seule dans la cuisine. Assise dans la berçante, elle fixait sans la voir la porte qui donnait sur le jardin. Toutes ses pensées rejoignaient le beau vicaire. Elle n'arrivait pas à faire le deuil de son amour impossible. Elle sursauta à l'arrivée de Clarisse qui secouait ses pieds enneigés sur le paillasson. Clarisse déposa ses victuailles sur la table et jeta son sac brun au feu.

— Tu es bien songeuse, Évelyne. Serais-tu en train de penser à tes vieux péchés?

— La vie est ennuyante, ici. Rien ne bouge.

— Moi, je trouve la vie plutôt belle.

Évelyne quitta sa chaise brusquement et monta à sa chambre où personne ne dérangerait ses pensées. Ces derniers temps, elle voyait son beau vicaire partout : à la messe, au confessionnal, aux exercices de chant. Elle trouvait toujours des excuses pour ne pas renoncer à Emmanuel et, même s'il l'ignorait, elle pensait à lui en secret, jour et nuit. Elle espérait que de son côté, le temps aidant, il développerait une attirance physique à son endroit.

La jeune fille sentait le besoin de partager son grand rêve émouvant et le confessionnal était le seul endroit où le vicaire ne pouvait se soustraire à ses effusions. Elle avait beau élaborer des plans pour lui parler en privé, elle ne pouvait rien trouver de mieux pour s'en approcher et, même si son confesseur finissait toujours par lui fermer le carreau au nez, Évelyne, indomptable, se promettait chaque fois de revenir.

La nuit précédente, elle avait longuement mijoté une proposition intéressante, et ce matin-là, elle se rendit à l'église d'un pied ferme.

Une odeur de cire chaude s'échappait des lampions allumés. Il y en avait quatre-vingt-seize, huit rangées de douze et plus de la moitié brûlaient à l'intention des paroissiens.

Évelyne s'agenouilla dans le confessionnal et joignit les mains, prête à redire son amour.

Le confesseur ouvrit le carreau. C'était encore elle, la fille aux dix-sept printemps. Il reconnaissait son odeur engageante, ses grands yeux enjôleurs et ses mèches folles. Il attendit qu'elle parle.

— Mon père, c'est Évelyne, celle qui vous aime. Je suis à genoux devant vous. Vous voyez bien que je n'en peux plus de vous aimer.

— Taisez-vous, idiote! Le bon Dieu va vous punir.

— Il ne peut m'arriver pire punition que votre rejet.

Elle le relançait au risque d'être encore une fois repoussée. Qu'avait-elle à perdre? Elle l'aimait et il ne l'aimait pas.

— Qu'attendez-vous de moi? Le pardon de votre faute?

— Je veux que vous veniez me rejoindre ce soir, à sept heures, au cimetière. Le chemin a été déneigé jusqu'au charnier pour y mener une tombe. Autant en profiter.

— N'y comptez pas.

— Au cas où vous changeriez d'idée, je vous y attendrai. N'oubliez pas : ce soir, à sept heures.

— Renoncez à ce rêve impossible. Sur Terre, chacun a sa destinée, et la mienne, vous ne pourrez la changer. Personne ne le pourrait. Tandis que la vie s'ouvre devant vous, pleine de jeunes gens de votre âge qui, eux, sont libres d'aimer. Moi, je me suis engagé au service de l'Église et j'ai renoncé à une vie de couple. Oubliez-moi si vous ne voulez pas souffrir inutilement.

— Je vous attendrai au cimetière.

Le carreau se referma brusquement.

* * *

Le soir tombé, Évelyne se rendit à grands pas au cimetière. Il faisait sombre et un vent glacial lui gelait le nez et les oreilles. Elle tremblait à la pensée des cadavres qui reposaient dans le charnier, mais même les morts ne pourraient l'empêcher d'aller y attendre son amoureux.

Sept heures ! Emmanuel viendrait-il ? Le froid mordait les joues d'Évelyne. Sept heures quinze ! C'était maintenant au tour de ses orteils de geler. Elle sautillait sur place pour les dégourdir.

Soudain son cœur s'arrêta de battre. Un attelage s'engageait dans l'entrée du cimetière. La peur s'empara d'Évelyne. Une voiture, c'était plutôt bizarre. Emmanuel n'aurait pas attelé pour un si court chemin, à moins qu'il désire lui faire la surprise d'une promenade en carriole. Non, ce ne pouvait être lui. Ç'aurait été trop beau. Elle fabula un court moment autour de son rêve.

Elle se dissimula près du charnier, dans la neige jusqu'aux genoux. En dépit de sa crainte, elle ne pouvait se retenir d'étirer le cou. Lorsqu'il fut plus près, Évelyne reconnut l'attelage de son père. «Lui, ici?» Comme elle allait crier «papa», le son se figea sur ses lèvres. Sa première pensée fut que le vicaire lui avait fait faux bond et que son père, une fois prévenu, venait dans l'intention de la piéger.

De sa cachette, Évelyne le surveillait. Devait-elle rester cachée ou bien se rendre et tout avouer? Elle n'en pouvait plus de vivre un amour caché, un amour à sens unique.

Son père fit faire demi-tour à Gaillarde et s'arrêta devant la porte du petit bâtiment, sans même un regard autour de lui, comme s'il était venu pour autre chose. Il descendit de son élégant bobsleigh et tira de sous son siège un paletot et un chapeau de chat sauvage qu'il jeta sur son bras. Il titubait en se rendant au charnier. Il avait l'air ivre. Mais son père ne pouvait être ivre. Il ne buvait qu'à l'occasion et que très peu. Évelyne se demandait s'il pouvait souffrir de troubles mentaux passagers. Il déverrouilla la porte et s'affaira un bon moment à l'intérieur. Qui pouvait bien lui avoir donné la clé de cet endroit lugubre? Combien de temps y resterait-il? Emmanuel pouvait arriver d'un moment à l'autre.

Au bout d'un bon moment, elle entendit un «boum», comme le bruit d'une tombe qu'on referme. Son père allait-il fouiner dans les cercueils pour s'approprier les joncs et les dents en or, comme le faisaient les brigands? Son père touchait-il aux cadavres? Évelyne ressentit une répulsion violente, insurmontable.

Un quart d'heure plus tard, Charles-Édouard sortit, portant quelque chose dans ses bras, quelque chose qui ressemblait à un corps vêtu de fourrure.

Évelyne ferma les yeux et retint un cri d'horreur. Le cœur lui levait et elle étouffa des hoquets dans sa mitaine. Son père avait-il perdu la tête? Elle ouvrit les yeux, elle ne pouvait s'empêcher d'observer secrètement la suite de ce spectacle morbide. Elle voulait savoir jusqu'où son père pouvait aller et, surtout, comprendre son étrange comportement.

Chancelant, il déposa son fardeau dans la voiture. On eût dit un homme, un cadavre. Ce ne pouvait être autre chose. Un frisson d'horreur parcourut Évelyne de la tête aux pieds. Son père assoyait la chose bien carrée sur la banquette, n'ayant pas d'espace pour le cacher ailleurs dans sa petite carriole. Évelyne suivait ses moindres gestes. Il revint sur ses pas verrouiller la porte du sépulcre. Évelyne recula un moment pour ne pas être en vue, puis elle reprit son guet, obsédée par la scène, les pensées confuses, comme dans un brouillard, à tel point qu'elle ne sentait plus le froid mordre ses joues.

Son père commanda sa bête et disparut en emportant le cadavre.

Il n'était pas venu pour elle. Sa présence était une coïncidence, simplement une coïncidence. Mais pour qui son père était-il venu? Que faisait-il avec une dépouille? Une promenade de nuit? Allait-il reconduire le défunt chez lui? Son père devait avoir l'esprit dérangé pour agir ainsi.

Évelyne se demandait à quand remontaient les dernières funérailles? Elle compta. Une semaine plus tôt, elle et Sarah avaient chanté aux funérailles de monsieur Coulombe. Après la cérémonie, la tombe avait été déposée dans le charnier. L'hiver, il fallait attendre le dégel pour enterrer les corps.

Sept heures quarante. Emmanuel ne viendrait pas. Comment avait-elle pu se laisser aller à s'amouracher d'un prêtre? Elle n'avait pas de chance avec ses amours qui prenaient toujours fin par une blessure qui n'en finissait plus de saigner. Évelyne frappait le charnier du poing pour ne pas pleurer. Elle se disait: «Sacrée Évelyne, décroche, oublie.» Mais c'était plus fort que sa volonté. Après tant d'émotions fortes, elle s'en retourna chez elle, doublement déçue. Elle regrettait d'être allée au cimetière.

Au retour de cette sortie décevante, Évelyne entra chez elle congelée, le visage défait. Elle chercha son père partout dans la maison. Sarah lui rapporta qu'on l'avait appelé pour une urgence.

— Il est parti sans toi?

— C'est quand même curieux, mais pour une fois, ce n'est pas moi qui vais m'en plaindre.

Évelyne n'eut pas le temps de faire des élucubrations. Sa mère sortit du salon, furieuse.

Quand il s'agissait de ses filles, Laurentienne gardait l'œil ouvert et l'esprit fermé. Sans laisser le temps à sa fille d'enlever son manteau, elle s'approcha d'elle et se mit à crier en lui tordant le poignet:

— D'où sors-tu, toi?

— Du presbytère, d'un exercice de chant avec la chorale.

Sa mère doutait de ses dires.

– C'est vrai ça, Sarah?

Sarah, étonnée de se faire embarquer dans cette galère, ne savait que répondre. Elle ne dit rien.

Évelyne réussit à se dégager de l'emprise de sa mère, mais aussitôt, celle-ci sortit le balai et se mit à la frapper à grands coups.

– Menteuse! Où étais-tu? Et avec qui? Tu ferais mieux de me dire la vérité.

Évelyne courut autour de la table pour parer les coups. Elle surveillait la porte, la seule échappatoire possible. Elle profita d'un manque de réflexe de sa mère pour s'évader de la maison.

Une fois dans la rue, Évelyne ne sut où aller. Que d'événements vivait-elle en un seul soir! Elle marcha jusqu'au presbytère et, ne sachant que faire, elle s'assit sur une marche enneigée, la tête pleine de son amour impossible. Emmanuel pouvait-il la voir de l'intérieur? «Emmanuel, Emmanuel, murmurait-elle, venez à mon aide.»

Évelyne retenait mal ses larmes. Elle essuya ses yeux et frappa à la porte.

Mademoiselle Victoire, la servante du curé, vint lui ouvrir. Évelyne se jeta dans ses bras en pleurant.

– Mais, ma pauvre enfant! Dans quel état êtes-vous?

Évelyne ne pouvait se confier. La femme était digne et âgée. Elle ne comprendrait pas les comportements étranges d'une mère en conflit avec sa fille.

– Je vais prévenir monsieur le curé.

– Non, prévenez plutôt monsieur le vicaire. Avec lui, je serai plus à l'aise pour parler.

– Venez d'abord vous asseoir.

La servante conduisit Évelyne dans une pièce qui donnait sur le corridor.

Le presbytère ressemblait à un cloître. Une propreté méticuleuse régnait dans l'office. On entendait le tic-tac de l'horloge et, venant d'une pièce voisine, des livres qu'on refermait, des papiers que l'on froissait. Ici, tout était paix et douceur. Enfin des pas venaient dans le couloir et Emmanuel Fortier apparut dans sa chaste soutane noire.

Évelyne éprouvait en sa présence une timidité remplie de tendresse. Elle se leva, s'en approcha doucement, le plus près possible, la poitrine palpitante.

Le prêtre recula d'un pas et la repoussa du bras.

– Pas de ça, s'il vous plaît!

Évelyne recula à son tour. Se pouvait-il qu'Emmanuel la déteste autant? Elle ne deviendrait jamais sienne, il ne fallait pas en douter.

Le jeune prêtre avait l'air sévère, mais non triste.

Évelyne, figée sur place, regarda le religieux avec un douloureux étonnement. Pourquoi était-il si beau, si attachant?

L'abbé Fortier saisit son coude qui tremblait comme une feuille et le soutint un moment. Évelyne prit son geste pour de la tendresse. L'espoir succéda à l'angoisse. Elle tourna légèrement la tête et chercha à embrasser Emmanuel.

— Ne commettez pas cette imprudence, la porte peut s'ouvrir à tout moment et monsieur le curé serait là pour me rendre coupable d'une faute dont je serais innocent.

L'abbé invita Évelyne à s'asseoir en lui désignant une chaise en face de lui. Il parlait d'un ton cassant qui ne lui était pas naturel.

— Qu'est-ce que je peux faire pour vous ?

Évelyne était lasse de le voir agir comme un pasteur réservé.

— Je me suis sauvée de la maison et je ne sais plus où aller.

Le vicaire avait le goût de serrer la jeune fille dans ses bras, de la consoler, de sentir son jeune corps contre le sien et de s'enivrer des plus douces voluptés, cependant, il retint ses ardeurs. Il resta immobile, sans parler, à supplier le ciel de lui venir en aide. Lentement, il se leva.

— Mademoiselle Beaudry, rentrez chez vous.

J'ai trop peur de ma mère.

— Pourquoi s'en prend-elle à vous ?

— Parce que ce soir, je suis sortie sans sa permission.

— Voilà les conséquences de vos actes. Les enfants doivent obéissance à leurs parents.

— Pourquoi n'êtes-vous pas venu à mon rendez-vous ? Quelle sorte de sentiments avez-vous donc pour moi ? Aucun, sans doute...

Évelyne posait les questions et donnait elle-même les réponses.

— La vie est laide. Je vais mourir de chagrin.

Elle se mit à pleurer à chaudes larmes.

Le prêtre cherchait les mots pour l'apaiser, sans toutefois se compromettre.

– Vous vous laissez aller à une vive émotion causée par vos nerfs trop sensibles.

Évelyne reniflait.

– C'est vrai! Vous êtes dans ma tête, dans mes nerfs, dans mon sang.

Le prêtre semblait indifférent comme s'il n'avait rien entendu, mais pendant un moment, il laissa la tentation s'enfoncer en lui comme un poison. Aucun témoin ne pourrait rendre le supplice de cette scène que subissait l'abbé Emmanuel Fortier. Toutefois, il arrivait à garder un calme apparent.

– Vos parents vont s'inquiéter de votre absence.

– S'inquiéter? Eh bien, tant mieux! Chez nous, c'est une guerre continuelle entre ma mère et nous, ses filles. Je ne suis pas née pour être heureuse. Voilà tout! Vous, vous m'avez fait du bien, mais là, c'est fini, c'est assez! La vie ne veut plus de moi. Je vais mourir et ce sera mieux ainsi.

– Non, ce n'est pas fini. Vous serez heureuse, vous verrez. Mais pour ça, il faut d'abord que vous acceptiez de m'oublier.

Comme si elle le pouvait! Il suffisait de vouloir ne plus penser à quelqu'un pour que l'on y pense jour et nuit.

– Ce n'est pas comme ça que ça se passe. Quand j'aime, c'est pour la vie. Vous êtes dans mon cœur pour y rester.

Le jeune prêtre avait mal pour elle. Lui aussi marchait sur ses sentiments et ressentait l'étincelle d'un arrachement.

Évelyne se mit à pleurer de plus belle, le visage dans les mains.

Le vicaire sortit un mouchoir propre de sa poche et le lui tendit. Évelyne essuya ses yeux et rentra le bout de tissu dans le poignet de son manteau.

La bouche tordue de douleur, elle lui raconta tout et il l'écouta, attentivement.

— Ce soir, maman ne semblait pas dans un état normal. Je me demande si elle était sous l'effet des pilules comme il lui arrive souvent.

— Et votre père dans tout ça n'a pas pris parti?

— Papa n'est pas à la maison. Je ne sais pas où il est. Je vais vous raconter quelque chose d'horrible. Je sais que c'est incroyable, mais soyez assuré que ce que je vais vous dire est la pure vérité. Je suis prête à le jurer sur l'Évangile.

Évelyne, en confiance, lui rapporta la scène du cimetière.

— Mademoiselle Beaudry, ne répétez à personne cette histoire de revenant. Vous passeriez pour bizarre.

— Vous me croyez, vous?

— Bien sûr, bien sûr!

Le vicaire ne la croyait pas, c'était évident. Il devait la trouver folle.

— Peut-être ferais-je mieux d'aller rejoindre ceux qui dorment là-bas?

— Et vos amis?

— Quels amis? Si seulement j'en avais.

— Je vous conseille de rentrer chez vous tranquillement, comme si rien ne s'était passé et de bien vous reposer.

— Et encaisser les coups? Maman va me tuer. Si vous l'aviez vue…

— Vous connaissez sûrement une tante, une parente ou quelqu'un d'autre qui pourrait intervenir auprès de votre mère.

— Oui, vous!

— Je vais téléphoner à votre père et lui dire de venir vous chercher.

— Et s'il n'est pas revenu de sa promenade avec le cadavre?

— N'allez pas ébruiter de pareilles suppositions. Si votre père a dû s'absenter, je vous reconduirai moi-même.

* * *

Laurentienne, déchaînée, refusait d'ouvrir. En apercevant le vicaire, sa colère tomba d'un coup et sa figure changea aussitôt d'expression. Elle prit une petite voix mielleuse. Elle cherchait à donner une impression de calme et de puissance devant le prêtre.

— Monsieur l'abbé! Quelle belle visite! Donnez-moi votre paletot et passez au salon. Tenez, prenez ce fauteuil, les filles vont apporter le café et les beignets.

— Merci, madame Beaudry, mais je dois refuser votre invitation tentante. Je passais juste comme ça consulter votre mari pour un léger malaise. Je vois qu'il est absent. En chemin, j'ai rencontré mademoiselle Évelyne. Je lui ai dit : « Comme j'ai affaire à votre père, faisons le bout de chemin ensemble. »

Laurentienne n'était pas dupe. Évelyne devait être allée se plaindre à lui et avoir noirci sa mère sans retenue.

– Mon mari est parti à Montréal pour une convention. Les filles profitent de l'absence de leur père pour sortir le soir.

– La jeunesse est parfois ingrate et les parents n'ont pas le plus beau rôle, mais dites-vous qu'une fois vos filles mariées, vous allez vous ennuyer d'elles à en mourir. Du moins, c'est ce que dit ma mère.

Clarisse apparut avec un plateau chargé d'une théière d'argent, de tasses et de pâtisseries fraîches.

Le visiteur se laissa tenter par les choux à la crème. S'il accepta, c'était surtout dans le but de se donner du temps pour mieux connaître la dame. Son intention était de parler seul avec elle, mais la présence d'Évelyne et de Sarah l'en empêchait.

Évelyne aurait vendu son âme au diable pour rester près de lui. Elle l'entourait, le maintien élégant, fière comme un paon qui fait la roue. Elle lui adressait des sourires qui restaient sans réponse et lui offrait généreusement une brioche, du sucre, poussant son empressement jusqu'à remuer la crème dans son café. Tout pour attirer sur elle l'attention du beau Emmanuel.

Ce dernier semblait l'ignorer. Il se cachait ses propres faiblesses et s'élevait au-dessus de la situation, comme il le devait.

Sarah observait la scène. Quand le vicaire parlait, Évelyne se taisait et ses yeux s'allumaient. Tout le temps de l'entretien, Laurentienne se tint assise sur le bout de son fauteuil, les mains croisées sur ses genoux, droite comme une barre. Chose plutôt surprenante puisque sa mère passait ses journées affalée sur un divan profond. Sarah ne se questionnait plus à son sujet. À la maison, sa mère jouait la comédie de la femme malade et elle semblait se plaire dans son rôle.

Comme le prêtre se levait pour quitter les lieux, Évelyne s'excusa, souhaita bonne nuit et disparut dans l'escalier. Sarah la suivit jusqu'à leur chambre et ferma la porte sur elles.

Évelyne disparue, le vicaire étira sa visite dans l'intention de parler à la mère en toute tranquillité. Il n'attendait que le départ des filles pour pousser plus loin son entretien. Il se rassit lentement et Laurentienne avança sa chaise pour mieux l'écouter.

— Êtes-vous proche de vos filles, madame Beaudry? Elles se confient à vous, n'est-ce pas?

— Vous êtes jeune, monsieur le vicaire; vous en avez encore beaucoup à apprendre au sujet des relations parents-enfants. Quand nos filles se confient, c'est qu'elles attendent en retour que nous leur permettions tout. Alors je crois qu'il est bon que nous respections une certaine distance avec nos jeunes.

— Vos filles vous parlent de leurs amours?

— De leurs amours? Vous devez savoir comme moi, monsieur le vicaire, que les garçons distingués sont inexistants dans cette collectivité. On ne voit que des colons aux manières rustres et au langage vulgaire.

– C'est l'intérieur qu'il faut s'appliquer à découvrir. Il y a plein de bons partis dans la place, des cœurs d'or. Vous n'avez qu'à regarder autour. Si je peux vous donner un conseil, madame, laissez vos filles choisir elles-mêmes le garçon qui leur conviendra, elles n'en seront que plus heureuses.

La femme redressa le buste et releva le menton.

– Mes filles ont reçu une éducation supérieure aux gens d'ici. Elles ont étudié le chant et le violon à Paris, et il ne faut pas oublier que leur père est médecin. Non, je ne les laisserai pas fréquenter des gens de classe inférieure.

C'était bien ce que pensait le prêtre. Madame Beaudry, avec ses restrictions, empêchait toute relation normale pour ses filles prêtes à aimer. Elle étouffait leurs sentiments. Résultat, Évelyne s'était amourachée d'un prêtre. Si elle savait mieux écouter ses enfants, elle aurait appris des choses au sujet d'Évelyne, de ce qu'elle ressentait et de qui elle s'amourachait.

– Vous ne craignez pas de faire leur malheur? Elles sont jeunes et prêtes pour les rencontres amoureuses.

– Je sais ce qui est bon pour mes enfants.

Leurs opinions divergeaient. Laurentienne restait sur ses positions.

Le vicaire se leva.

« Pauvre femme ! se dit-il. Les sentiments de ses filles ne comptent pas pour cette mère qui ne recherche que le fla-fla. Elle ne sait pas rendre ses filles heureuses. »

* * *

En chemin vers Montréal, Charles-Édouard Beaudry sentit le besoin d'un petit remontant. Il arrêta son attelage devant l'hôtel H. Dupuis, à Saint-Sulpice.

Avant d'entrer dans l'établissement, il attacha sa pouliche et prit soin de remonter la robe de carriole sous les bras de son compagnon de route qu'il laissa dans son bobsleigh. Il pénétra la douce chaleur de l'auberge et s'attabla devant un double scotch.

Un client, qui allait entrer dans l'établissement, aperçut le « voyageur » resté dans la voiture par un froid sous zéro. Comme il s'approchait du traîneau pour inviter l'homme à prendre un verre avec lui, il vit sous le chapeau de fourrure le visage d'un cadavre avec des trous à la place des yeux. L'homme échappa un cri de mort et prit ses jambes à son cou.

Une heure plus tard, Charles-Édouard reprenait le chemin, à moitié ivre. Tout au long du trajet, il parlait à son occupant, comme si celui-ci pouvait l'entendre. Il s'excusait de l'attentat qu'il était en train de commettre et disait qu'il détestait ce sale boulot qu'il exécutait uniquement dans le but d'aider les recherches.

Il se rendit ainsi à un bâtiment isolé où il livra le corps qui serait ensuite transféré à l'université, pour l'avancement de la science. En échange du cadavre, on lui remit quelques misérables dollars. À ce marché répugnant s'ajoutait la crainte que les autorités découvrent cette manipulation interdite de cadavres. Si on venait à l'apprendre, sa réputation serait irrémédiablement ternie et il perdrait son droit de pratique. Ses clients ne comprendraient pas que les expériences faites sur les cadavres pouvaient servir à faire avancer le progrès et, par le fait même, sauver leur vie et celle de leurs enfants.

* * *

Pendant ce temps chez les Beaudry, Clarisse, assise sur le pied de son lit, écrivait ses pensées dans son cahier. Elle y déposait ses soucis pendant qu'Évelyne rêvait à Emmanuel. En passant près d'elle, histoire de rire un peu, Sarah lui donna une poussée qui la fit se renverser sur sa paillasse.

— Arrête, Sarah. Tu me déconcentres.

Clarisse écrivait: *J'aime un garçon, un cœur libre et franc, un ami aux yeux clairs qui est séduisant.*

On frappa à la porte des filles. Clarisse ferma brusquement son cahier.

— Ouvrez, ouvrez, insistait Honoré, vous m'entendez?

Les filles refusèrent. Elles connaissaient leur frère, il rapportait toujours tout ce qu'il entendait aux parents. Avec ses cris, Honoré allait alarmer leur mère.

— Non, débarrasse, lui dit Sarah, et arrête de crier! Tu n'as pas affaire dans la chambre des filles.

Comme un demi-innocent, Honoré jouait le jeu. Il partit avec fracas, son sabot frappant le plancher et, comme il arrivait au haut de l'escalier, il revint sur ses pas en douceur. Assis par terre dans le passage, il entrebâilla très doucement la porte et tendit l'oreille. Comme la vue lui manquait, ses autres sens redoublaient d'attention.

— Où étais-tu passée ce soir, Évelyne? demanda Sarah.

— Après ma raclée, je suis allée au presbytère.

— Je parle de cette supposée pratique de chant avec la chorale. Je sais que ce n'était qu'un prétexte. Dis-moi où tu étais exactement ?

Évelyne ne dit rien. Mais Sarah n'était pas dupe. Sa sœur devait, un jour ou l'autre, rencontrer de nouveau l'amour.

— Tu me caches quelque chose, Évelyne Beaudry. Dis plutôt que tu allais retrouver un amoureux. Je me trompe ?

Allongée tout habillée sur son lit, Évelyne semblait dormir. Il lui avait fallu beaucoup de courage pour avouer son amour, mais beaucoup plus encore pour le tenir secret.

Sa main serrait sur sa poitrine le mouchoir que le vicaire avait touché de ses mains adorées, comme si le petit carré de tissu blanc contenait tout l'amour d'Emmanuel.

Sarah s'amusait à secouer sa sœur.

— Parle, Évelyne Beaudry, parle ! insista-t-elle. Tu es amoureuse ? Allez, dis-moi de qui, petite cachottière.

Sarah se heurtait à un mur. Évelyne ne se sentait pas d'humeur à badiner. Toute sa journée n'avait été qu'une suite d'événements incroyables et maintenant, Sarah venait déranger ses pensées pour Emmanuel resté dans le salon.

Sarah s'entêtait dans son désir d'en savoir davantage.

— Moi aussi, j'ai un amoureux et c'est plus sérieux que tu ne le penses. Je te dirai qui, seulement si tu me nommes le tien.

Évelyne faisait semblant de dormir.

— C'est ton Parisien, Fabrice Thuret ?

— Non, dit Évelyne sans ouvrir les yeux.

— Jean-Louis Grenier ?

– Non.

– Je vais pourtant tomber sur le bon! Attends que je réfléchisse… Bob Delorme?

– Surtout pas lui! Laisse-moi tranquille.

Évelyne entendit la porte extérieure s'ouvrir et se refermer. En bas, Emmanuel quittait la maison.

Derrière la porte de la chambre de ses sœurs, Honoré ressentait un frémissement de plaisir. Écornifler était la seule grande joie de sa vie de reclus, et rapporter tout ce qu'il entendait était l'unique moyen de se rendre intéressant aux yeux de ses parents. Pour lui, qui n'avait jamais profité d'un regard de sympathie, cette bassesse était sa seule façon de se prouver qu'il existait. Il était bien conscient que son infirmité lui valait tous les pardons. Il descendit sans bruit à la cuisine et se mit à tournicoter autour de sa mère.

– Monte te coucher, mon grand. Il se fait tard.

– Non, je veux attendre papa avec vous.

– Ton père ne reviendra pas avant demain. Ces conventions de médecins finissent toujours tard. Va dormir.

Honoré n'avait pas l'intention de monter. Il s'assit, les coudes sur la table.

– Je viens d'en apprendre une belle! Je sais quelque chose qui peut vous intéresser, vous et papa.

– Quoi donc?

– C'est un secret.

Laurentienne s'assit à côté de son fils. Elle caressa ses cheveux, son bras, en usant de paroles enjôleuses pour l'amener doucement à parler.

— Tu sais comme nous t'aimons, ton père et moi. Tu peux avoir confiance en nous et tout nous dire, même tes secrets les plus intimes.

Honoré levait ses yeux éteints sur sa mère. Arriverait-il à lui dire que sa plus grande souffrance était d'être différent des autres, sans la culpabiliser ? Il cherchait des mots pour exprimer sa solitude.

— Le soir, j'entends les pas et les éclats de voix des amoureux sur le trottoir de bois. Eux peuvent rire et s'amuser. J'aimerais bien avoir une petite amie qui me tiendrait la main, moi aussi.

— Tu sais bien que tu dois faire une croix là-dessus, Honoré. Les filles ne s'intéressent qu'aux garçons capables de gagner leur vie et celle de leur famille. Toi, avec ton handicap, tu ne pourras malheureusement jamais supporter une femme et des enfants. Essaie de t'intéresser à autre chose, un passe-temps qui te passionnerait.

— Comme quoi ?

— Cherche un peu ; tu as toutes tes journées pour trouver.

— Il doit bien exister quelque part des filles aveugles qui, comme moi, cherchent un ami, pas nécessairement un mari.

Laurentienne souffrait pour son fils. Que pouvait-elle lui dire pour le consoler ?

— Les jeunes filles aveugles sont rares. Je n'en connais pas.

— Moi, j'en connais. Il y en avait en ville, à mes cours de braille, mais dans le temps, j'étais un peu jeune. À douze ans, les filles ne m'intéressaient pas et aujourd'hui, nous sommes bien loin de Montréal.

– Je sais que la vie n'est pas tendre pour toi, mais on n'y peut rien. L'insatisfaction est le lot de notre vie ici-bas.

Honoré vivait dans une paix sèche, sans plaisir, sans espoir d'en avoir un jour et sans aucune vue d'avenir en ce bas monde. Tel était le lot d'un garçon infirme qui s'efforçait de passer à l'âge adulte.

– Mais maman, les autres s'amusent. Pourquoi pas moi?

– C'est la faute du mauvais sort. Offre tes afflictions au bon Dieu.

– Évelyne et Sarah ont des amoureux, elles!

– Quoi? Qu'est-ce que tu me racontes là? Tu es bien sûr de ce que tu avances, Honoré?

– J'ai entendu ça de la bouche même des filles, en passant par pur hasard devant leur porte de chambre.

– Et qui sont ces garçons?

– Je ne sais pas.

– Tu sais bien que ce sont des histoires en l'air, que tes sœurs te font des accroires.

– Non! C'est vrai. Je le jure.

Laurentienne réfléchit un moment, le temps de faire le rapprochement avec la sortie d'Évelyne et la visite du vicaire. Évelyne devait s'être plainte à lui et celui-ci était sans doute venu pour plaider sa cause.

– C'était donc ça! On va bien voir si mes propres filles vont me jouer dans le dos.

D'un pas décidé, Laurentienne monta l'escalier et entra en coup de vent dans la chambre des filles. Elle tira durement Évelyne par un bras.

– Aïe! Maman, voyons! Vous me faites mal.

— Vous deux, descendez immédiatement. Toi aussi, Clarisse.

Clarisse était dans ses petits souliers, elle se demandait si sa mère pouvait avoir lu son journal intime.

Sarah sortit la tête de sous les couvertures et vit Laurentienne rouge de colère.

— Bon! Qu'est-ce qui se passe encore qui vaille la peine d'alarmer toute la maison?

— C'est à moi de questionner. Descendez, j'ai dit!

Laurentienne tremblait. Sarah reconnaissait le début d'une crise.

— Comme ça, vous avez des amoureux! Viens ici, Évelyne, approche!

Évelyne s'approcha, craintive. Elle était montée à sa chambre un peu avant le départ du vicaire. Emmanuel aurait-il profité de son absence pour rapporter certains faits à sa mère?

— J'ignore de quoi vous parlez.

— Tu ignores, hein! Eh bien, je vais te rafraîchir la mémoire, moi. Je veux que tu me dises où et avec qui tu étais ce soir.

— À la pratique de chant.

— Menteuse! Et toi, Clarisse, tu sais quelque chose?

— J'étais occupée à lire.

Clarisse avait bien sûr tout entendu, mais elle ne rapportait jamais rien qui puisse condamner ses sœurs, tout comme elle gardait secrètes ses amours avec le fils du marchand.

Évelyne, soulagée, respirait plus à l'aise, contrairement à sa mère qui voyait rouge.

Elles étaient maintenant trois à s'épauler, trois à braver l'autorité.

– Toi, Sarah, quel énergumène fréquentes-tu dans mon dos?

Sarah décida d'affronter courageusement sa mère. Pourquoi ne lui dirait-elle pas la si jolie vérité, qu'elle aimait un brave garçon, sage et travaillant, déniché dans la paroisse même que son père adorait? N'était-ce pas poétique?

– Ce n'est pas un énergumène et vous ne le connaissez pas. C'est Colin Coderre. De toute façon, je vais bientôt partir d'ici. C'est invivable dans cette maison.

– Quoi?

Laurentienne gifla Sarah en pleine figure et se mit à crier:

– Dévergondées! Vous allez voir à qui vous avez affaire. Je vais vous apprendre à me jouer dans le dos.

Honoré plaqua les mains sur ses oreilles. Il sentait que sa mère allait encore perdre la raison.

Sarah, reconnaissant à l'œil torve et au rire démoniaque de Laurentienne le début d'une nouvelle crise, cherchait à éviter sa mère.

Laurentienne se mit à lancer tout ce qui lui tombait sous la main: bottes, bibelots, tisonnier, même la vaisselle qui avait servi à la collation.

Habituellement, Sarah courait aviser son père et celui-ci, avec douceur, arrivait à calmer sa femme. Il l'étendait sur le divan tout habillée, lui retirait ses chaussures, puis il lui administrait un sédatif. Ensuite, elle dormait dix heures d'affilée. Mais ce soir-là, son père était à l'extérieur.

— Maman, voyons !

Comme Sarah s'approchait dans l'intention de retenir sa mère à bras-le-corps, elle reçut une tasse en pleine figure. Les filles hurlaient de crainte et de douleur. Clarisse se laissa glisser sous la table d'où elle ne bougea plus.

À deux, Sarah et Évelyne pourraient arriver à contrôler leur mère, mais comment le faire sans l'attaquer ? On ne frappe pas sa mère. Sarah poussait les chaises en tous sens pour lui barrer le passage et, en même temps, elle avait besoin de ses deux bras pour se protéger des objets volants qui pleuvaient sur elle.

— Arrêtez, maman !

— Elle va nous tuer ! criait Évelyne sous la grêle de coups.

Les filles, affolées, s'empêtraient sur tout ce qui se trouvait sur leur passage. Finalement, une chaise déplacée fit obstacle à leur mère et les filles trouvèrent tout juste le temps de s'enfermer en vitesse dans le cabinet de leur père. Sarah renversa accidentellement le squelette articulé, qui se tenait dans le coin de la pièce, mais pressée de verrouiller, elle ne s'y arrêta pas. Les filles, une fois à l'abri des coups, pouvaient maintenant quitter la maison, mais où aller sans vêtements chauds ? Évelyne s'assit sur la chaise du médecin et fondit en larmes.

De l'autre côté du mur, la mère déchaînée frappait violemment la porte à coups de poing et criait à tue-tête.

— Ouvrez ou je défonce !

— N'ouvre pas, Évelyne, et tiens-toi prête. Si maman défonce, nous sortirons par la salle d'attente et nous irons frapper au presbytère.

– On va geler dehors, sans manteaux.

– Peu importe, l'important est de sauver notre peau.

Le calme revenait dans la cuisine, Laurentienne devait être à bout. Sarah se colla à la porte et menaça sa mère :

– Avant de retourner à la cuisine, je tiens à vous avertir que si vous levez la main sur nous une autre fois, nous rapporterons tous vos faits et gestes à monsieur le curé, à monsieur le notaire et au marchand. Comme ça, l'affaire fera le tour de la place et ça vous fera une belle réputation.

Sarah entrouvrit la porte en douceur. Laurentienne s'était affaissée sur une chaise. C'était toujours la même histoire. Après ses crises, elle était vidée.

Les filles sortirent doucement de leur cachette et croisèrent leur mère sans même lui accorder un regard. La maison ressemblait à un asile de fous. D'un petit signe de tête discret, Sarah fit signe à Clarisse qui commençait à mettre de l'ordre dans la cuisine de les suivre à leur chambre.

– Laisse la cuisine dans l'état où elle est. Ce sera bon que papa voie qu'un ouragan est passé.

XII

Après avoir quitté la maison des Beaudry, le vicaire rentra à grands pas au presbytère. Il espérait que son curé ne soit pas là à l'attendre pour lui reprocher sa rentrée tardive et le questionner sur son emploi du temps.

Il se rendit à la cuisine où la servante, mademoiselle Victoire, terminait un mot croisé avant de se retirer pour la nuit. En réalité, elle n'allait pas le lui dire, mais elle attendait son arrivée, comme une mère soucieuse qui attend son fils. La servante ne reconnaissait plus le jeune prêtre. Il lui semblait absent. Elle lui offrit un thé qu'il accepta.

Tout en parlant avec elle, l'abbé fixait sa tasse qu'il s'amusait à faire tourner sans en boire le contenu. Chez lui, certaines choses devaient rester secrètes, comme la longue lutte qu'il devait mener contre ses sentiments, sa crainte de fléchir et surtout son hésitation à rester dans les ordres.

Son thé bu, le prêtre remercia la servante et monta à sa chambre. Après un chapelet récité à genoux, il se glissa entre ses draps, mais le sommeil ne venait pas. Chaque fois qu'il enlevait sa soutane, il se sentait redevenir un homme ordinaire, avec ses bons et ses mauvais penchants. Et la même question revenait toujours, insistante : sa vocation l'emporterait-elle sur ses sentiments ? Il remettait son sacerdoce en question. Pourquoi Dieu avait-il permis qu'Évelyne vienne s'agenouiller au confessionnal ? Et au moment où il arrivait presque à l'oublier, pourquoi lui revenait-elle ? S'il pouvait arriver à décrocher de son charme, de ses grands yeux naïfs, fixés sur lui. Ce qui le captivait surtout, c'étaient sa fougue, sa naïveté et sa fossette au menton qui semblait retenir un sourire. Encore une fois, la contemplation le reprenait. Cette image d'elle n'en finissait plus de lui coller au cœur. Si seulement il pouvait repartir à zéro, revenir au temps de sa jeunesse quand il passait ses vacances d'été à travailler au salon de barbier de son oncle. Ce dernier se disait prêt à lui enseigner le métier, mais il avait refusé et s'était contenté de laver des têtes et de balayer les cheveux coupés. Sa seule ambition était la prêtrise. Si, dans le temps il avait accepté l'offre de son oncle, aujourd'hui, il serait libre. Et s'il quittait les ordres, arriverait-il à renier son Dieu sans vivre jusqu'à la fin de ses jours la tête pleine de remords ? Serait-il plus heureux ? Il aurait voulu vivre deux vies, mais elles étaient incompatibles.

Dans ce conflit entre l'ordre moral et l'ordre naturel, il se sentait seul et pensait à sa famille, siège de la douceur, de la tendresse.

Sa mère avait raison quand elle disait ne pas comprendre qu'un fils indiscipliné comme lui se tourne vers le sacerdoce. Elle avait tant craint qu'il subisse de mauvaises influences. Elle commençait à peine à respirer. Ce n'était pas le temps de troubler sa vieillesse.

Comme Évelyne, il ne pouvait parler de ses sentiments à ses parents. Ceux-ci croiraient à un caprice passager.

Il entendait déjà ce que lui dirait sa mère : « Et si, moi, j'avais flanché à mon devoir de vous élever ? »

Il ferait tout son possible pour oublier Évelyne. Il chercherait dorénavant à occuper son esprit en se consacrant à ses activités paroissiales et religieuses, même si le cœur n'y était pas.

À grands coups d'oraisons, il finit par s'endormir. Mais ce soir-là, comme une apparition, la jeune fille revint hanter ses rêves.

* * *

Le lendemain, après la messe, le curé trouva son vicaire agenouillé au pied de l'autel. Cette pratique de dévotion répétée lui semblait suspecte. Le jeune prêtre n'était plus le même, ces derniers temps. Il était pensif, fermé, sombre. Le curé se retira en douceur, préocupé par le changement d'attitude de l'abbé Fortier. Désormais, il redoublerait de vigilance.

* * *

Emmanuel Fortier était pris du désir de se libérer de ses vœux, et pourtant il hésitait à tout foutre en l'air. Il craignait de déplaire à Dieu.

En regardant la statue de la Vierge, il remarqua que l'artiste avait su contrôler son burin avec une force indomptable. Le succès de sa sculpture était attribué à la maîtrise de son émotion. Pourquoi, à son exemple, n'arrivait-il pas lui aussi à dompter ses sentiments ? Aussitôt, les vieilles règles ressurgirent en lui. Il retrouvait l'équilibre de l'esprit. Il n'avait maintenant qu'à supporter le châtiment qu'il méritait. Désormais, il ne vivrait exclusivement que pour Dieu.

Le jeune vicaire se rendit à la sacristie où le curé l'attendait. Celui-ci connaissait bien la pâte dont les jeunes prêtres étaient façonnés. Son vicaire avait changé. La lueur de ses yeux laissait transparaître quelque préoccupation.

— Mon cher vicaire, vous rentrez donc bien tard ces derniers temps.

— Ma tâche, en tant que vicaire, n'est-elle pas de me dévouer pour nos paroissiens?

— Certes, c'est là votre rôle, mais il ne faudrait pas abuser sur les heures de sorties. J'aimerais connaître votre emploi du temps, où et avec qui vous avez passé votre dernière soirée.

— Chez le médecin.

— Je crois qu'hier monsieur Beaudry était absent de chez lui. Ce ne serait pas plutôt sa fille, mademoiselle Évelyne, que vous avez raccompagnée? Vous risquez d'entacher sérieusement votre réputation et celle de cette jeune fille en vous affichant avec elle.

Le vicaire se dit qu'évidemment l'œil vigilant de son curé le suivait partout.

— J'ai seulement reconduit mademoiselle Beaudry chez ses parents et je suis entré un moment. Madame était là avec ses trois filles et son fils. Vous pouvez le lui demander si vous doutez de mon comportement. Je n'ai rien fait qui puisse éveiller le moindre soupçon à mon endroit.

Le vieux prêtre fronça les sourcils.

— Vous me semblez plutôt morose, ces derniers temps.

— Non, il n'y a pas lieu de vous inquiéter.

— Mais si, mais si, je m'inquiète, ne suis-je pas votre père spirituel?

Le curé Vaillancourt était un observateur lucide et perspicace. En bon philosophe, il observait le combat intérieur que menait le jeune prêtre entre le devoir et la passion.

— À moins que ce soit la santé de votre âme qui soit défaillante.

— Chaque personne a droit à ses doutes. Je suis loin de la perfection. Toutefois, je garde mon âme en état de grâce.

— Une fois le prêtre emboîté dans le corset de la prêtrise, nulle attache ne doit le détourner de son but. Ne l'oubliez pas.

— Je ne l'oublie pas.

— Allez, et que Dieu vous garde!

Le vicaire tourna les talons.

* * *

Le docteur Beaudry revint de Montréal, tard le lendemain soir. La maison était en ordre. Comme les filles descendaient à la cuisine pour lui souhaiter le bonsoir, Charles-Édouard aperçut des ecchymoses sur leurs bras et leur cou.

— Qu'est-ce qui s'est passé pendant mon absence, mes petites filles?

Laurentienne ne leur laissa pas le temps de répondre. Elle se leva de la berçante et se mit à crier, la bouche dédaigneuse :

— Écoutez-moi ça : « Mes petites filles ! » Eh bien, tes petites filles, comme tu le dis, sont devenues de belles dévergondées.

Laurentienne, rouge de colère, tremblait. Elle se laissa choir sur sa chaise.

Charles-Édouard, démoralisé par la mission difficile qu'il venait d'accomplir, n'avait pas le cœur à l'affrontement. Sa femme était en manque de sédatif. Il traversa à son cabinet, prit un flacon sur une petite table, le déboucha, revint vers Laurentienne et lui administra une injection.

Il l'aida à se lever et la conduisit au salon où il l'allongea sur son fauteuil cramoisi. Les yeux de Laurentienne roulèrent dans leur orbite jusqu'à ce que ses paupières tombent. Charles-Édouard jeta une couverture sur elle et revint à la cuisine.

— Maintenant, les filles, vous allez tout me raconter.

Ni l'une ni l'autre ne parlait. Comment arriver à s'expliquer sans parler d'abord de la mystérieuse sortie d'Évelyne et de leurs amoureux ?

Voyant qu'il ne tirerait rien d'elles, Charles-Édouard n'insista pas. Il sortit la montre de son gilet. Sa voix tremblotait :

— Bon, dix heures trente ! Montez vous coucher. On reparlera de tout ça demain.

Il se pencha vers ses filles et présenta sa joue lisse. Sarah l'embrassa et lui souhaita bonne nuit. Évelyne, elle, recula.

Elle gardait en tête le cadavre que son père avait manipulé et qui avait peut-être touché sa joue.

— Et toi, ma puce, tu n'embrasses pas ton père?

— Non, demain. Ce soir, je ne suis pas dans mon assiette.

Le père traversa à son cabinet, avala une rasade de brandy, puis monta se coucher.

* * *

Sarah ferma la porte de la chambre pour ne pas être entendue d'Honoré, puis tira la chaînette qui courait de la tête du lit à l'ampoule. La lumière éteinte, elle commença à parler de Colin.

— Je ne dormirai pas de la nuit, c'est sûr. C'est invivable ici. Des fois, il me prend l'idée de quitter cette maison, mais j'y renonce aussitôt à cause de papa. Je ne veux pas lui faire de peine.

— Quitter la maison pour aller où?

— Je ne sais pas. Chez Colin, ou encore chez madame Rochon. Mais je n'aime pas mêler les étrangers à nos histoires de famille.

Dans le lit voisin, Clarisse, de caractère plus fermé, faisait mine de dormir, mais, la tête sous son drap, elle écoutait jacasser ses sœurs.

Évelyne, intéressée, s'assit sur son côté de lit.

— Raconte-moi comment c'est chez Colin, sa maison et tout ça.

— Sa maison serait belle si elle n'était pas si négligée. Il faudrait tout repeindre, l'intérieur et l'extérieur.

Tu comprends, un homme seul ne se préoccupe pas de ces détails. Colin dit qu'il va le faire bientôt quand son travail le lui permettra. Il doit d'abord écotonner son tabac.

— Écotonner?

— C'est ce qu'il a dit. Enlever les feuilles des cotons et séparer les têtes, les milieux et les pieds, avant de les porter à la coopérative de tabac.

— Et l'intérieur de sa maison?

— La cuisine est vaste, mais la chambre du bas et le salon sont plutôt restreints.

— Y a-t-il une toilette dans cette maison?

— Non, ni baignoire ni lavabo. Ce serait possible d'installer une chambre de bain en coupant sur la cuisine d'été qui est immense. Mais je te raconte tout ça pour rien. C'est trop tard, les parents n'accepteront jamais Colin comme gendre. Pourtant, ce que maman nous a fait vivre me donne encore plus le goût de quitter la maison.

— Sarah, ne laisse pas la chance te glisser entre les mains. Tu dois attraper le bonheur quand il passe et comme tu vois, le bonheur n'est pas ici.

— Papa et maman vont me virer le dos.

— Tout s'arrangera avec le temps.

Il suffisait d'une toute petite poussée d'Évelyne pour que le bonheur éclaire de nouveau le visage de Sarah.

— Tu crois?

Puis son regard s'assombrit.

— Papa ne peut pas se passer de moi.

— Oui, il le peut. Il te tient avec cette responsabilité. C'est un moyen de contrôler ta vie. Ainsi, il te garde à l'œil, loin des garçons et puis, il est fier de se pavaner avec sa fille.

— Moi, je pense que c'est une idée de maman. C'est elle qui décide tout et lui se plie à tous ses caprices pour avoir la paix. Il est toujours à genoux devant elle. C'est de la mollesse. Je préférerais qu'il ait plus de rigueur, qu'il tienne à ses idées. N'empêche que je l'aime bien.

— Ça ne revient pas aux parents de choisir les conjoints de leurs enfants, à moins que ceux-là soient des ivrognes ou des bandits. Mais ton Colin n'a rien de tout ça, c'est un honnête citoyen. Va le voir. C'est avec lui que tu dois discuter de ton avenir.

— Si tu savais comme je tiens à lui ! Il est tendre et sans artifices. Sa bouche, ses yeux dorés, tous ses traits sont adorables.

— À t'entendre parler de lui, on voit bien que tu es en amour par-dessus la tête.

— Si tu savais comme nous nous entendons bien lui et moi.

Évelyne ne parlait plus. Elle pensait à son vicaire qui lui aussi était séduisant, mais inaccessible.

— Pourquoi tu pleures comme une innocente ? demanda soudain Honoré.

— Je ne pleure pas, répliqua Évelyne le ton dur.

Sarah se retourna brusquement.

— Qu'est-ce que tu fais dans notre chambre, toi ? Encore en train d'écornifler ? Déguerpis !

— J'en sais plus que vous ne le pensez à votre sujet. Et surtout que vous avez toutes deux des petites têtes sans cervelle.

Sarah ne releva pas sa remarque déplaisante. Son frère crevait de jalousie ; toutes les joies de l'existence lui étaient refusées.

— Toi, va te coucher et fiche-nous la paix ! Si tu bavasses encore tout ce que tu entends à maman, tu vas la rendre folle. C'est ta faute, toutes ses crises.

Honoré, au bord des larmes, se faisait tout tendre.

— Je ne veux pas que tu partes, Sarah.

Celle-ci ne répondit pas.

Honoré se retira, se disant que ses sœurs faisaient clan contre lui.

XIII

Les amours de Sarah et d'Évelyne devenaient fragiles. Tout se mettait en travers de leur chemin. Les filles, tantôt dolentes, tantôt impatientes, ressentaient une même mélancolie les envahir toutes les deux. C'était comme si le bonheur ne voulait pas d'elles. Évelyne se tourna vers la religion. Elle trouva refuge dans la Bible et remit sa volonté entre les mains de Dieu. Toute sa vie se trouvait maintenant axée sur l'éternité. L'idée la prit même d'entrer en religion. Mais cette dévotion soudaine était-elle sérieuse ou simplement une réaction passagère à la suite d'une peine d'amour?

Le vicaire avait dit en chaire: «Celui qui cherche sa gloire hors de Moi ou sa jouissance dans un autre bien que Moi, sa joie ne sera ni vraie ni solide et son cœur, toujours à l'étroit, ne trouvera que des angoisses.»

Au moment où Évelyne tentait de tuer sa sensibilité, quelque chose en elle résistait, le cœur lui manquait, la nature humaine voulait reprendre ses droits. Et comme les désirs terrestres lui manquaient, elle n'avait plus que le goût de s'effondrer et de mourir.

Peu à peu, un vide se creusait en elle, comme un trou qui s'emplissait de souffrance, et sa plus grande douleur était de ne pas se sentir aimée. Elle ressentait un terrible isolement.

Évelyne était en train d'enfermer au tombeau un être vivant. Deux solutions s'offraient à elle, la mort ou l'oubli. Elle en était rendue à mépriser son corps et sa chair. Elle rêvait de s'envoler vers le ciel et elle attendait l'heure au bord du gouffre. Elle se laissait aller, traînant du matin au soir en robe de nuit. Le temps passait et elle ne quittait presque plus son lit, refusant même de boire et de manger. Sa douleur seule la nourrissait. Elle prétextait une légère indisposition.

Un matin, prise de panique, elle se mit à pleurer.

— Maman, faites venir un prêtre, je sens que je vais mourir.

— Si tu es malade, ton père va te soigner. Quel est ce mal dont tu souffres?

— C'est le cœur qui est usé. Quelqu'un a pris mon cœur et ne veut pas de moi. Je suis malade. Je veux mourir.

— Un autre colon, je suppose? Ça va te passer. On ne meurt pas d'amour.

Sa mère appela tout de même:

— Charles-Édouard, arrive, monte.

Charles-Édouard s'approcha d'Évelyne.

— Évelyne, ma puce, il ne faut pas te désoler ainsi. Si ce garçon n'est pas pour toi, il vaut mieux que tu pleures avant plutôt qu'après. Et puis, le prêtre ne viendra pas pour ce genre de malaise. Ressaisis-toi. Si je me laissais mourir à la moindre déception, je serais six pieds sous terre depuis longtemps et, avec moi, les malades que j'ai aidés à vivre.

Son père ne la prenait pas au sérieux. Pour lui, tout ça était du théâtre. Cependant, il tentait de la faire parler:

— Qui est ce quelqu'un pour qui tu te désâmes?

– Ça n'a plus d'importance, il ne m'aime pas.

Charles-Édouard se demandait jusqu'où avait été la relation d'Évelyne avec cet amoureux. Il tentait de l'ausculter en pesant de son gros doigt sur son ventre pour s'assurer que sa fille n'était pas enceinte, mais celle-ci se rebiffait, se roulait à plat ventre, ce qui angoissait davantage son père.

– Décontracte-toi un peu.

– Non! Laissez-moi mourir en paix.

Évelyne se remit à pleurer de plus belle. Son père se leva et, avant de s'en retourner à son cabinet, il dit:

– Si tu continues à te dessécher comme tu le fais, tu finiras en poudre. Et quant aux derniers sacrements, tu peux oublier ça.

Évelyne sombrait dans la mélancolie. Elle gardait le lit en attendant sa mort, et le mouchoir d'Emmanuel ne quittait plus sa main. Mais la mort ne voulait pas d'un corps en pleine santé.

Sarah était la seule capable de l'atteindre. Pour elle, le comportement de sa sœur était de la pure comédie, un ultime moyen d'éveiller la compassion des siens. Évelyne avait besoin qu'on la remette sur les rails.

– Tu es rendue comme maman qui perd le sens de la réalité. Tu vois, même avec papa, ton petit jeu ne prend pas. Mais si c'est ce que tu cherches, continue et tu vas te rendre malade pour vrai et nous ne pourrons plus assister à des spectacles ensemble.

Clarisse lui apporta un bouillon de poulet qu'elle lui fit avaler à la petite cuillère. Évelyne se laissait dorloter.

Elle délaissa finalement son lit et sortit marcher dans la cour. Lentement, elle remontait la côte, mais sa famille n'était pas la cause de son rétablissement. Évelyne préparait une autre intervention auprès d'Emmanuel.

Le lendemain, elle s'agenouilla au confessionnal. Elle se promettait chaque fois que c'était sa dernière tentative et qu'ensuite elle renoncerait pour de bon. Pourtant, elle recommençait et recommençait, espérant ardemment qu'Emmanuel lui ouvre son cœur.

— C'est moi, Évelyne Beaudry, celle qui vous aime, mais pour peu de temps ; je suis malade. Quand vous êtes là, je redeviens un être en santé et, pour quelques jours, la maladie s'éloigne de moi. Cette fois, si vous refusez de m'aimer, je m'enfoncerai dans l'oubli et dans la mort.

— Écoutez-moi bien, mademoiselle Évelyne. Je ne renoncerai jamais à mon sacerdoce. Ce soir, je vais écrire à Monseigneur l'évêque pour lui demander de me transférer dans un autre diocèse.

Évelyne resta bouche bée. Cette nouvelle lui brisait le cœur.

— Et je ne vous verrai plus ?

— Non. Je vous souhaite une belle vie.

— Souhaitez-moi plutôt une belle mort.

— Je prierai pour vous.

L'abbé ferma le carreau. Il abandonnait Évelyne à son sort pour se sauver lui-même.

* * *

Le soir, assis devant sa table de travail, le jeune vicaire se sentit dans l'obligation de révéler à son évêque les sentiments qu'il ressentait pour la fille du médecin de la place qui s'était entichée de lui. Il jeta tout sur papier, sans réticence ni ménagement. Il demandait une nouvelle affectation, un poste éloigné de sa paroisse actuelle. Il laissa la missive sur son bureau dans le but de la relire et de la poster le lendemain.

Le sommeil ne venait pas. Emmanuel repassait dans son esprit les présences répétées d'Évelyne au confessionnal. Puis, tourmenté par les scrupules, il chassait de son esprit ses rêves les plus fous. « Si elle s'imagine que je vais céder, elle se fait des illusions. » Emmanuel résistait, luttait contre son désir. Ses moyens de résistance épuisés, il se sentit seul, très seul.

Après cette nuit de sommeil tourmenté, il hésitait à quitter son cher Saint-Jacques. Il prit la lettre sur son bureau, la déchira et la jeta à la poubelle.

* * *

Ce que les journaux n'arrivaient pas à atteindre, les mauvaises langues se chargeaient de le crier de maison en maison.

La Durocher, la commère du village, jasait très haut de tout ce qui était louanges et à voix basse de médisances. Ce jour-là, au magasin général, la femme parlait sur le ton du secret :

— Avez-vous su la nouvelle, madame Riopel ? Ça aurait l'air que mamzelle Poudrette, la fille du docteur Beaudry, serait en amour par-dessus la tête avec le vicaire.

— Ah ben, dites-moé pas ! Un vrai sacrilège ! Où avez-vous pris vos renseignements ?

— Je l'ai entendue au confessionnal lui déclarer son amour.

— Au confessionnal? Vous avez probablement mal compris.

— Moé, mal comprendre? Oh non, pas moé!

— Eh ben! Y faut avoir du front tout le tour de la tête pour en arriver à détourner un prêtre de sa vocation. Quand le docteur et le curé vont apprendre ça, j'donne pas cher de sa peau.

— Gardez ça entre nous, hein! C'est pas des choses à crier à gauche et à droite.

— De toute façon, monsieur le vicaire devra la remettre à sa place.

— Et dire que madame docteur s'permet de regarder les gens de haut! Elle ferait mieux de surveiller sa fille.

— Les filles du docteur vivent trop isolées. Elles sortent juste pour se rendre à l'église. À force de fréquenter les prêtres, ça m'surprend pas que ces poudrées en arrivent là. Quelle génération!

Sur les entrefaites, une nouvelle cliente, madame Ricard, entra. Celle-ci occupait la maison voisine du médecin. La Riopel la mit au secret:

— À vous, je peux ben le dire parce que je sais que ça restera entre nous. On parlait justement de vos voisines, Farine et Poudrette. Vous, qui demeurez si près, vous devez en voir des choses intéressantes? Vous pouvez parler à l'aise, soyez sans crainte, ça ira pas plus loin.

— Si j'vous disais que la semaine dernière, j'ai vu le vicaire, en compagnie de Poudrette, entrer chez l'docteur Beaudry, pis ça, en pleine noirceur, pis demandez-moé pas ce qu'y est allé faire là, je l'sais pas! Y est sorti de leur maison passé minuit. Comme vous l'savez, on voit jamais rien là-dedans, les fenêtres sont bouchées ben dur. Ça doit cacher quelque chose de louche. Monsieur Dugas, le laitier, raconte que chaque matin quand la porte s'ouvre, y voit rien qu'un bras sortir de la maison pour échanger sa pinte vide contre une pleine et rentrer aussitôt. La porte se referme chaque fois sans qu'y voie personne.

— Vous savez ben que c'est la gêne. C'est plutôt curieux que l'docteur de la place vive aussi pauvrement. Allez voir partout ailleurs, les médecins logent dans les plus belles résidences des villages.

— Icitte, la paroisse compte beaucoup de pauvres gens et monsieur l'docteur fait trop de crédit.

— On l'dit pauvre, mais y achète toujours les meilleures pâtisseries et les courtepointes qui gagnent le premier prix au cercle des fermières.

La clochette sonna de nouveau. Clarisse Beaudry entrait, étonnée de voir tous les regards converger vers elle.

La Riopel l'aborda effrontément:

— Si c'est pas la fille de notre cher docteur! Je disais justement que votre sœur est très fervente. Elle fréquente le confessionnal de monsieur le vicaire très régulièrement.

Clarisse lui jeta un regard de statue. On parlait de sa sœur! Laquelle? Et qu'est-ce qu'on en disait? La Riopel semblait insinuer qu'elle était une grande pécheresse.

Simon Courchesne, le fils du marchand, se trouvait derrière l'étalage d'où, à leur insu, il avait entendu la conversation des commères. Il s'approcha de Clarisse.

— Venez, mamzelle Clarisse, restez pas là.

Clarisse, étonnée que Simon intervienne, se laissa conduire au comptoir des viandes.

XIV

Colin Coderre venait de faire abattre sa vieille picouille. Au retour, il devrait parcourir plus de trois milles à pied pour retourner chez lui, ce qui représentait une longue marche.

Par chance, un attelage venait. Colin reconnut le cabriolet du médecin. De loin, il lui fit signe de s'arrêter.

Si Charles-Édouard se souvenait bien, au dire de Laurentienne, ce garçon était amoureux de Sarah. Il se mit à fouailler sa pouliche. Comme l'attelage le dépassait, le garçon courut derrière, fit un bond et s'agrippa des mains et des pieds à la voiture en mouvement.

— Bonjour, docteur. Vous allez ben ?

Sur la banquette, Charles-Édouard faisait mine de ne pas reconnaître la voix qui le saluait avec un timbre de paysan.

Colin lui tendit une main.

Le médecin ne répondit pas à son geste. Cette présence l'agaçait. Il pinçait les lèvres.

— Et vous, mamzelle Sarah, vous allez ben vous aussi ?

Le cœur de la jeune fille battait à grands coups.

Une fois juché à l'arrière, le garçon demanda au médecin :

— Vous m'permettez de profiter de votre voiture pour faire un boutte de chemin avec vous ?

— C'est déjà fait ! bougonna Charles-Édouard sans se retourner.

— À pied, le chemin est long.

Le médecin n'écoutait plus. Il n'entendait que les cailloux qui sonnaient sous les roues.

Colin continuait de parler :

— Me permettez-vous, docteur, d'embrasser votre fille ?

— Vous êtes un insolent ! Descendez et marchez.

Colin restait là. Il jouait l'innocent.

— Je connais pas un gars qu'a pas embrassé sa blonde au moins une fois avant de se marier. Pourquoi le faire en cachette ?

Sarah était dans ses petits souliers. Elle pensait : « Colin va s'attirer des coups de fouet. »

— Ma fille n'est pas votre blonde.

— Elle le sera si elle le veut. Moé, ça me plairait ben gros.

Charles-Édouard demeurait de marbre.

Colin savait que Sarah serait intéressée à avoir des nouvelles des Rochon.

— Monsieur Rochon a trouvé un emploi à la ville et il envoie régulièrement de l'argent à sa femme. Elle peut enfin payer ses dettes.

Colin parlait bestiaux, culture, engrais. L'autre ne l'écoutait pas. Colin s'en aperçut à son silence entêté. Toutefois, il ne lui en voulait pas.

— Si j'suis là, c'est la faute à la fatalité. J'm'en allais chez le forgeron du village, pour faire ferrer mon cheval, pis en chemin, y s'est mis à boiter, y faisait un pas, y s'arrêtait, pis encore un pas. Ça allait pas très fort. Je voyais ben qu'y en pouvait pus, ça fait que j'l'ai mené à l'abattoir. À vingt ans, y avait ben l'âge. Asteure, je devrai dresser Castor, mon poulain.

Les mains de Colin touchaient les omoplates de Sarah et, elle sentait son odeur aux parfums suaves des champs.

Le garçon glissa discrètement ses doigts dans les cheveux de Sarah. Il aurait bien aimé embrasser sa nuque délicate, mais il se retint. Son père, tout près, n'apprécierait sans doute pas.

— Mamzelle Sarah, accepteriez-vous de venir travailler chez moé?

Sarah tressaillit. Colin le faisait exprès, c'était évident. Un sourire relevait le coin de sa lèvre.

— Moi? Travailler chez vous?

— Vous pourriez faire mon lit et mettre de l'ordre dans ma chambre. Depuis le mariage de ma dernière sœur, y manque une main de femme dans ma maison et, avec vous à mes côtés, je serais le plus heureux des hommes.

Sarah n'était plus la même. Elle sentait une grande joie monter en elle et son cœur battait à tout rompre. C'était trop beau! Mais elle devait cacher ses sentiments devant son père.

Colin continuait:

— Les voisins se moquent de moé quand j'fais la cuisine, mais j'les laisse parler. Je sais m'débrouiller un peu, j'sais même faire du bon sucre à la crème dur. C'est juste que j'peux pas me séparer en deux: être à la maison et aux champs en même temps.

— Ma fille n'est pas une servante, trancha sévèrement le père, sa place est à mes côtés.

— J'ai jamais pris votre fille pour une servante, mais plutôt pour une personne de bonne compagnie.

Sur ce, le médecin se mit debout et secoua les rênes sur la croupe de Gaillarde qui s'élança, impétueuse comme un volcan. Colin, qui vit venir son geste, s'agrippa solidement au dossier ; il voyait bien que, par cette brusque lancée, le père de Sarah tentait de se débarrasser de lui. Il sourit.

Comme il arrivait chez lui, Colin serra l'épaule de Sarah.

— Vous penserez à mon offre, mamzelle Sarah. Pensez-y ben pis j'y penserai aussi.

Colin sauta au sol et souleva le coin de son chapeau.

— Marci ben, docteur !

Sarah tourna la tête. Colin se dirigeait vers sa maison. Elle aurait bien aimé descendre chez lui. Il lui avait dit un jour : « Si jamais vous passez dans le coin, je vous ouvrirai ma porte. »

Charles-Édouard la voyait se casser le cou pour regarder en arrière. Il tenta de tirer les choses au clair.

— Ce Coderre n'est pas le garçon qui te convient. C'est un insolent.

— Pourquoi insolent ? Moi, je le trouve simple et sans détour.

— Laisse-le cultiver sa terre. Je ne te vois pas sur une ferme. Tu t'épuiserais au travail. Tu n'as jamais pensé à quelqu'un d'autre, comme un notaire, un médecin ou tout autre garçon de métier honorable ?

— Mes grands-parents aussi ont cultivé la terre. C'est un métier noble.

— Avec son parler grossier, Coderre te fera honte.

– Colin parle comme les gens de la place. C'est le parler de son père et de son grand-père.

– Oui, mais ce n'est pas le tien.

Sarah fit le reste du chemin sans dire un mot. La route grinçait sous les roues du cabriolet. Sarah en voulait à son père. N'était-ce pas lui qui l'avait amenée vivre dans ce patelin?

Rendue au bout du rang des Continuations, un long rang charmeur par la gentillesse et la simplicité de ses paysans, la voiture s'arrêta chez les Cadieux où le petit Maurice souffrait d'une pleurésie. Avant de descendre du cabriolet, Charles-Édouard fit don de deux dollars à Sarah. Son père tentait encore de l'acheter et, avec deux dollars, cette fois, il y mettait le paquet. Sarah repoussa son cadeau d'un geste dédaigneux.

– Tu refuses cet argent parce que je ne suis pas d'accord avec ton choix?

Sarah sentait la moutarde lui monter au nez.

– Et vous, vous me donnez cet argent pour que je sois d'accord avec le vôtre? rétorqua-t-elle de façon discourtoise.

– Tu me fais pitié, ma fille, tu dois apprendre à t'élever et non à t'abaisser.

Sarah, offensée, gardait la tête haute, les dents serrées.

Charles-Édouard regretta ses paroles. Il n'avait pas l'intention de blesser sa fille, il voulait seulement la mettre en garde, l'empêcher de fréquenter n'importe qui. Dans un élan de tendresse, il prit sa main.

Sarah la retira brusquement. Son père lui disait de ne pas s'abaisser. N'était-elle pas déjà une servante, sa servante? Elle aimait bien son père, mais un père, ce n'est pas un mari.

Une grosse larme roula sur sa joue.

— Ma fille, je vois ta peine. Essuie tes yeux.

— Laissez-moi tranquille !

— Viens, descends, j'ai besoin de toi en dedans.

Sarah essuya ses yeux et suivit son père.

Le médecin entra et traversa la cuisine. Cinq petits, comme des mouches collantes, l'entouraient. Il caressa les petites têtes d'enfants avant d'entrer dans la pièce où un garçon de quatre ans, le visage incendié par la fièvre, grelottait sous ses couvertures. La mère, enceinte, se tenait assise sur son lit tout contre son fils et pelait des pommes de terre.

Depuis le début de sa maladie, le petit Maurice ne quittait pas sa mère d'un pouce. Il couchait dans le même lit, sans lâcher sa main, le jour comme la nuit, et il la réclamait dès qu'elle s'éloignait, que ce soit pour sa toilette du matin ou pour ses repas. Sa fille aînée la remplaçait alors auprès de l'enfant, mais c'était sa mère qu'il voulait.

Le médecin prit la température du petit malade puis sonda ses poumons.

— Je dois ponctionner l'épanchement pleural. Sarah, va demander qu'on apporte une toile de plastique et une bassine.

— Qu'est-ce que vous voulez lui faire au juste ? s'informa la mère, inquiète de ce que signifiait ponctionner.

— Une petite opération chirurgicale qui consiste à faire un trou dans son côté à l'aide d'un instrument pointu pour retirer l'eau de ses poumons.

— Est-ce que c'est douloureux ?

— C'est l'affaire d'une seconde. Après, il respirera mieux.

– Ne bouge pas, mon brave.

De la cuisine, par la porte entrebâillée, Sarah suivait la scène. Prise de terreur, elle aurait voulu fuir et pourtant la curiosité la clouait sur place. Ce petit garçon allait-il s'en tirer? Elle détourna la tête pour ne pas voir le bistouri percer le côté du petit corps. L'enfant eut un léger sursaut, mais il supporta l'incision comme il supportait la fièvre qui le consumait peu à peu, sans une plainte. Aussitôt, le liquide se mit à couler de l'entaille à la toile, jusque dans la cuvette. L'enfant ne bougeait pas. Le médecin laissa le tube installé en permanence afin qu'il serve aux prochains drainages.

La mère tenait toujours la petite main.

– Ça va le guérir, docteur?

Le médecin savait que le petit allait mourir et qu'il ne pouvait rien faire d'autre pour l'empêcher d'étouffer, mais il n'avait pas le cœur d'annoncer la triste nouvelle à la pauvre mère.

– Ça va l'aider à mieux respirer. Continuez les analgésiques aux quatre heures et au besoin n'hésitez pas à m'appeler.

Sur le chemin du retour, Sarah laissa flotter les rênes sur la croupe de Gaillarde. À chaque retour, la pouliche s'élançait sur le chemin de la maison sans besoin d'être guidée ; elle connaissait le chemin de sa crèche.

– Vous n'avez pas répondu quand la mère vous a demandé si son fils allait guérir. Le petit vous observait, avec ses grands yeux vides, le regard suppliant.

– Je ne fais pas de miracles, moi, je soigne de mon mieux et c'est le bon Dieu qui décide de l'heure finale de chacun.

— Vous auriez pu lui redonner confiance.

— On ne ment pas aux enfants, ils savent détecter les non-dits.

Sarah se tut. Elle surveillait la ferme de Colin qui approchait.

* * *

Depuis un an, Colin était dans son cœur et ses parents lui interdisaient de le voir.

La veille encore sa mère s'était emportée :

— Si tu préfères être mal logée, mal nourrie, mal habillée et souffrir les rigueurs des saisons, ta vie sera une pénitence perpétuelle. Ici, tu ne manques de rien.

— Je ne veux pas de cette vie que vous me faites miroiter, à ne rien faire, affaissée sur un divan à me faire servir et, comme vous, à attendre ma mort. Je veux travailler, élever des enfants. Je n'en veux pas de votre vie plate ! Je veux que ça bouge.

— Assez, Sarah ! Tu n'es qu'une ingrate. Tu l'entends, Charles-Édouard ? Fais-la taire. Ta fille m'accuse de ne rien faire. Après avoir élevé quatre enfants, il me semble que mon repos est bien mérité.

Sarah se tut, persuadée que son bonheur était dans le rang des Continuations, dans la grande maison de Colin.

— Je ne donne pas long que tu viendras pleurer sur mon épaule, insista sa mère. Mais ne compte pas sur nous pour t'aider, ton père et moi.

La dernière phrase atteignit Sarah en plein cœur. Elle ne sentait plus la protection de ses parents. Depuis des années, elle accompagnait son père dans ses visites à domicile et courait au-devant de ses moindres désirs pour en arriver à se faire dire : « Ne compte pas sur nous pour t'aider. » Ses parents lui refusaient leur appui seulement parce qu'elle aimait un cultivateur. Sarah ravalait sa peine tandis que sa mère en rajoutait :

— Comment ma fille peut-elle vouloir passer sa vie avec un colon au parler dur comme sa terre et accepter de vivre de pain noir et de racines ?

La mesure était à son comble.

— Maman ! Assez ! Nous ne sommes plus au temps de la création. Colin n'est ni un poète ni un dieu, mais c'est un bon garçon, sans mystère, sans détour. Il va venir ce soir pour faire la grande demande, et vous lui direz tout ça en face.

— Tu verras à ce qu'il reste dans la salle d'attente. Je n'ai rien à lui dire. Maintenant, va retrouver ton père. Il t'attend dans son cabinet.

Laurentienne se retira dans le salon et Sarah entra dans l'office de son père. Elle y trouva un homme vieilli qui ressemblait plutôt à un fantôme avec ses joues émaciées et ses yeux gris creusés par ses nuits blanches. Il faut dire que le peu de clarté que produisait la petite lampe ne mettait pas son père en valeur.

— Papa, vous m'avez demandée ?

Il lui fit signe de s'asseoir, mais elle attendit debout pour ne pas prolonger le sermon qui s'annonçait. Il jucha une fesse sur le coin de son bureau et se mit à tripoter son stéthoscope.

— Assieds-toi donc, ça ira mieux pour jaser.

Elle alla droit au but.

— Ce soir, Colin va venir faire sa grande demande.

— Sarah, tu es la plus dévouée et la plus sensible de mes filles. Je sais que tu vas me comprendre. Vois comme ta mère est agitée, je ne l'ai jamais vue aussi à l'envers. Cette histoire de mariage est en train de l'achever.

— C'est votre opinion à vous que je veux. La sienne, je l'ai entendue tantôt.

— Ma fille, je vous ai toujours dit qu'il faut rester avec son monde. Les habitants avec les habitants et les parvenus avec les parvenus. Tu connais la misère de ces paysans. Ils doivent travailler d'arrache-pied pour arriver à faire vivre leur famille. Beaucoup d'entre eux tirent le diable par la queue et n'arrivent même pas à payer mes honoraires.

— Vous avez raison pour les plus démunis, mais même eux ont l'air satisfait de leur sort. Chez les Rochon, vous avez vu la mère transfigurée par la naissance d'un neuvième enfant... Les gens de la campagne, eux, savent rire et s'amuser et les filles ont le droit de se baigner dans l'eau du ruisseau. Ça, c'est la vie joyeuse que l'on mène sur les fermes : la maison remplie de visite, les petits plein les jupes. Si vous saviez à quel point je veux des enfants. Je ne voudrais pas passer à côté de ces grandes douceurs.

— Ça, il ne faudrait pas trop compter là-dessus.

— Je vous vois venir. Vous allez encore me chanter que je suis stérile ?

— Tu sais, ce n'est pas gravé dans le béton, mais pour devenir enceinte, il faut d'abord des ovulations et comme tu es mal réglée, tes chances sont minces.

— Au pis aller, j'en adopterai.

— Tu peux choisir beaucoup mieux, Sarah! Tu as vu lors de nos visites à domicile ces gens misérables, couchés sur des lits durs. Oh, les pauvres gens! Ne ressentais-tu pas leurs angoisses?

Mais les arguments du médecin ne l'atteignirent pas. La Rochon avait initié Sarah au bonheur.

— J'ai vu des mères heureuses. C'est de celles-là que je me souviens. Une maison chaude, du pain sur le bois de la table et, autour, des coudes qui se touchent, voilà le vrai bonheur! Moi aussi, je veux une famille nombreuse et j'y arriverai. Les crèches sont pleines d'enfants.

— Et comment les vêtir, les instruire? Ton porte-monnaie à moitié vide, tu viendrais gémir à notre porte. Nous qui t'avons payé trois ans de cours à Paris!

— C'est vrai que l'art et la littérature ne me serviront pas sur la ferme, mais j'apprendrai à tisser et à coudre.

— Et à traire les vaches? À nettoyer l'étable? À t'abaisser aux travaux les plus bas?

— Voyons! Vous exagérez, papa.

Son père lui-même s'engageait dans la besogne la plus répugnante, celle de détruire un amour.

— Vous ne connaissez pas les belles qualités de Colin. Il n'est pas un professionnel, mais ce n'est pas un imbécile pour autant. Vous n'avez que de la méfiance envers lui. Mais moi, je l'aime!

— L'amour, l'amour! Ça ne dure pas!

— À vos yeux, les sentiments ne sont rien de plus qu'une plaie humaine. On voit bien que vous n'avez jamais aimé!

— Regarde ta tante Rose qui a marié un notaire. Elle vit bien à l'aise à Montréal.

— À l'aise, mais sans enfants. Est-elle complètement heureuse ? Moi, je ne le serais pas.

— Je peux te présenter des fils de professionnels, si tu le veux.

— Arrêtez, papa. Je ne veux pas marier une profession, je veux marier Colin. N'en rajoutez pas pour me convaincre. J'aime mieux être heureuse que riche. Ce sera Colin ou personne.

— Si tu tiens à faire mourir ta pauvre mère…

Sarah réfléchit. Était-ce la vraie raison ? Son père ne craignait-il pas plutôt de perdre son assistante ? Elle avait beau lui parler des sentiments profonds qu'elle ressentait pour Colin, c'était pour rien. Son père croyait-il encore à l'amour, lui qui couchait au rez-de-chaussée alors que sa femme dormait à l'étage ?

Sarah était désolée. Il lui faudrait faire un choix entre ses parents et Colin.

— Vous exigez de moi l'impossible.

— Toute chose dure et terrible à nos cœurs n'est que le devoir et l'honneur. Plus tard, tu verras que j'ai raison.

Sarah écoutait son père avec une détresse qui lui transperçait le cœur et lentement l'idée du devoir grandissait en elle. Les bras croisés, le menton appuyé sur son poing, elle réfléchissait dans un silence farouche. Elle se disait qu'elle n'était née que pour les visites à domicile. Elle resta immobile pendant quelques minutes, puis ses yeux se tournèrent vers la sortie et lentement elle dit :

— Ça va.

— Je savais que tu comprendrais.

— Je ne comprends pas.

Sarah quitta la pièce. Sa bouche se tordait de douleur. Sans Colin, sa vie perdait tout intérêt. Elle se rendit au jardin et dans sa solitude, elle se laissa aller à pleurer librement, sans contrainte. Déjà, elle regrettait sa résignation. Jamais elle ne pourrait renoncer à Colin. Elle en était incapable. Combien de temps tiendrait-elle?

Évelyne vint la rejoindre sur le banc de pierre du jardin.

— Sarah, il fait doux, allons marcher.

— Je ne serais pas d'une compagnie bien agréable. Et puis, je dois avoir les yeux tout rougis.

— Ça s'arrangera avec un peu de poudre.

— Et si plutôt nous jasions ici?

— Non, viens. Dans cette cour, il y a trop d'oreilles et trop d'yeux, nous ne serions pas à l'aise pour parler librement. Nous marcherons jusque dans le bas du village, comme ça, nous aurons le temps de jaser tranquillement.

Tout en marchant, Sarah raconta à Évelyne l'entretien qu'elle venait d'avoir avec leur père.

— Papa m'en demande trop. Je lui ai dit ce qu'il voulait entendre, mais je pense tout le contraire. Je ne serai jamais capable de renoncer à Colin.

— C'est bien toi, ça! Tu agis comme si tu n'avais pas de sentiments. Peut-être n'en as-tu pas? Si tu aimais vraiment Colin, rien ni personne ne te ferait reculer. Un père n'a pas le droit d'exiger de sa fille qu'elle renonce à son bonheur sans une raison sérieuse, et mener son cheval n'en est pas une. Vis ta vie, Sarah, ton bonheur en dépend. As-tu déjà vu des amours faciles? Il faut gagner notre bonheur, nous battre pour l'amour!

— Si je regarde autour, les autres n'ont pas connu ces problèmes.

— C'est parce que tu ne les vois pas. Si tu leur demandais, tu serais probablement surprise.

— Quand papa insiste, j'ai du mal à lui tenir tête.

— Pourquoi tant de discussions ? Une fois ta décision prise, n'en discute plus.

— Mais tu ne comprends donc rien ? Je n'ai pas un sou, je n'ai rien.

— C'est maman qui a demandé à papa d'intervenir auprès de toi, lui rapporta Évelyne. Elle a téléphoné à madame notaire, à la boulangère et à madame Courchesne pour se renseigner au sujet de Colin, à savoir s'il y avait des tares ou, au contraire, des notables dans la famille Coderre. Madame notaire lui a raconté qu'il y avait un évêque, une religieuse, et ensuite, elle lui a parlé d'un certain Josaphat Coderre, sans savoir s'il avait un lien de parenté avec Colin. Cet homme, autrefois riche, avait brassé des affaires douteuses avec deux associés. Une histoire de tabac haché, vendu à Montréal. Coderre pensait faire un gros coup d'argent, mais il a été arrêté et comme il était le seul à être riche, il a dû payer pour lui et ses associés une amende considérable. Il s'est retrouvé complètement ruiné.

— Eh bien ! Les bras m'en tombent. Maman a téléphoné à tous ces gens et papa l'a laissée faire ? Venant de maman, ça ne me surprend pas, mais que papa agisse en complice m'étonne un peu. J'ai honte d'eux, Évelyne. Tu ne peux pas savoir à quel point. Leur comportement me déçoit. Et moi qui croyais que papa était un médecin consciencieux, sensible aux malheurs d'autrui, qui avait le goût de soigner, de guérir, de consoler. Aujourd'hui, il reste insensible devant la souffrance de sa propre fille.

— Papa ne recherche que la paix. Maman le fait marcher au doigt et à l'œil. Elle lui a dit de mettre Colin à la porte, que jamais elle n'assisterait au mariage d'un colon avec sa fille et qu'elle ne dépenserait pas un sou ni pour ta toilette ni pour ton trousseau. Pauvre papa, il doit se débattre avec tout ça. Il est obligé de prendre parti pour sa femme ou pour sa fille. Mais si j'étais toi, je ne sacrifierais mon bonheur pour rien ni personne au monde.

Sarah regrettait de plus en plus d'avoir cédé devant l'autorité. Quelques mots d'encouragement de sa sœur suffisaient pour la faire revenir sur ses positions.

— Je me vois mal partir comme une pauvresse et ne plus revenir à la maison.

— Dans la Bible, il est écrit : « Tu laisseras ton père et ta mère pour t'attacher à ton mari. » Dès que tu seras majeure, tu n'auras qu'à te marier secrètement, faire comme on dit par ici, un petit mariage de sacristie.

Sarah devint songeuse.

— Un peu plus d'un an… et d'ici là ce sera une guerre continuelle avec papa et maman ?

Après un silence, Sarah demanda :

— Et toi, tu viendrais me visiter ?

— Certainement ! Et nos parents aussi. Avec le temps, ils se feront une idée.

— Ils se foutent complètement de mes sentiments.

— Maman rêve de voir ses enfants épouser des professionnels, des hommes influents et pourtant, elle nous tient le plus loin possible des garçons.

— Épouser des professionnels! En regard de qui, de quoi? Maman ne fréquente personne.

— Tu ne vois pas comme elle en prend large à la messe quand elle monte la grande allée, la démarche cassante, la tête haute, la main sur le cœur, jusqu'au deuxième banc d'en avant? À la voir aller, tu croirais que l'église lui appartient. Elle se prend pour le nombril du monde.

— Arrête, Évelyne, arrête. Elle est notre mère.

— Je sais, mais qu'est-ce qu'elle ne ferait pas pour être admirée? Tu vois, elle est prête à sacrifier le bonheur de sa fille au profit de son élévation sociale.

Sarah se tut un moment. Elle était la seule à qui pareille fatalité pouvait arriver et tout ça parce qu'elle était trop sensible.

— Toi, Évelyne, tu n'as jamais connu d'entraves à tes amours.

— Pour moi, il y a eu l'océan. Puis un autre est venu, mais tout ça doit rester secret.

— Même pour moi, ta propre sœur? Tu sais, tu as toute ma confiance. Ne sommes-nous pas embarquées dans le même bateau?

— C'est une passion interdite, inavouable.

— Tu aimes un homme marié?

— Pire que ça!

— Une femme? osa Sarah, un peu mal à l'aise. Je sais que ça existe, mais on fait le silence là-dessus, par crainte, par pudeur.

— Pire!

— Un voleur?

— Non plus.

— Évelyne, tu es ma sœur et tu resteras ma sœur, qui que tu sois et quoi qu'il t'arrive.

Après un silence, Évelyne avoua :

— J'aime un prêtre, le beau Emmanuel Fortier.

— Qui ? Pas le vicaire ? Mais c'est défendu, Évelyne !

Évelyne échappa une longue expiration, comme si elle rendait son dernier souffle. Sitôt son secret confié, elle se mordait les doigts d'avoir parlé.

— Tu vois ! dit-elle. Tu viens juste de me dire d'avoir confiance et tu me fais déjà la morale.

— Je t'ai donné ma parole, Évelyne, et je la tiendrai. Toutefois, tu ne peux pas m'empêcher d'être surprise. Maintenant, parle-moi de lui. Il le sait ?

— Je le lui ai avoué au confessionnal et il s'est fâché. Il ne veut pas de moi, il me l'a fait comprendre clairement. Il doit me trouver laide avec mon long nez.

— Où vas-tu chercher ces idées ? Tout le monde a un nez qui dépasse la figure.

— S'il ne me trouve pas laide, pourquoi me rejette-t-il ?

— Parce qu'il est prêtre. Pourtant, vous êtes rentrés ensemble le soir où maman a fait une crise et qu'elle nous a frappées... Qu'est-ce que tu comptes faire ?

— Je ne sais plus.

— Il y a d'autres garçons, libres, ceux-là.

— Je n'en veux pas d'autres. Je vais mourir avec ma peine.

— Tu es certaine qu'un nouvel amour ne te ferait pas oublier l'autre ?

— Certaine !

— Et Fabrice ? Tu l'as oublié ou tu ne l'aimes plus ? Tu n'as jamais répondu à ses lettres.

Arrivées au bout de leur promenade, Sarah prit le bras de sa sœur et lui fit faire demi-tour. Les yeux d'Évelyne roulaient dans l'eau. Sarah crut un moment qu'elle allait pleurer.

— Celui-là, je l'ai aimé à la folie, mais il y avait cette distance. Pourquoi aurais-je répondu à des lettres qui ne nous auraient menés nulle part? Et puis mon cœur s'est épris d'Emmanuel.

— Et si tu allais à Paris, juste pour voir s'il ne te resterait pas des sentiments pour Fabrice? J'aurais juré que tu l'aimais dans le temps.

— Aller à Paris? Ce n'est pas possible, tu le sais bien.

— Demande à papa. Tu peux lui dire que tu as besoin de faire le vide pour un certain temps et que tu veux revoir des connaissances là-bas.

— Et souffrir encore plus au retour? Qui sait, depuis le temps, si Fabrice n'est pas marié? Non, oublie ça! La venue d'Emmanuel a changé ma vie. Et pourtant, avec lui, je sens que je suis sur une mauvaise pente. Tu vois, Sarah, ton problème n'est rien comparé au mien. Toi, tu as la chance de pouvoir vivre un amour au grand jour, n'y renonce pas.

Pendant un bon moment, les filles marchèrent sans parler. Sarah réfléchissait à ce que venait de lui dire Évelyne. Elle devait dorénavant refuser l'autorité parentale et se raidir contre l'adversité.

— Tu as raison. À quoi sert de discuter inutilement, je vais partir de la maison pour aller retrouver Colin. Surtout, pas un mot aux parents. Je devrai organiser mon départ pour qu'on ne s'aperçoive pas de mon absence trop rapidement.

— Tu me tiendras au courant.

La promenade des deux complices se termina par de furtives confidences. Évelyne et Sarah se retrouvaient encore plus près l'une de l'autre, comme si cela était possible.

* * *

Laurentienne se rendit au presbytère confier au curé son inquiétude au sujet de Sarah. On l'invita à passer au bureau. Une porte à vitre givrée séparait l'office de la salle d'attente.

Laurentienne s'assit bien droite en face du curé Vaillancourt.

— Je suis venue vous demander conseil au sujet de ma fille.

— Qui de mieux que votre pasteur pour diriger ses ouailles! Je vous écoute, madame.

— Ma Sarah s'est amourachée d'un colon, un certain Colin Coderre. Vous comprenez, monsieur le curé, ce garçon n'est pas de notre classe sociale.

La femme faisait partie de ces gens qui parlent sans cesse d'eux-mêmes, qui affligent les autres de leur mérite, de leur talent et qui veulent que l'intérêt qu'ils suscitent grossisse leur importance aux yeux de ceux qui les écoutent. Laurentienne cherchait avant tout l'admiration du curé.

Pendant qu'elle parlait tout haut, le curé pensait tout bas: «Que d'extravagances! Quelle petitesse d'esprit!»

— Ce garçon ne lui convient absolument pas. Sarah n'est pas habituée aux travaux de la ferme. Je veux lui éviter la misère et les humiliations qui s'ensuivraient. Vous connaissez ma fille? Elle peut trouver beaucoup mieux.

— Si vous voulez un conseil, madame, ne séparez pas ceux qui s'aiment. Si les sentiments de votre fille sont assez forts, elle s'en accommodera. Monsieur Coderre est un bon parti. Il saura la rendre heureuse.

Laurentienne s'échauffait. Elle avança les fesses sur le bord de sa chaise, comme prête à bondir.

— Vous ne comprenez donc pas, ma fille a été élevée dans la ouate. Elle ne ferait pas long feu avec un habitant.

— Si, si, madame, j'ai bien compris. Vous désirez choisir le prétendant de votre fille, mais ce choix lui revient de droit.

Laurentienne se leva, mécontente.

— Je regrette de vous avoir dérangé pour rien.

— Je suis désolé de ne pas être de votre avis, toutefois, je reste à votre disposition.

Laurentienne sortit d'un pas rapide et rentra chez elle.

* * *

À la maison, elle déposa une tasse de thé devant Charles-Édouard et lui proposa gentiment :

— Si tu voulais, nous pourrions retourner à Montréal dans une maison plus vaste. Là-bas, tu ouvrirais ton cabinet à l'extérieur, comme autrefois.

Les filles se regardaient. Elles refusaient de retourner à Montréal maintenant que l'amour les retenait dans cette paroisse.

— Allez-y, vous, si ça vous chante, moi je reste ! s'exclama Sarah.

— Moi aussi, enchaîna Évelyne.

Clarisse ne dit mot, mais elle pensait comme ses sœurs.

— Tu m'entends, Charles-Édouard ? insista Laurentienne. Tu ne m'écoutes jamais quand je te parle.

Charles-Édouard avait l'air de mesurer de l'œil un trou profond, puis petit à petit, comme si le trou était rempli, il reprenait son allant.

— Ne pourrions-nous pas plutôt agrandir celle-ci, en perçant la cloison du salon et ajouter deux pièces en prenant sur le jardin ? Ainsi, nous aurions la plus grande maison du village, si c'est ce que tu veux. Mais ce serait mal vu de mes clients, eux qui tirent le diable par la queue pour arriver à payer mes honoraires.

— C'est normal. Tu es un professionnel tandis qu'eux ne sont que des ignorants. Tu ne vas pas m'obliger à vivre sur un pied d'égalité avec les colons. Retournons en ville.

Il y eut un silence, comme à la grand-messe pendant la consécration. Charles-Édouard réfléchissait.

— En ville ? Tu n'y penses pas ! Et devoir me refaire une clientèle ?

— Nous aurions des places au théâtre, des fiacres, des boutiques et une bonne.

— Pourquoi une bonne quand les filles sont là pour aider dans la maison ?

– Une bonne, ce serait bien vu. Ne suis-je pas la femme d'un médecin?

Charles-Édouard n'était pas du même avis. Il avala une dernière gorgée de thé et se retira à son cabinet.

Sarah et Évelyne échangèrent un regard complice. Sarah connaissait la raison première de ce brouhaha. Sa mère cherchait à mettre une distance entre elle et Colin, mais c'était pour rien, tôt le lendemain, elle ne serait plus là.

XV

Au petit jour, Sarah poussa Évelyne du coude et lui murmura à l'oreille :

— Je pars. N'en parle à personne.

Évelyne s'assit carrée dans le lit en se frottant les yeux.

— Tu pars pour vrai, Sarah ? Pour où ?

— Chez Colin, s'il veut bien de moi.

— Chanceuse.

— C'est peut-être une folie que je suis en train de faire, mais tant pis !

Évelyne restait assise, le regard dans le vide. La séparation serait difficile, elle et Sarah étaient comme les doigts de la main. Elle se laissa tomber lourdement sur son oreiller à penser que dans quelques heures le départ de sa sœur allait déclencher tout un ouragan dans la famille. Puis elle se rendormit sur cette pensée obsédante.

Toute la maisonnée dormait. Avant son départ, Sarah s'affaira le plus silencieusement possible dans sa chambre ; elle réunit quelques objets indispensables comme du talc, une brosse à dents et des sous-vêtements. Elle poudra son visage, replaça les plis de sa robe blanche et posa sur sa tête un chapeau en paille de Milan chargé de fleurs et de rubans, tout pour que le soleil ne brunisse pas sa peau claire. Même si elle prenait mille précautions pour éviter de faire du bruit, le vieux plancher craquait sous ses pas.

Elle poussa la porte en douceur, étira le cou et traversa le corridor sur la pointe des pieds. Un rai de lumière filtrait sous la porte d'Honoré. Peut-être avait-il oublié d'éteindre la lampe. Avec sa cécité, pour lui, c'était toujours la nuit. Sarah se pencha et colla un œil au trou de la serrure. Son frère, allongé, semblait dormir. Elle descendit en douce.

En traversant la cuisine, elle déposa quelques provisions dans un cabas en paille tressée : un quignon de pain, du fromage et une bouteille de vin rouge. Elle sortit sur le bout des pieds en priant le ciel de lui laisser le temps de disparaître avant qu'un client ne se présente au cabinet de son père.

Elle ouvrit la porte sur un beau jour frais du mois d'août. La rosée, les fleurs, les hirondelles, tout criait la joie. Ce matin, elle allait vers Colin en espérant que celui-ci lui ouvre les bras. Elle se dirigea du côté du presbytère, mais n'y entra pas. C'était un moyen de détourner l'intérêt des siens au cas où ceux-ci la surveilleraient de la maison. Derrière l'église, Sarah traversa le cimetière et s'éloigna peu à peu du village. Elle allait piquer à travers les champs. Son pied butait sur les mottes sèches, elle se tordait les chevilles et, comme un ivrogne, elle titubait puis reprenait pied. Elle se retourna souvent, l'œil aux aguets. Elle sauta un fossé et s'appuya un court moment à une clôture de perches. Bientôt, elle atteindrait le coteau qui délimitait la terre d'Eugène Therrien. Un chien aboyait au loin. Sarah craignait les chiens et chaque ferme en possédait un ou deux. Elle pensa un moment à revenir sur ses pas, mais ce serait rater une occasion qui ne se représenterait sans doute jamais. Que se passait-il à la maison, à la suite de sa disparition ? En ce moment, ses parents devaient s'inquiéter sans bon sens. Cette pensée attristait un peu Sarah, mais elle devait faire abstraction de sa sensibilité si elle voulait aller au bout de sa décision de défendre son droit d'aimer qui elle voulait.

* * *

À la maison, Honoré avait senti vibrer la porte qui menait à l'extérieur. Celui-là, rien ne lui échappait. Il fut le premier à remarquer l'absence de Sarah. En fait, Honoré, rapporteur sournois, savait tout ce qui se passait dans cette maison et, aujourd'hui, Sarah ne réussirait pas à lui en passer une. Il questionna Évelyne et Clarisse, mais celles-ci faisaient semblant de dormir. L'aveugle traversa à la chambre de sa mère et frappa trois coups sur le sol.

— Maman, Sarah est disparue, vous m'entendez, maman ? Sarah est disparue.

— Calme-toi, Honoré. Va te recoucher. Ta sœur ne doit pas être bien loin, peut-être à la messe ou encore partie d'urgence avec son père.

— Papa dort encore. Je n'ai pas osé le réveiller. Moi, je suis sûr qu'elle s'est enfuie de la maison.

C'était toujours à sa mère qu'Honoré rapportait les incartades de ses sœurs. Son père, plus tolérant, fermait les yeux sur les peccadilles.

Soudain, Laurentienne prit conscience de la réalité.

— Va, Honoré. Réveille tout le monde et dis-leur de s'amener à la cuisine.

Quand Laurentienne commandait, il fallait obéir à l'instant. Charles-Édouard, réveillé par le va-et-vient inhabituel, se rendit à la cuisine. Tous se tenaient assis, silencieux, autour de la table, quand l'interrogatoire commença.

— Évelyne, où est ta sœur?

— Là!

Évelyne désigna Clarisse du doigt. Sa mère voyait bien qu'elle s'amusait à ses dépens. Une colère sourde grondait en elle. Si Charles-Édouard n'avait pas été là, elle lui aurait flanqué une gifle.

— Où est Sarah? hurla-t-elle.

— Je ne sais pas. Demandez à Honoré, il est comme Dieu le Père. Même aveugle, il voit tout, il sait tout.

— Et toi, Clarisse. Tu sais où se trouve ta sœur?

— Non, maman.

Clarisse était trop sage pour se mettre le doigt entre l'arbre et l'écorce.

Laurentienne s'exaspérait et jetait un regard furieux sur Charles-Édouard.

— Tes filles ne sont bien qu'en dehors de la maison. Sarah a le diable au corps et celle-là est pareille, dit-elle en désignant Évelyne du menton.

Évelyne regardait sa mère, le visage chargé de rancœur.

— Qu'est-ce que vous avez encore à me reprocher? Je ne suis pas responsable de Sarah.

— Je sens bien que vous prenez tous son parti. Si on m'écoutait dans cette maison, ça irait beaucoup mieux. La belle Sarah serait chez son colon que je ne serais pas surprise, et ça, c'est si elle n'a pas gagné la ville avec lui. Hier encore, elle avait un regard... un regard par en dedans. Je suis sûre qu'elle nous a préparé quelque chose de pas très catholique.

Charles-Édouard se leva.

— Viens avec moi, Évelyne, on va aller voir si on ne trouverait pas ta sœur aux alentours.

— J'ai faim! J'ai besoin de manger avant de partir.

— Tu n'as qu'à déjeuner sur le pouce. Prends-toi une croûte de pain et de la confiture.

Évelyne lambinait pour laisser à Sarah le temps de se rendre chez Colin. Mais sa mère la pressait.

— Va, dépêche-toi, avant que les gens ne s'aperçoivent de sa disparition.

— Il n'y a pas le feu!

Comme Charles-Édouard allait sortir de la maison, une cliente se présenta à son bureau. Il tira de son veston une montre retenue par une chaînette d'or. Elle marquait huit heures. Le médecin invita la consultante à passer à son cabinet.

C'était une jeune fille à peine sortie de l'enfance.

— J'veux pas que mes parents sachent que chus venue icitte, dit-elle d'une voix enfantine.

— Tes parents ne sauront rien. Sois tranquille! Viens, prends cette chaise. Quel est ton nom?

La gamine n'osait pas s'approcher. Il y avait dans ses gestes une certaine méfiance.

— Chus une fille correcte, vous savez.

— Je n'en doute pas, ma petite fille. Dis-moi ton nom et ce qui t'amène.

— Éloïse. Quelqu'un m'a fait mal là-dedans.

Elle désignait son ventre.

— Et qui est ce quelqu'un ?

Pas de réponse. Éloïse toisait le médecin d'un œil hostile.

— Allonge-toi là.

Étendue sur le lit dur, sa jeune consultante serrait les cuisses.

Le médecin recula d'un pas et croisa les bras.

— Ne crains rien. Tu as déjà eu tes menstruations ?

— Oui, deux fois.

— Et à quand remonte la dernière fois ?

— Je ne sais pas trop.

— Je vais seulement toucher ton ventre. Je ne te ferai aucun mal.

Le praticien pesa de son gros doigt sur son abdomen pour vérifier si la fille ne serait pas enceinte.

— L'examen est terminé, tu peux t'asseoir.

Éloïse se leva et rajusta sa robe.

Le médecin fit quelques pas et revint s'asseoir en face d'elle. Il observait sa cliente du coin de l'œil. Elle avait des yeux ingénus et le cou maigre d'une fillette qui aurait poussé trop vite. Elle n'avait pas l'âge de s'amuser à ces jeux. Il hésitait à lui révéler son diagnostic. Il voulut en savoir plus long.

— Qui sont tes parents ?

Pas de réponse.

— Tu as quel âge ?

— Treize ans et demi.

Elle avait ajouté la demie comme si elle était pressée de vieillir.

— C'est grave, mon affaire ?

— Ce n'est pas grave, mais c'est important. Tu attends la cigogne.

Sous le coup, Éloïse rougit, comme prise en défaut. Elle ne parlait plus, ne bougeait plus, l'esprit confus, elle pensait à ses parents, à leur morale sévère.

— Écoute, petite. Il y a quelque chose là-dedans et c'est un bébé. Tu me comprends ?

— Vous en êtes certain ?

— Certain ! Tu sembles déçue.

— J'veux pas d'un bébé. J'ai pas de mari et j'ai pas l'âge d'avoir des enfants, y me semble.

— Il faut dire que tu as un peu couru après.

— Non !

Elle lança au médecin un regard farouche.

— Pouvez-vous me l'ôter ?

— Ce n'est pas comme une aiguille dans un doigt. Tu as un petit ami ?

La gamine niait d'un signe de tête, mais le médecin ne la croyait pas.

— Qui t'a fait ça ? Tu peux tout me dire, ça restera secret.

L'adolescente réfléchit un moment, puis elle avoua :

— C'est monsieur Bouvrier chez qui j'ai travaillé. Y m'a forcée.

— Le salaud !

— Moé, j'voulais pas. C'est péché ce que j'ai fait ? J'ai communié en état de péché mortel ?

— Non, ne va pas penser ça. C'est lui, lui seul qui a péché.

— Moé, j'ai été élevée avec cette idée-là.

« Quel drame dans une petite âme toute neuve », pensait le médecin. Et il exigea des renseignements plus détaillés.

— Raconte-moi tout.

— Maman m'a envoyée travailler chez les Bouvrier pour les relevailles de madame. Elle m'avait ben défendu d'aider au train, mais le temps venu, Bouvrier m'a obligée. Y m'a dit : « J'te paie pour remplacer ma Germaine et ma Germaine aidait au train. Arrive ! » Une fois rendu à l'étable, l'homme m'a traînée de force jusque dans la grange pis y a relevé ma robe. Je devinais ben qu'il allait me faire des choses sales. J'avais peur. Je criais, mais j'avais beau crier, hurler, me démener, personne venait à mon secours. À la fin, j'en pouvais pus de me débattre contre lui. Y était plus fort que moé. Monsieur Bouvrier en a profité pour me faire quelque chose de pas correct. Quand il a reboutonné sa culotte, il riait. Moé, je pleurais. Je pouvais pas retourner chez mes parents sans qu'on me demande la raison de mon retour. J'aurais pas pu leur dire, la gêne m'aurait cloué le bec. Le soir, je me suis couchée tout habillée sur le lit. J'ai pas pu fermer l'œil de la nuit. Le lendemain, monsieur Bouvrier a recommencé. Ensuite, comme je pleurais en trayant les vaches, mes larmes tombaient dans la chaudière et se mêlaient au lait. Monsieur Bouvrier me criait « salope », mais moé, je me fichais de ce détail. Une seule chose comptait pour moé, déguerpir au plus vite de chez ces gens. Mais comment ?

À la fin de son récit, le médecin s'informa :

— La femme de Bouvrier est au courant du comportement de son mari ?

— Non. Quand j'ai menacé monsieur de tout raconter à sa femme, y m'a dit : « Essaie donc, voir ! J'y dirai que c'est toé qui m'as aguiché et ensuite, toute le monde va le savoir et les gens vont te traiter de traînée, de putain. »

Le médecin avait devant lui une petite fille à peine sortie de l'enfance, violentée par un traître dont la femme venait d'accoucher et qui continuait sa vie sans soucis, comme si de rien n'était.

— Et ce Bouvrier, il sait que tu attends un enfant de lui ?

— Non ! Vous savez, m'sieur le docteur, chus pas méchante.

Malgré ce viol, la fillette gardait son innocence de petite fille. Elle rejetait ses tresses dans son dos et rajustait sa jupe.

— Je sais, je sais. Cet homme mériterait la potence ! Mais pour le bébé, je ne ferai rien passer. Je ne peux pas. Ce serait un crime. Tu vas devoir rendre ton enfant à terme. Mon devoir est de sauver des vies.

La fillette, les yeux baissés sur ses grands cils pleins de pudeur, mangeait ses lèvres.

— J'sais pus quoi faire.

— C'est arrivé quand ?

— J'sais pus trop. Peut-être ben trois mois.

Le médecin vérifia dans son cahier de santé. Son doigt glissa lentement du haut de la page pour s'arrêter à Bouvrier.

— Madame Roch Bouvrier, accouchement, 1.50 $. C'est bien ça, trois mois ! Maintenant, tu dois mettre ta mère au courant de ton état. Il faut tout lui dire.

Éloïse, la bouche serrée, fixait le sol.

— Non !

— Tu veux que je le fasse pour toi ? Elle comprendra mieux si c'est moi qui lui explique.

— Non, elle comprendrait pas. Elle est très sévère pour tout ce qui est déplacé. Et si mon père l'apprend, y va me battre, c'est certain. J'vais laisser dormir l'affaire.

— Non, il faut agir et vite. Je peux t'aider. Il existe à Montréal une crèche qu'on appelle La Miséricorde. C'est un endroit tenu par des religieuses qui accueillent les jeunes filles enceintes. Mais tu dois d'abord parler à tes parents. Quand tu seras décidée, je me le feras savoir et, si jamais tu reviens sur ta décision, je t'accompagnerai dans ta démarche.

— Non! C'est mon affaire pis je vais m'arranger avec.

— T'arranger comment? Écoute-moi bien, ma fille, tu ne sembles pas comprendre que tu as besoin d'aide. Tu ne pourras rien décider sans en parler d'abord à tes parents. Quand comptes-tu le faire?

— Je vais y penser... Bientôt.

— N'attends pas trop, pas plus d'une semaine, sinon tu ne pourras plus cacher ton état.

— Combien je vous dois? J'pourrai peut-être vous payer un de ces jours.

— Ce sera rien pour aujourd'hui.

— Merci ben, docteur!

Le médecin se leva et reconduisit la fille à la porte.

— Je veux te revoir ici dès que tu auras parlé à tes parents. Rappelle-toi bien, dans une semaine au plus tard. Promis?

La fillette fit signe que oui, mais à son air absent, le médecin doutait de sa sincérité. La malheureuse s'en allait devant lui, plus morte que vive. C'était une bien petite fille pour un aussi gros problème.

Le médecin n'eut pas le temps de s'apitoyer davantage sur son sort; une autre cliente arrivait et il se demanda quand il trouverait le temps de s'occuper de Sarah.

* * *

Éloïse Marion se pressait de retourner à l'épicerie où son père devait passer la prendre à son retour de la meunerie. Elle qui pensait sortir de chez le médecin soulagée d'un gros poids, elle s'était bien trompée. À son arrivée au magasin, comme elle sortait le papier de commande de sa poche, son père s'approcha:

— Veux-tu ben me dire où tu traînais, toé?

— Je lambinais devant la vitrine de la bijouterie. J'ai pas souvent l'occasion de flâner au village.

Germain Marion oublia sa fille pour deviser avec monsieur Courchesne, le propriétaire du commerce.

* * *

Sur le chemin du retour, Germain Marion s'informa auprès de sa fille:

— Qu'est-cé qui t'attirait tant dans la vitrine du bijoutier pour que t'en oublies ta commande?

Germain sentait sa fille complètement absente.

— Éloïse, es-tu là?

— Qu'est-ce que vous disiez au juste?

Son père lui jeta un air attendri et lui donna une tape affectueuse sur le genou.

Éloïse se poussa le plus possible, comme si la main de son père la brûlait.

Germain ne connaissait pas sa fille si agressive. Sa réaction ne pouvait être que des humeurs d'adolescente. Éloïse était à l'âge des maladies de femmes avec tous les comportements incompréhensibles que cela entraîne.

— T'as ben l'air caduc, toé, aujourd'hui !

* * *

Plus le soleil montait dans le ciel, plus la chaleur devenait lourde à supporter. Sarah s'engagea à pas allongés dans une érablière. C'était un petit bois surélevé peuplé de grands érables qui étouffaient toute autre végétation et, dans ce bois, les cris égayants des oiseaux se répondaient. Sarah humait les odeurs de terreau, de mousse verte et d'humidité qui couvaient dans le sous-bois. À proximité, elle voyait quelques bêtes, couchées, qui profitaient d'un coin d'ombre. Au loin, les maisons, pas plus grosses que des boîtes à chaussures, s'échelonnaient sur le rang des Continuations. Sarah emprunta un sentier plein de nœuds et de cailloux qu'elle supposait être une route à vaches.

Dans un champ voisin, une dizaine de femmes et de jeunes filles sarclaient le tabac avec beaucoup d'application. Il aurait suffi d'une simple gaucherie pour que le jeune plant soit décapité. Ces femmes faisaient pitié à voir. Des gouttes de sueur perlaient sous leurs chapeaux de paille.

Sarah s'informa à l'une d'elles qui tenait à la main une cruche d'eau et un gobelet :

— En campagne, les femmes travaillent-elles toujours en groupe comme vous le faites ?

– Non, aujourd'hui, on fait une corvée pour aider monsieur Therrien qu'une crise de rhumatisme aiguë retient à la maison. Le soleil nous chauffe la couenne pas pour rire.

Sarah en apprenait long sur le comportement et la solidarité profonde qui liaient les habitants.

– Vous voyez le ciel à l'ouest ? ajouta la femme. C'est laid pis ça monte par icitte. On pourra pas s'en sauver.

Sarah continua sa route, se disant que le chemin droit serait plus pratique. Sur un sol plat, elle ne se tournerait pas les pieds, mais elle risquait d'y rencontrer son père, qui devait déjà être parti à sa recherche. Il allait sûrement pousser jusque chez Colin. Cette pensée assombrissait son bonheur.

Le ciel commençait à se barbouiller. Déjà quelques nuages lourds échappaient dans leur course quelques gouttes de pluie. Sarah poussa plus loin en empruntant un détour qui l'éloignait davantage du chemin pour se retrouver devant un petit ruisseau tortueux et mélancolique, bordé de cerisiers et de vignes sauvages dont le reflet miroitait sur l'eau tiède. Le cours d'eau lui barrait l'accès aux terres des Continuations ; le niveau d'eau avait monté à la suite des pluies torrentielles de cet été.

Une grenouille sautait près de son pied. Sarah recula promptement.

Elle s'assit un moment sur une grosse pierre qu'on avait extraite du champ. Il lui semblait que ce repos tempérerait le bouillonnement de ses pensées. Il y avait la rupture entre elle et sa famille, la crainte que ses parents viennent la chercher, et surtout l'inquiétude de ce que dirait Colin en la voyant frapper chez lui. Il n'était pas le genre d'homme à s'immiscer dans des discordes de famille. Allait-il lui fermer sa porte? Dans ce cas, que deviendrait-elle, sans un sou? Le sang cognait contre ses tempes. Ce départ était-il une folie? Quel chambardement dans sa vie!

Dans le champ voisin, les vaches paissaient en liberté, groupées autour d'un vieux taureau. Toutes les bêtes tournaient la corne au vent. C'était là le signe précurseur d'un orage. Le ciel changeait au violet et le contour argenté du gros nuage ressemblait à un ourlet irrégulier, agrémenté d'un cristal lumineux.

Sarah s'inquiétait. L'orage montait rapidement. Elle allait bien trouver un endroit où passer le ruisseau à gué! Mais non. Elle enleva ses souliers, retroussa sa robe d'une main et saisit son panier de l'autre. Avec la peur de s'envaser, elle avança lentement et, l'eau au califourchon, elle atteignit l'autre rive. Malgré ses précautions, sa robe était mouillée. Dire que plus jeune, la volupté de patauger dans une flaque d'eau lui valait toutes les joies de la terre.

L'orage éclata, accompagné de pluie et de vent. Les fugitives lueurs des éclairs couraient sur les champs, suivies du bruit du tonnerre qui résonnait comme des roulements de tambour. Sarah sentait la peur lui tordre les tripes.

Elle enleva son chapeau de paille déformé et trempé de pluie. Ses mains mouillées frémissaient comme celles d'un ivrogne. Elle se remit sur le chemin, sous le ciel déchaîné, en déjouant les éclairs.

Une porte s'ouvrit et une femme apparut dans l'encadrement. Elle tenait un enfant nu, enroulé dans son tablier et, du bras resté libre, elle faisait signe à Sarah d'approcher.

– Vous là, venez! Entrez, le temps de laisser passer l'orage.

Sarah remercia la bonne samaritaine, mais continua sa route.

– Mettez-vous au moins à l'abri sur la galerie.

Sarah avait déjà passé son chemin. Si elle acceptait, on la questionnerait et il lui faudrait rendre des comptes, dire où elle se rendait et ce qu'elle allait y faire pour ensuite qu'on rapporte tout à son père. On se ferait un plaisir de raconter au médecin : « J'ai ouvert ma porte à votre fille. » Non, sa vie personnelle ne regardait qu'elle.

La pluie cessa net, l'air sentait bon, mais le ciel sombre pesait encore sur les champs. Au loin, le soleil ouvrait un œil louche à la trouée d'un nuage.

* * *

Colin, toujours en mouvement, travaillait sa terre du matin au soir, comme s'il ne pouvait être heureux que lorsque la sueur lui coulait au front.

L'orage passé, il se déchaussa et se rendit au jardin étendre un peu de poison sur les plants de patates. Les pieds boueux, il secouait au-dessus des pousses vertes un sac en jute d'où s'échappait un peu d'Atox. Sa chienne le suivait au pas, la tête basse frôlant le sol. On aurait cru qu'elle inspectait le travail de son maître. Arrivée au bout du rang, Babiche aboya. Colin déposa son sac, sortit de sa poche un grand mouchoir à carreaux rouge et, comme il allait se moucher, il vit bouger une forme pâle au loin. Il crut voir la forme d'une fille. Et si c'était Sarah ? Colin ressentit une ombre de plaisir, un semblant de bonheur l'envahir. Il avait rêvé tant de fois la voir venir vers lui. Tout n'est qu'illusion quand on est seul. Ce pouvait être simplement un petit animal ou encore un enfant qui cueillait des fraises. La forme se rapprocha, il la vit mieux, bien endimanchée avec son chapeau enrubanné et sa robe garnie de dentelle. Elle replaçait les provisions dans son panier comme si tout ça l'amusait. Il échappa tout haut, se parlant à lui-même :

— Incroyable !

Colin s'arrêta, le temps de s'assurer qu'il ne rêvait pas.

Sarah venait vers lui, en criant son nom. Elle approchait, pieds nus, les chaussures dans une main, le panier de provisions dans l'autre, le pas mal assuré. Habituée de marcher sur le plat du trottoir, elle levait le pied sur les moindres cailloux du chemin.

Colin, heureux comme un fou, abandonna son sac de poison et courut vers elle.

— Vous, Sarah ? Mais d'où venez-vous comme ça à travers les champs ?

Sarah, transie dans ses vêtements mouillés, tremblotait comme une étoile au firmament.

— J'ai déserté la maison et là, je n'en peux plus. J'ai reçu toute la saucée sur moi. Heureusement que l'orage n'a pas duré. J'ai dû marcher un bon trois milles.

— Imprudente ! Vous avez pas vu que le ciel était sombre ?

Un homme venait vers eux.

– Ah ben, verrat! Pas lui, pas Jos Lépine! Celui-là y fourre sa face de belette partout où y a pas d'affaire.

Colin n'allait pas se gêner pour l'envoyer promener.

Les deux hommes avaient trouvé le moyen de s'haïr au nom de leurs désaccords politiques : Lépine était rouge, Coderre était bleu. L'année précédente, Lépine l'avait accusé à tort d'avoir empoisonné son chien à l'arsenic, mais aujourd'hui, trop intéressé par les bobards, Jos laissait ses rancunes et ses divergences d'opinions de côté.

Sarah ne parlait pas. Elle ressentait une gêne de se retrouver devant Lépine, sa robe mouillée, collée à la peau et ses cheveux qui dégoulinaient sur son visage et dans son cou. Il était malheureusement trop tard pour se cacher.

Colin se plaça entre elle et Jos.

– Qu'est-ce que tu me veux?

– J'me demandais si t'avais pas une poche d'avoine à m'vendre pour mon cheval. Comme j't'ai vu dans le coin, j'me sus dit, va donc y demander. Ça m'exempterait d'monter au village aujourd'hui.

Colin n'était pas dupe. Il savait bien que c'était la curiosité qui l'animait et il ne pouvait souffrir qu'on s'immisce dans sa vie.

– J'te cré pas, Lépine. T'as une terre où l'avoine et l'orge poussent ben, ça fait que viens pas m'en conter.

Lépine lui lança un regard plus lourd que la hache d'un bourreau.

– Mange de la crotte, mon Coderre! Oui, de la crotte de chien.

Lépine reprit le chemin par lequel il était venu. Il tirait ses conclusions. « Coderre, grand, solide, musclé par le travail de la ferme et, à côté, elle qui semblait ne peser qu'une plume. Colin avec une fille, et pas la moindre, la plus belle des filles du docteur Beaudry. Dire que tout le monde pensait que Colin allait mourir célibataire. Quand ma Benoîte va apprendre ça, elle le croira pas. »

Colin essuya sa main sur sa salopette et glissa son bras sous celui de Sarah.

— Asteure, Lépine va aller répéter ça de porte en porte.

— Je vous cause déjà des ennuis.

— Mais non ! Venez, j'vous amène à la maison.

Un coup de vent emporta sa casquette.

— Ah ben, verrat ! Pas ma casquette !

Colin se mit à courir à quatre pattes, fou de peur de perdre sa coiffure.

— Une casquette, ça coûte cher !

En tout autre moment, Sarah se serait amusée de la chose, mais ce jour-là, son drame l'emportait sur le côté comique de la situation.

Colin souleva Sarah de terre. Cette fois, elle entrerait chez lui dans ses bras.

— Si maman me savait ici, je serais mise en pièces.

— Vous ne pouvez pas savoir comme vous me faites plaisir !

— Mais vous devez avoir beaucoup de travail sur votre ferme ? Je ne voudrais pas vous faire perdre un temps précieux.

— Aujourd'hui, ce qui est le plus précieux pour moi, c'est vous, Sarah. Et je vais m'accorder une journée de congé pour profiter pleinement de votre belle visite.

* * *

Les heures couraient. Chez le médecin, les six chaises de la salle d'attente étaient occupées quand un grand garçon traversa la pièce en vitesse et frappa au cabinet. Charles-Édouard reconnut le fils des Cadieux.

— Docteur, maman m'envoie vous chercher. Elle fait dire que c'est le temps.

Habituellement, madame Cadieux demandait la permission à son mari pour demander le médecin, mais ce jour-là, son homme se trouvait en retraite fermée à la Maison Querbes de Joliette, donc madame avait dû se passer de son accord.

Charles-Édouard étira le cou à la cuisine.

— Évelyne, arrive! Un accouchement.

En passant devant les clients, le médecin s'excusa.

— Je suis demandé pour une urgence. Vu que je ne peux prévoir l'heure de mon retour, je préférerais que vous reveniez après le souper.

Tout le monde se leva. Personne ne maugréait. On vouait un grand respect au médecin du village.

Charles-Édouard saisit sa trousse et monta dans son cabriolet. Au retour, il avait l'intention de s'arrêter chez Colin. Sans doute y trouverait-il Sarah, Sarah qui, depuis ce matin, occupait toutes ses pensées.

Arrivé à la dernière maison du rang, le médecin descendit de son cabriolet et dit à Évelyne:

— Ne reste pas là, mène la pouliche à l'ombre et viens me retrouver.

À petits pas pressés, il entra dans la maison des Cadieux et se rendit directement à la chambre. Comme chaque fois, le petit Maurice était couché dans le lit de sa mère.

Charles-Édouard souleva l'enfant et le déposa délicate-ment sur le divan du salon le temps d'accoucher sa pauvre mère. L'aînée, Gisèle, une fillette de douze ans d'une grande maturité, prit place aux côtés du petit et tint sa main tout le temps que dura l'accouchement. Gisèle aurait préféré éloigner l'enfant de la maison comme elle l'avait fait pour ses cinq autres frères et sœurs et éviter ainsi de soumettre le petit malade aux lamentations de sa mère, mais avec sa pleurésie, c'était trop risqué de le sortir. La jeune fille elle-même redoutait les accouchements. À chaque cri, elle regardait l'horloge avec ses minutes d'éter-nité qui tombaient une à une et elle serrait les dents. Le petit Maurice geignait doucement.

La naissance terminée, Charles-Édouard souleva le petit malade et le déposa de nouveau près de sa mère.

— C'est mauvais pour vous autant que pour l'enfant de vous côtoyer avec cette fièvre qui ne lâche pas le petit.

— Y veut jamais lâcher ma main. Je dois rester tout le temps à côté de lui.

— Vous n'auriez pas un lit d'enfant que vous pourriez placer près du vôtre ?

— Y a une couchette dans le grenier. Quand mon mari reviendra de sa retraite fermée, y la descendra.

— Il vaudrait mieux ne pas traîner, madame. Évelyne peut aider votre fille à la descendre.

— Non, vous savez ce que c'est, elle doit être pleine de fils d'araignée. Avant, je demanderai à Gisèle de la nettoyer, pis y faudra aussi trouver une paillasse. J'me demande si Maurice acceptera de coucher à côté. Je pense qu'y redoute ce qui s'en vient.

La femme ne prononçait pas le mot «mort» devant l'enfant. Le médecin n'insista pas.

— Vous avez quelqu'un pour vous aider?

— Oui, ma grande fille.

Le médecin la trouvait bien jeune pour prendre la charge de la maisonnée, mais, dans les familles nombreuses, les petites filles apprenaient très tôt à endosser le rôle de mère.

Sitôt sorti de chez les Cadieux, Charles-Édouard, préoccupé par la fugue de Sarah, monta dans son cabriolet accompagné d'Évelyne. Cette fois, c'était lui qui tenait les rênes. Après l'orage du matin, le temps était frais et délicieux, le bord des fossés exhalait un parfum de fleurs sauvages. Charles-Édouard menait son attelage au trot.

— Je vais m'arrêter chez Coderre voir si je n'y trouverais pas Sarah. Toi, tu m'attendras dans la voiture.

Évelyne se faisait un sang de punaise pour sa sœur.

— L'heure avance, papa. Rentrons, il serait grand temps de manger.

— Il y a des choses plus importantes pour l'instant.

— Vous avez tort de vouloir empêcher ce mariage, papa. Vous allez rendre Sarah très malheureuse.

— Au contraire, c'est pour son bonheur que je m'oppose à ses fréquentations. Qu'est-ce que ce Coderre lui fait donc tant pour se l'attacher à lui, et pour que Sarah le suive comme un petit chien?

— Il l'aime à en perdre la raison.

— On ne perd pas ce qu'on n'a pas.

— De grâce, papa! Sarah aussi l'aime.

Le regard du père devenait dur comme l'acier, mais malgré son air impitoyable, Évelyne tenait tête.

— Je ne vous connaissais pas si méprisant. Vous rabaissez un bon garçon seulement parce qu'il aime votre fille. Quel gros défaut lui trouvez-vous donc pour qu'il mérite que vous le tourniez ainsi en dérision?

— Sarah est douce et soumise, ce Coderre la fera bientôt marcher au doigt et à l'œil, comme une marionnette. Ta mère...

Évelyne lui coupa net la parole:

— Maman se fiche de ses filles.

— Oh, non! Ne pense surtout pas de même, Évelyne. C'est de la pure calomnie.

— Maman a toujours été un peu comédienne et vous vous laissez prendre à ses filets. Vous ne vous entendez pas: «Votre mère par-ci, votre mère par-là.»

— On ne doit pas juger ses parents.

Mais rien n'arrêtait Évelyne.

— Avec maman, les on-dit passent avant nous. Mais vous, papa, vous avez votre mot à dire dans cette histoire. Partons. Moi, si j'étais Sarah, je n'en ferais qu'à ma tête.

Charles-Édouard lui roula de gros yeux, toutefois il ne réussit pas à l'intimider. Évelyne n'avait jamais craint son père. Elle continuait sur la même lancée.

— Sarah craint de vous déplaire et pour ça elle va sacrifier son amour. Il devrait y avoir une loi pour défendre les amoureux.

Charles-Édouard reconnaissait sa faiblesse. Évelyne avait un peu raison. Il se contentait d'observer et de supporter le dérèglement de sa femme. Intérieurement, il s'avouait un peu mou, mais jamais il n'admettrait sa veulerie devant ses enfants. Il échappa un grand soupir et son regard se perdit dans le passé.

– Comme le temps passe... Il n'y a pas longtemps encore, je vous prenais sur mes genoux et vous embrassiez ma tête. Pourquoi n'êtes-vous pas restées petites ? Il y a des jours où l'on voudrait que le temps s'arrête sur les bons moments.

– Tout ça, c'est du passé. Aujourd'hui, nous avons l'âge de nous prendre en main et vous devriez nous laisser vivre notre vie.

– Ta mère décidera pour le mieux.

– « Ta mère », encore « ta mère », bougonnait Évelyne. Vous avez donc si peur d'elle ? Il me semble que vous êtes plus ferme avec vos malades.

Charles-Édouard baissa les yeux. Intérieurement, il se demandait si les enfants ne connaissaient pas leurs parents mieux qu'eux-mêmes.

Combien de fois Évelyne l'avait observé à son insu. Elle le revoyait marcher sur la rue, les yeux baissés, le chapeau sur le nez. Il savait se retirer derrière celui qui parlait pour s'effacer et il n'ouvrait la bouche que pour répondre. Avec ses malades, il était tout autre. Il ouvrait l'œil, le bon. Il écoutait, conseillait, établissait un diagnostic presque infaillible. Il savait les secrets de famille et connaissait à fond la cause des brouilleries entre deux frères. Il savait courir quand un malade était en danger. Il guérissait aussi les âmes. Il était bon, humain, discret. Son père était tout ça, mais devant la souffrance de ses enfants, il restait fermé.

Le son de l'angélus, porté par le vent, arrivait du village jusqu'à eux. Charles-Édouard fit un grand signe de croix.

Évelyne tirait sur une rêne pour empêcher l'attelage d'entrer dans la cour de Colin. Son père tirait sur l'autre.

— Partir et laisser ma Sarah avec ce Coderre? Jamais! Tu ferais ça, toi, ma fille? Tu serais prête à fermer les yeux sur un concubinage? Ta sœur n'est pas mariée. Ce serait encourager le vice.

— Non, je ne ferais rien de ça. Moi, je les laisserais se marier.

— Un père doit tenir ses enfants en bride, comme on tient des chevaux rétifs.

Tout ce que son père disait était contraire à sa nature. Évelyne pensait pour la centième fois à ce que lui avait raconté Pillet au sujet de son père, de sa mère, de la naissance illégitime d'Honoré. Son père était plus exigeant envers ses enfants qu'envers lui-même. La langue lui démangeait de lui rappeler sa propre folie de jeunesse, mais les mots s'arrêtaient sur ses lèvres. Même si elle en mourait d'envie, Évelyne ne voulait pas porter atteinte à sa dignité.

— Où avez-vous appris ces sornettes? Il me semble entendre maman. Elle vous a endoctriné et vous marchez dans la voie tracée. Sarah n'est pas mariée parce que vous le lui interdisez! Moi, je crois que le bon Dieu les a créés l'un pour l'autre.

— Ta mère me demanderait de revenir la chercher.

— Vous refuserez.

— Votre mère est fragile.

— Pas plus que Sarah! Retournons à la maison.

— Je tiens d'abord à parler à ta sœur. Après, nous verrons bien.

Charles-Édouard marmonnait :

— Pourquoi faut-il que toutes ces choses se passent dans ma famille ?

Il toussa, se moucha. Évelyne crut qu'il pleurait. Il souleva ses lunettes pour essuyer ses yeux.

— Pas seulement chez nous, papa, mais partout où les parents s'opposent aux mariages de leurs enfants.

— Les autres filles font moins de bruit que Sarah.

— C'est vous et maman qui faites tout un tapage des amours de Sarah. Vous n'allez réussir qu'à faire son malheur.

Charles-Édouard se tut. Sa fille lui faisait la morale. C'était le monde à l'envers.

Arrivé à la ferme de Colin, Charles-Édouard attendit dans la voiture, le fouet à la main. La chienne, couchée en travers de la porte, jappait. Et Charles-Édouard, qui craignait les chiens comme la peste, appelait. Rien ! Il regardait autour. Rien ! Il fit tourner lentement l'attelage dans la cour de l'étable. Tout semblait mort sur cette ferme. Il allait s'en retourner à demi soulagé quand Colin apparut dans l'embrasure de la porte avec Sarah à son côté.

Charles-Édouard supposa qu'ils sortaient de la chambre à coucher où ils devaient s'en être donné à cœur joie.

De son cabriolet, il appela :

— Arrive, Sarah. Rentre à la maison.

Sarah ne bougeait pas. De la porte, Colin commanda à sa chienne :

— Babiche, en bas.

La bête, ennuyée, ne bougeait pas d'un poil.

Colin sortit et répéta patiemment :

— Babiche, en bas, je t'ai dit.

Toujours rien et la bête continuait d'aboyer. Colin lui flanqua un coup de pied dans les flancs et la chienne dégringola le petit escalier. Colin lui jeta un coup d'œil et, voyant sa mine de chien battu, il lui dit, le ton sérieux, comme s'il s'adressait à un humain :

— Je t'avais avertie aussi !

Colin invita Charles-Édouard à entrer.

Devant l'indifférence que sa fille lui accordait, Charles-Édouard n'hésita pas à entrer. Il invita Évelyne à le suivre.

Évelyne considéra les amoureux. Sarah et Colin cadraient bien dans cet environnement étranger. Elle imaginait sa sœur mariée et maîtresse de maison. Comme elle aurait aimé se retrouver ainsi avec Emmanuel !

— Rentre à la maison, Sarah, lui répétait son père d'un ton ferme.

Sarah ne dit rien. Elle serra les dents et pensa à sa première visite chez Colin, alors que celui-ci l'avait conduite à la chaise berçante qu'il avait traînée près du poêle, et qu'elle s'y était réfugiée, tremblante. Aujourd'hui, elle n'avait plus peur d'être découverte par son père. Elle braverait l'autorité.

— Viens dehors, je veux te parler seul à seule.

— Non ! Vous m'avez déjà tout dit.

— Sarah, réfléchis un peu. Tu es en train de faire honte à ta famille.

Sarah, le visage fermé, prit la main de Colin et l'entraîna au fond de la cuisine.

Postée près de la porte, Évelyne se demandait bien ce qui allait suivre.

Colin, l'air très posé, enleva un rond de poêle et déposa à l'intérieur du papier journal qu'il froissa en boule et recouvrit de petits rondins de bois vert.

— Dans quelques minutes, je vous servirai un café bouillant.

Debout près de la porte, Charles-Édouard s'impatientait. Coderre faisait-il exprès pour étirer le temps ?

— Viens, Sarah. Je suis pressé. J'ai des clients qui m'attendent à la maison.

Mais Sarah faisait la sourde. Elle continuait de se bercer en observant Colin.

Le garçon ouvrit la clé du tuyau pour activer une circulation d'air, puis il frotta une allumette sur la fesse de sa salopette et la jeta au poêle. Le papier brûla d'un feu joyeux, puis s'éteignit aussitôt. C'était toujours le même scénario, le bois vert refusait de s'enflammer. Colin avait beau tisonner, c'était pour rien.

Puis, comme s'il prenait conscience de la présence des visiteurs, Colin offrit des chaises. Évelyne accepta et s'installa les coudes sur la table, les mains sur les joues.

Charles-Édouard, tiraillé entre ses responsabilités et sa hâte de partir, attendait debout près de la porte. Il répéta, le ton plus haut, plus catégorique cette fois :

— Sarah, rentre à la maison.

Sarah, impassible, crut que son père allait la secouer, lever la main sur elle, l'injurier et, malgré tout, elle tenait son bout.

— Non! Je veux faire ma vie avec qui je l'entends.

— Tu n'as pas le droit de vivre avec un garçon sans être mariée. Tu veux donc jeter le déshonneur sur toute la famille et faire mourir ta pauvre mère?

— Non! Je ne veux que la paix et marier Colin. Vous tournez tout contre moi et vous salissez celui que j'ai choisi. J'étais loin de m'attendre à ça de mon père. Est-ce donc ça une famille, un monstre?

— Assez! Ça suffit!

Sarah passa la main sur son visage en reniflant. Elle était exténuée, écœurée, nerveuse, et toujours, elle tenait tête.

Quelques minutes de silence s'écoulèrent et le père, dans une sorte d'impuissance, refusait de partir sans ramener Sarah. Après un bon moment, il démissionna.

— Bon, si c'est comme ça, si ma fille ne veut plus m'obéir, je m'en vais. C'est tout ce qu'il me reste à faire. Je laisse Évelyne avec toi, parce que ce serait contre la morale de te laisser seule avec un garçon. Demain, je reviendrai avec monsieur le curé. Je préférerais ne pas mêler les prêtres à cette histoire, mais tu ne me laisses pas le choix. Ensuite, il restera la police.

Charles-Édouard quitta la maison, déconcerté. La porte claqua derrière lui.

Sarah hésitait entre rester et partir. Elle était bien consciente qu'on ne la laisserait pas vivre en concubinage avec Colin. C'était interdit par la loi et la religion. Elle risquait d'être excommuniée. Une petite voix intérieure lui disait : retourne chez toi.

— Je ferais mieux de m'en aller pour éviter un scandale.

— Vous partirez demain. Pourquoi ne pas passer un jour ou deux avec moi ?

Sarah, fortement tentée, accepta l'invitation de Colin.

— Chus ben fier de vous voir là toutes les deux, mais vous allez devoir vous passer de moé le temps de mon train. Et surtout, partez pas d'icitte sans m'avertir.

— Soyez sans crainte, reprit Sarah, nous ne bougerons pas d'ici.

Sitôt Colin sorti, Évelyne ouvrit la porte d'une petite armoire et n'y trouva que des pois et des fèves.

— Il n'y a rien à manger dans cette maison ?

Sarah cherchait le saloir et comme elle ne le trouvait pas, elle éplucha six gros épis de maïs qui traînaient sur la table et les mit à bouillir. Évelyne sortit cueillir des légumes au jardin. Au retour, elle lava et coupa une pomme de salade, des radis et des tomates. Sarah sortit le pain de la huche.

— Va chercher le beurre au puits pendant que je dresse la table.

— Il est où ce puits ?

— Je ne sais pas. Va demander à Colin à l'étable.

— Non, je n'entre pas là.

Au retour de Colin, le souper attendait sur la table. Le garçon se fit un brin de toilette devant l'évier de cuisine et essuya ses mains sur une grosse serviette en toile de lin.

Évelyne prit place derrière la table, dos à la fenêtre.

– Pour ce soir, ce sera des légumes et des légumes. Nous n'avons trouvé ni les patates ni le lard, seulement des fèves et des pois.

– Regardez, icitte, y a une porte dans le plancher qui mène à la cave. Les patates sont remisées là, pis les œufs, le lard, le sucre et la farine son conservés dans la laiterie. Comme ça sent bon dans ma cuisine! Tiens, j'pense que j'vais vous garder toutes les deux.

Évelyne regardait Colin avec ses grands yeux étonnés.

– Les deux? Quand vous n'arrivez même pas à convaincre nos parents pour en avoir une?

– C'est Sarah que je dois convaincre.

Les dents des fourchettes piquaient à coups joyeux dans les assiettes.

– Gavez-vous de légumes, suggéra Sarah, parce qu'il n'y a pas de dessert.

– Mais oui, reprit Colin.

Pendant que Sarah promenait la cafetière au-dessus des tasses et leur versait une bonne dose de café, le garçon se leva de table promptement et retira de l'armoire une bouteille de sirop d'érable qu'il brandit devant les yeux des filles en s'écriant:

– Tadam!

Il en vida une quantité dans une soucoupe et ajouta:

– On va tous tremper notre pain dans le même bol.

Le souper et la vaisselle terminés, Colin prit les mains de Sarah et lui fit faire un tour complet sur elle-même.

– Comme vous êtes belle!

Sarah portait une petite robe blanche garnie d'un grand col et ses cheveux longs, retenus par une boucle de ruban, retombaient sur sa nuque, comme elle les portait toujours.

Devant ces paroles louangeuses, Évelyne se sentit de trop.

— Moi, je vous laisse. Je vais m'asseoir sur le perron.

Évelyne sortit dans le calme du soir. L'air des champs lui ramenait l'odeur du foin séché. Elle s'amusait à compter les mouches au plafond du perron, mais pour peu de temps : le soleil tirait sa révérence et la pénombre effaçait les objets. La lune était pleine et le ciel, piqué d'étoiles. Évelyne entendit le cri d'une chouette puis vit une étoile traverser le ciel, comme une étincelle dans le noir. Après tout, peut-être existait-il une lumière dans la nuit sombre ? Elle ferma les yeux et pensa à Emmanuel. Elle prenait plaisir à l'imaginer à ses côtés, ici, en pleine campagne.

* * *

Sarah aidait Colin à changer les draps de lit. Ses yeux faisaient le tour de la pièce. C'était une chambre de paysan, claire et paisible, où flottait une odeur de choses anciennes. Les murs étaient recouverts d'un papier peint vert tendre, décoloré. À la tête du lit, un cadre d'un brun très foncé représentait la Sainte Famille. Sarah s'imaginait maîtresse de maison, mariée à Colin et cette chambre était la leur. Un grand bonheur l'envahit. Avec Colin à ses côtés, les jours et les nuits ne seraient pas assez longs pour l'embrasser à son gré. Malheureusement, son rêve ne pouvait durer.

— Je ne pourrai pas demeurer ici éternellement sans faire scandale.

— Profitons du temps présent. On sait jamais ce que l'avenir nous réserve. Prenez, par exemple, ce dimanche où je vous ai adressé la parole pour la première fois : si quelqu'un m'avait dit qu'un jour vous viendriez dans ma maison, j'l'aurais jamais cru. Et pourtant, aujourd'hui, vous êtes là, belle comme le jour.

— Oui, mais pour peu de temps. Vous savez bien que ça ne pourra pas durer.

À onze heures, Évelyne entra, souhaita bonne nuit et monta, laissant Sarah et Colin seuls dans la cuisine.

Les murs de la chambre du bord étaient tapissés de petites fleurs roses. La pièce aurait été jolie n'eût été des taches d'humidité et des quelques morceaux de papier peint arrachés. Évelyne fit le tour de la chambre. Elle y trouvait plein d'objets hétéroclites : un escabeau, des cartons, des bouteilles de sirop d'érable, une balance. La pièce, avec tout ce fourbi, ressemblait plutôt à un grenier. Avant de se coucher, Évelyne fouina partout. Elle ouvrit un grand coffre en bois à l'odeur de cèdre rempli de robes, de manteaux, de chandails démodés. Sur une haute commode à deux portes traînait un livre empoussiéré. Évelyne souffla sur la couverture et se mit à tousser. C'était une vieille Bible aux coins biscornus. Elle en lut quelques passages et la déposa, plus intéressée à voir le contenu du meuble qu'à lire les évangiles. Elle découvrit une pile de trois couvre-pieds piqués, des chemins de tapis tissés, des serviettes et des débarbouillettes, que du beau neuf. Évelyne ouvrit ensuite un à un les tiroirs d'un vieux bureau. Cette maison contenait des trésors cachés. Le tiroir du haut était comble de retailles de toutes les couleurs. Elle supposa que le tissu devait servir à confectionner des courtepointes comme son père en achetait aux expositions des fermières. Dans le deuxième tiroir se trouvaient des catalogues de Dupuis & Frères, tous périmés, et dans celui du bas, des balles de laine, des aiguilles et des crochets à tricoter. Évelyne s'étendit sur le lit, tout habillée. Elle rêvait de posséder une chambre à elle seule et un grand lit comme celui-ci où elle pourrait rêver en paix à Emmanuel. Puis, elle devint toute triste en pensant à cet amour à sens unique. « Sarah est chanceuse, elle ; même si les parents tournent le dos à Colin, son amour à elle est partagé. Pourquoi faut-il que les amoureux soient malheureux ? »

* * *

En bas, Sarah n'avait pas l'esprit tranquille, un peu à cause de l'inquiétude qu'elle causait à son père et beaucoup à cause de sa réputation.

— Je ferais mieux de rentrer chez moi.

Colin ne lui offrit pas de la reconduire. On ne se débarrassait pas comme ça d'une apparition céleste. Il lui offrit une limonade faite de citron et de sucre.

— Tenez ! Buvez, ça va vous rafraîchir.

Sarah retint une grimace.

— Votre limonade a un goût différent de la nôtre.

— C'est parce que l'eau est sulfureuse, avec le temps, on s'y fait. Certains disent que si on la laisse reposer quelques heures, elle perd son goût de soufre.

Sarah but son verre par politesse, sans savourer ce qu'elle avalait.

Colin ne se lassait pas d'admirer Sarah. Le seul fait de la savoir là lui procurait un bonheur indéfinissable. Lorsqu'elle eut vidé sa tasse, il souleva Sarah dans ses bras, la porta dans la chambre et la déposa sur le lit. Il traversa dans le bas-côté et en rapporta une belle peau de buffle qu'il étendit près de la porte de la chambre où reposait Sarah. Il s'allongea dessus. Sous la porte filtrait un rai de clarté. Sarah ne dormait pas.

Un feu d'amour brûlait le sang de Colin, mais rien que de penser que dans un coin de sa maison la belle Sarah dormait sous sa garde suffisait à son bonheur. Il allait s'endormir sur ces belles pensées quand, tout à coup, la porte s'ouvrit et, dans la demi-clarté de la nuit, Sarah s'avança, gracieuse, en étouffant un léger bâillement. Elle n'allait pas rester seule dans la chambre quand Colin se trouvait à côté, en personne, qu'elle pouvait profiter pleinement de sa présence et savourer chaque minute.

— Comment arrivez-vous à dormir avec ces bruits étranges?

Sarah faisait allusion au chant chevrotant du grillon et au mugissement des ouaouarons.

— C'est une question d'habitude. Moé, j'les entends pus.

— On disait ça aussi des gros chars au village, mais moi, je les entends toujours.

— Allons nous asseoir sur le perron.

L'air était tiède. La lune brillait au milieu des étoiles.

Assis, les pieds sur une marche d'escalier, Colin et Sarah restaient serrés l'un contre l'autre, silencieux, comme s'ils se recueillaient. Il y avait les étoiles, la douceur de la nuit, la solitude et la tentation qui lentement éveillaient leur désir. La main de Colin vagabondait de la hanche de Sarah à sa taille. Sarah sentait un doux frisson parcourir son corps. Elle priait pour que la nuit n'ait plus de fin.

Colin, le souffle plus rapide, plus chaud, sentait un besoin immodéré de posséder le corps de sa belle. Sa bouche se souda à celle de Sarah.

À une heure où tout le monde dormait profondément, les amoureux écoutaient le hululement de la chouette et le coassement des grenouilles. Ces sons parvenaient à eux dans la nuit comme un concert exécuté par un nombre infini de petits musiciens.

— Voyez comme la nuit est belle, Sarah!

Sarah leva les yeux vers la voûte étoilée. Une étoile traversait le ciel comme une flèche lumineuse, puis une autre, comme un feu d'artifice silencieux. C'était la nuit des Perséides. Elle ne put s'empêcher de penser à la toute-puissance du Créateur.

— Qu'est-ce que c'est?

— Une promesse. Faites un vœu pis y sera exaucé.

— Que c'est beau! Jamais je n'ai vu autant d'étoiles filantes.

— C'est une nuit de noces au firmament.

— Il y a donc des mariages d'étoiles?

— Oui, mamzelle Sarah.

— Et aucune ne s'oppose à ces mariages?

— Non, c'est d'même que ça s'passe dans le ciel.

— Sur terre, c'est différent. Les parents choisissent pour leurs enfants. Les miens vous en veulent d'être pauvre.

— Y ont un peu raison. Quand on est jeune, on est pauvre. On n'a pas eu le temps de grossir notre bas de laine et souvent la terre est pas complètement payée. Moé, j'ai ni sou ni luxe, mais j'possède une terre sans dette et deux bras vaillants. Qui peut dire que dans notre vieillesse on sera pas riche ?

— Il faudrait des héritages.

Colin rit.

— Y faudrait pas trop compter là-dessus. Chez nous, les Coderre, la richesse est dans le cœur. Mais j'ai quand même de quoi nourrir une famille. Du temps de mes parents, cette même terre a fait vivre douze enfants.

Sarah hésitait à lui parler de sa stérilité, Colin pourrait la laisser tomber.

Deux minutes plus tard, son honnêteté prenait le dessus et elle lui confiait son inquiétude.

— Une grosse famille de même, ça ne risque pas de nous arriver. Je suis stérile.

— Moé, mamzelle Sarah, y a pas une graine que j'ai semée qu'a pas levé.

Sarah étouffa un rire dans sa main. Colin prenait la chose à la rigolade et c'était bien ainsi. Maintenant, elle pouvait respirer à l'aise. Elle posa ses lèvres sur celles de Colin et ferma les yeux. Dans ses bras, elle se sentait à l'abri de tout.

Colin sentit un poids peser sur son épaule. C'était la tête de Sarah, alourdie de sommeil, qui tombait sur lui avec un froufrou de dentelle et une caresse de cheveux. Elle resta là, sans bouger, jusqu'à ce que les étoiles s'éteignent une à une, intimidées par l'aurore naissante. Colin se leva. Son cœur battait à tout rompre. Il souleva Sarah dans ses bras et la déposa sur le lit, puis il ferma la porte discrètement, comme s'il craignait de réveiller quelqu'un.

En haut, Évelyne ne dormait pas. Sarah entendit un bruit de pas au plafond, puis comme si on poussait un meuble. Que pouvait bien faire sa sœur ?

Colin tourna l'image pieuse face au mur et ferma la lumière. Il enleva un à un ses vêtements, puis vint le tour de ceux de Sarah qui s'entêtait à garder son jupon. Elle retira les rubans de ses cheveux et secoua la tête, ébouriffant gaiement ses frisures. Colin prit sa main, l'entraîna sur le vieux lit de pin dont les joints craquaient et la serra sur son cœur. Un désir impérieux de se donner l'un et l'autre faisait déconnecter les amoureux du reste du monde jusqu'à en oublier qu'ils n'étaient pas mariés. Sous le feu de la passion, les principes tombaient. Colin prit Sarah en douceur en poussant un long soupir d'amour qui emplit la chambre.

* * *

À l'autre bout du rang qu'on nommait le Haut des Continuations, Éloïse Marion s'enfermait dans son silence, avec cette crainte que ressentent les enfants de livrer leurs grandes souffrances aux parents. Dans son entêtement d'adolescente immature, elle ne trouvait pas d'autre moyen pour échapper à sa situation intolérable que d'en finir avec sa grossesse. Mais comment y arriver ? Dans son esprit couvaient quelques solutions peu sensées.

Éloïse profita du moment où sa mère aidait son père au train pour s'emparer du grand couteau à boucherie. Elle le fixait comme une arme redoutable, passa son doigt prudemment sur le fil de la lame pour s'assurer qu'il était bien aiguisé. La nuit, elle ouvrirait son ventre et en viderait son contenu. C'en serait fini des sales cochonneries de Bouvrier. Sa bouche tremblait. Plus l'heure approchait, plus elle avait peur, peur de son couteau, mais davantage de ses parents.

On marchait en bas. Éloïse fit disparaître l'arme sous son matelas et descendit à la cuisine.

Elle attendrait que toute la maisonnée soit endormie pour procéder à sa propre opération. Elle trouvait dommage que ses parents soient si sévères sur la question de la chasteté. Ils n'admettaient aucune faute.

À l'école, elle avait lu dans son livre de lecture une histoire où une mère consolait les petites peines de son enfant. C'était une femme comme celle-là qu'elle aurait voulue comme mère. À la sienne, elle ne pouvait confier sa détresse ; sa mère l'accuserait d'être la seule responsable de son malheur. Non, elle ne pouvait pas lui rapporter une pareille obscénité, sa mère ne la regarderait plus jamais du même œil. Elle s'arrangerait toute seule avec son couteau.

Toute la maisonnée dormait, sauf Éloïse qui versait des pleurs silencieux. Elle sortit le grand couteau de sous son matelas et descendit sur la pointe des pieds. Les vieilles marches craquaient sous ses pas et, sitôt arrivée à la porte, elle entendit sa mère demander :

– Qui est debout?

Éloïse, prise sur le fait, fit mine d'être somnambule. Sa mère, stupéfiée, lui enleva le couteau des mains.

– Mais qu'est-ce que c'est que ça? Un couteau? Éloïse, qu'est-ce que tu voulais faire avec ça et où allais-tu en pleine nuit?

Éloïse ne répondit pas. Sa mère la reconduisit doucement à son lit et retourna à sa chambre en prenant soin de laisser la porte entrouverte. Elle résistait au sommeil afin de se porter au secours de sa fille au cas où elle serait de nouveau somnambule. Elle secoua son mari.

– Germain, t'as entendu?

Germain, mi-réveillé, se tourna paresseusement vers sa femme.

– Dors!

– J'peux pas. Y a Éloïse qui m'inquiète. Je viens de la surprendre avec le grand couteau à la main, juste comme elle allait sortir de la maison. Elle était somnambule.

Germain eut un sursaut et s'assit carré dans le lit, les pensées éparses.

– Tu disais quoi? Un couteau? Éloïse, somnambule?

– Comment veux-tu que je dorme après ça? Si elle allait recommencer…

– Attends, je vais arranger quelque chose.

Germain se leva et coinça le manche d'une cuillère sur la clenche de la porte.

Le lendemain, par précaution, l'homme installa une clochette en fer au-dessus de la porte, comme celle de l'épicerie qui annonçait les clients, à la différence que celle-ci servirait à sonner l'alarme. Éloïse, assise derrière la table, regardait son père visser la clochette inutile pendant que sa mère racontait:

— Le garçon des Riopel aussi est parfois somnambule, même que ça lui est arrivé de prendre le chemin en pleine nuit. C'est assez inquiétant.

Tout en parlant, la femme, encore troublée par la scène de la nuit, fixait sa fille et répétait:

— Le grand couteau… Ma foi, j'me demande où ton rêve t'aurait menée.

Éloïse n'entendait pas, l'esprit absorbé tout entier à trouver un nouveau moyen de s'échapper. Il fallait faire vite, partir, mais pour où? Et comment se débrouiller sans argent? On la ramènerait chez ses parents. Elle n'en pouvait plus de vivre avec cette peur viscérale. Autant en finir et ne plus souffrir. Aux petites heures de la nuit, elle s'échapperait par la fenêtre qui donnait sur le toit du hangar d'où elle se glisserait doucement sur le cabinet de toilette et de là jusqu'au sol.

* * *

Le lendemain, chez Colin, le coq chantait dans la basse-cour. C'était lui qui servait de cadran à la campagne.

Dans le charme du matin, Colin s'étirait doucement. Près de lui, Sarah bâillait, les joues roses comme les fleurs, les yeux verts comme les nouvelles pousses. Un réveil qui se distinguait par sa grâce et sa douceur, avant que ne s'allume le va-et-vient quotidien des fermiers. Colin s'amusait à caresser ses beaux cheveux dorés, éparpillés sur l'oreiller. Mais Sarah, gênée de se trouver nue sous le drap, tâtait les couvertures à la recherche de son jupon.

– Bonjour, Sarah.

– Bonjour, Colin.

Sarah observait paisiblement ce garçon aux cheveux couleur de lin, au regard ferme, aux lèvres généreuses. Ah, ce qu'elle ressentait en cet instant merveilleux, plein de charme! Elle aurait voulu que le temps s'arrête, que tous les matins ressemblent à celui-ci, malheureusement, la réalité la rejoignait. Après cette nuit merveilleuse, était-elle complètement heureuse? Elle venait de vivre des moments d'ivresse intenses qui se changeaient en mélancolie, comme si elle avait goûté une chose exquise pour ensuite devoir la mettre de côté. C'était la note à payer.

Sarah agrafa sa robe en vitesse et prit soin d'effacer toutes traces de sa présence dans la chambre, comme secouer les oreillers pour leur redonner la forme et reprendre son chapeau et son ruban. Au village, la messe était terminée. Son père et le curé pouvaient arriver d'un moment à l'autre. Ils la condamneraient. Ils ne comprendraient pas que l'amour a ses faiblesses.

Évelyne descendit avec un album de photos et, comme elle arrivait au pied de l'escalier, les amants sortirent de la chambre, enlacés. Évelyne leva les yeux sur le couple et comprit qu'ils avaient passé la nuit ensemble. Sarah, la sage, la prudente, avait bravé les interdits.

Colin sifflait comme un bienheureux et Sarah rougissait jusqu'à la racine des cheveux. Comment les choses s'étaient passées, Sarah n'oserait le dire, pas même à Évelyne à qui elle disait tout. Cette nuit où elle et Colin s'étaient enivrés des plus douces voluptés resterait gravée au plus profond de son cœur. Elle serait leur secret.

Évelyne déposa l'album sur le coin de la table.

– Viens voir ce que j'ai trouvé dans un tiroir. Là-dedans, il y a plein de photos de Colin enfant.

Colin bombait le torse et faisait craquer ses jointures en blaguant :

– Le plus beau gars de la planète.

Les yeux ronds comme des billes, Sarah s'attardait sur chaque photo de Colin.

– Ce sont des enfants comme vous que je voudrais, des petits blonds aux yeux d'or.

Sarah referma l'album avec l'intention d'y revenir après sa toilette du matin. Elle ouvrit l'écoinçon, une petite armoire vitrée à deux compartiments dont celui du haut contenait la vaisselle du dimanche, des assiettes à fleurs bleues, et celui du bas, des nappes brodées.

– Colin, où puis-je trouver une débarbouillette ?

– J'en ai pas, Sarah. Moé, j'me savonne toujours le visage avec le savon dans la main, pis pour rincer, je trempe mon visage dans le bol. Essayez, vous verrez, c'est juste une question d'habitude.

Sarah restait bouche bée. Il y avait de quoi s'étonner.

Colin lui tendit une serviette en toile de lin, un peu raide.

– Tenez. C'est tout ce que j'ai à vous offrir.

Évelyne hésitait à s'en mêler ; Colin semblait ignorer qu'il possédait des trésors cachés dans sa propre maison. Si elle parlait, il la trouverait effrontée d'avoir fouillé dans ses tiroirs, mais elle aussi avait besoin de serviettes pour se laver.

— J'en ai vu en haut. Si vous me permettez d'aller en chercher…

— Ben sûr! Si y en a, elles doivent dater du temps de m'man. Moé, je mets rarement un pied en haut. J'vois pas c'que j'irais faire là.

— Vous devriez, l'armoire est remplie de trésors. Il y a même des belles courtepointes.

Sarah profita de la courte absence d'Évelyne pour décrasser le peigne à l'aide d'une brosse à mains qui se trouvait sur le dosseret de l'évier.

Tout en se lavant, les filles retenaient leur respiration. La lingerie aurait eu besoin d'un lavage frais, elle dégageait une odeur de fond de tiroir, mais bon, un homme seul ne se préoccupe pas de ces détails.

Une petite pharmacie à une porte et à un tiroir dominait l'évier de la cuisine. Sarah y trouva le rasoir et la brosse à dents de Colin.

— Vous n'avez pas de dentifrice, Colin?

— Non. Passez votre brosse à dents sur le pain de savon et brossez.

Colin, debout près d'elle, la suivait des yeux.

— Essayez. Ça aussi, c'est une habitude.

Sarah lui sourit avec une moue dédaigneuse.

— Moi, je ne peux pas.

— Mais oui, on s'habitue à tout.

— Pas à ça. Vous n'achetez jamais de pâte dentifrice?

— Non, le savon coûte moins cher que ces machins choses. Pour moé, un sou demeure un sou.

Sarah dut se contenter de l'eau du robinet.

Colin se rendit à la laiterie d'où il rapporta une terrine d'œufs frais qu'il tendit à Sarah, puis il retourna à l'étable.

La cuisine était chaude. On suffoquait. Sarah ouvrit la fenêtre qui se trouvait vis-à-vis la porte-moustiquaire et elle resta là, en plein courant d'air, les bras croisés sur sa poitrine, à réfléchir à son destin. Elle en était au même point que la veille.

* * *

Chemin faisant, Charles-Édouard conseillait à sa femme de peser ses paroles.

— Nous n'obtiendrons rien à crier. Sarah ferait juste s'entêter.

— Il y a des gens qui ne comprennent pas autrement.

— Tâche de ne pas la blesser. Après tout, elle est ta fille.

— Et moi, sa mère! C'est ça, vas-y, prends son parti tant qu'à y être.

Laurentienne, offensée, ajouta:

— Mes filles sont toutes pareilles, elles n'en ont que pour leur père.

— Mais non, mais non!

— Oui! s'écria Laurentienne. Elles te font manger dans leur main. Mais n'oublie pas que nous devons ramener Sarah à la maison coûte que coûte. Pense un peu au scandale qui va nous éclabousser, sinon.

Laurentienne misait sur une dernière tentative avant d'impliquer les prêtres dans ses histoires de famille. Lors de sa dernière rencontre avec le curé, ce dernier avait pris la part des amoureux, mais s'il apprenait que Sarah et Colin avaient dormi sous le même toit, ce seraient eux, ses parents, que le curé blâmerait et, direct comme il était, ce dernier pouvait bien pousser jusqu'à les dénoncer publiquement du haut de la chaire.

Charles-Édouard attacha son cheval au piquet et prit galamment la main de sa femme pour l'aider à descendre de voiture.

Laurentienne, apeurée, recula devant la chienne couchée sur le seuil de la porte. La bête leva la tête et se dressa sur ses pattes de devant, comme prête à s'élancer. Elle semblait dire : « Personne n'entrera dans cette maison sans la permission de mon maître. Lui seul me fera obéir. »

De la basse-cour, son maître lui ordonna :

– Babiche, ouste !

La bête obéit. Elle s'en alla, les oreilles basses, en rasant le mur.

Laurentienne et Charles-Édouard entrèrent, suivis de Colin qui avança des chaises que les arrivants refusèrent.

S'asseoir, ce serait pour Laurentienne accepter son hospitalité, et il n'était nullement question d'accepter quoi que ce soit d'un misérable colon.

Colin ouvrit une porte du garde-manger, en retira une bonbonnière remplie de sucre à la crème dur et en offrit. Laurentienne refusa d'un geste de la main, comme on chasse une mouche.

Colin entendait les genoux de la femme claquer comme des castagnettes, sans doute la nervosité. À ce train-là, pensait-il, elle allait bientôt s'affaisser sur le plancher.

– Si nous sommes ici, c'est dans le seul but de ramener notre fille à la maison. Vous ne devriez pas l'encourager à des fréquentations qui ne mèneront nulle part.

D'un geste brusque, Colin déposa le petit plat granité sur la table.

– Qu'est-ce que vous me reprochez, madame ?

– Ma fille est habituée à une qualité de vie que vos humbles revenus n'arriveraient pas à satisfaire.

– Qu'est-cé que vous attendez de moé ? Une dot ? Habituellement, c'est la fille qui apporte une dot, mais pour Sarah, passons. J'peux à moé seul grossir mon portefeuille et regorger de biens, mais vous en hériterez jamais. Seulement, c'est pas là le problème. Le problème, c'est mon métier de paysan qui vous pue au nez, et ça, j'le changerai pas. Ma terre, c'est ma vie, et votre fille accepte de me prendre avec.

Laurentienne ne pouvait se retenir de blesser Colin.

– C'est un sale et répugnant métier pratiqué par un genre d'hommes que j'appelle des colons.

Colin sentait qu'elle cherchait à installer un froid entre eux pour amener Sarah à prendre parti contre lui. Il ne supportait pas de se faire humilier dans sa propre maison.

– J'vous trouve ben coquette, madame, mais un peu irréfléchie. Vous évaluez l'ami de votre fille comme on évalue une bête avant l'achat. Une chose vous manque, c'est le cœur. Pis y a en vous une chose de trop, c'est l'idée que vous vous faites d'être plus haute que les autres. Le bonheur de votre fille est le moindre de vos soucis.

Laurentienne était indignée. Une veine bleue se gonflait sous la peau plissée de son cou. Elle fit une affreuse grimace qui crispait son visage.

Sarah était désolée. Son amoureux était en train de se brouiller avec sa famille.

Assise derrière la table, Évelyne restait en dehors de la discussion. Laurentienne tira Charles-Édouard par la manche de son gilet.

— Partons d'ici. Je me fais insulter.

Mais Charles-Édouard, friand de sucreries, restait sur place. Il plongeait la main dans la bonbonnière et se gavait de carrés de sucre à la crème.

Sa femme, forcée de l'attendre, trépignait d'impatience.

— Si tu restes, moi, je pars à pied, dit-elle.

Charles-Édouard se leva et se tourna du côté d'Évelyne.

— Toi, reste avec ta sœur. Comme elle ne veut rien entendre, je reviendrai tantôt avec monsieur le curé.

Charles-Édouard suivit sa femme à l'extérieur.

Assise sur le perron, Évelyne regardait disparaître le cabriolet de son père. Quand est-ce que cette histoire prendrait fin? Elle n'allait quand même pas rester dans cette maison indéfiniment.

Dans la cuisine, Sarah, attristée, s'en prenait à Colin:

— Vous êtes en train de vous mettre maman à dos.

— C'était déjà fait avant qu'elle mette un pied icitte.

— Bon, ça va, je retourne à la maison.

Encore une fois, Sarah s'inclinait comme une fillette soumise devant les attentes de ses parents.

Avant de franchir le seuil de la porte, son regard s'accrocha à celui de Colin et d'un air désespéré elle murmura :

— Rien n'est terminé pour nous deux. On se reverra bientôt.

— Qu'importe ce que vous déciderez, ajouta Colin, vous me laissez le plus beau souvenir. Pour moé, un souvenir heureux vaut souvent plus que le bonheur lui-même.

Il murmura : « Je viens d'passer la nuit la plus douce de ma vie », puis il l'embrassa longuement.

— Je laisse mon chapeau et mon panier sur la huche à pain. Vous viendrez me les porter, ça nous donnera l'occasion de se revoir.

— Y est pas question que vous repartiez à pied. Accordez-moé deux minutes, le temps d'atteler Castor et je vous reconduis au village.

* * *

Au coucher, Colin n'arrivait pas à s'endormir. Il savourait chaque instant passé au lit avec Sarah.

Il trouva des cheveux sur l'oreiller, trois cheveux dorés. Il les cueillit un à un, les porta à ses lèvres et les embrassa longuement, puis il glissa ses doigts d'un bout à l'autre de chacun et les replaça sur l'oreiller. Ainsi, il pourrait dormir cheveux contre cheveux avec la douce impression de dormir avec une partie de Sarah. Comme c'était étrange. Lui qui se croyait imperturbable, ne se reconnaissait plus depuis qu'il aimait Sarah. Il devenait sentimental. Si on l'avait vu embrasser des cheveux, on l'aurait cru fou.

Colin se jeta corps et âme dans le travail. Pour la première fois, il trouvait pénible son métier de cultivateur. Sarah partie, sa besogne devenait insignifiante. Il pensait aux chanceux qui avaient leur femme près d'eux quand lui vivait absolument seul. D'un bout à l'autre de son désert de solitude, il n'avait personne à qui parler et, une fois sa journée terminée, il entrait dans sa maison muette et préparait son repas qu'il mangeait seul, assis au bout de la table. Le soir, après le souper, il remplissait son coin à bois de rondins pour son feu et sortait ensuite s'asseoir sur le bout du perron. Au coucher, il se glissait sous sa couverture grise, son chapelet à la main. Le sommeil était sa récompense, son seul loisir.

* * *

Une semaine passa et Colin vivait le départ de Sarah comme un deuil. Il travaillait seulement pour ne pas mourir d'ennui.

L'angélus sonna au village. Les fermiers suspendirent leurs activités et se recueillirent un moment avant de sortir leur panier de provisions.

Au bout du champ, Colin buvait un peu d'eau à même la bouteille quand il vit une pauvre fille, un vulgaire panier au bras, venir vers lui. «Pas Sarah, se dit-il dans un excès de mélancolie.» Comme elle enjambait la clôture, il reconnut sa troisième voisine, Rachel, une jeune veuve, mère de deux enfants en bas âge.

— Bonjour, Colin.

— Bonjour, répondit Colin, un peu déçu.

Elle s'agenouilla et ouvrit son panier qui contenait une bouteille de vin de cerise, deux verres, des sandwiches aux tomates et deux portions de tarte aux pommes. Elle étendit une petite nappe sur l'herbe et remplit les verres.

– Venez manger avec moé. Asteure que la fille du docteur a plus le goût de votre maison, la voie est ouverte pour moé qui vous ai toujours ben estimé.

Les grandes langues devaient se faire aller si les gens connaissaient déjà la fin de son histoire avec Sarah.

Rachel ne l'intéressait pas, mais il ne pouvait refuser le bon vin et les tartines quand, chez lui, le repas n'était pas préparé. Il connaissait Rachel depuis les bancs d'école alors qu'ils étaient tous les deux dans la classe de mademoiselle Rose-Délima Marion. Dans les gros froids d'hiver, les élèves dînaient dans la classe et c'était à qui serait assis le plus près du poêle à bois, qu'ils appelaient «la truie». Colin se souvenait comme Rachel était laide avec ses yeux boursouflés et ses oreilles décollées. À douze ans, les filles se défont, leurs bras et leurs jambes sont démesurés. Mais c'était une bonne fille avec un bon cœur. Dans le temps, Colin aurait juré qu'aucun garçon ne lèverait les yeux sur elle, puis avec les années, sa physionomie s'était un peu améliorée, ses yeux étaient plus doux, mais Colin la voyait toujours comme à douze ans. Il se demandait ce que le grand Lajeunesse lui avait trouvé pour la marier. Elle devait avoir de belles qualités intérieures. Si on lui avait dit dans le temps que des années plus tard elle serait chez lui à tenter de le charmer, il en aurait ri.

En vidant la bouteille de vin, ils se remémorèrent quelques souvenirs de classe. Des amours avaient pris naissance sur les bancs d'école et quelques élèves s'étaient mariés entre eux. Puis Rachel lui parla de son mari décédé deux ans plus tôt en tombant du toit de sa maison. Elle disait trouver la vie difficile avec deux enfants de quatre et cinq ans.

– C'est assez ennuyant d'être toujours seule. Tu sais ce que c'est. Tu dois trouver les soirées longues, toé itou. Sans parler des nuits. Si je rencontre pas quelqu'un qui s'intéresse à moé, je vas vendre ma ferme pis je vas déménager au village. Avec le bétail, ça fera une jolie somme qui me permettra de vivre convenablement, mais si ça marchait nous deux, avec deux terres, on pourrait vivre à l'aise.

Colin, un peu radin, pensait : « Si elle était regardable, son offre serait à considérer, mais mon cœur est déjà pris ailleurs. Comment lui dire que je ne veux pas d'elle sans être effronté ? »

– C'est pas fini entre mamzelle Sarah pis moé. Mais combien de veufs seraient contents de ton offre, Rachel !

– Par icitte, les hommes seuls sont plutôt rares, même que certains n'attendent pas la fin de leur deuil pour convoler.

– Tu peux reluquer un peu dans les paroisses environnantes. Va à la messe à Saint-Alexis et à Sainte-Marie. Ça t'engage à rien. J'te souhaite bonne chance.

Colin reconduisit la jeune veuve au bout de son champ et ouvrit la barrière.

– Merci ben, Rachel ! Ton dîner était ben bon, le vin surtout, mais viens pus icitte, ça ferait jaser.

Rachel comprit qu'elle avait précipité les choses. Elle s'en retourna caduque.

XVI

Chez les Marion, la famille était rassemblée devant une longue table garnie d'œufs, de tranches de jambon et de tomates fermes. Il ne manquait qu'Éloïse. Sa mère distribua quelques rôties et monta dans le but de la réveiller, mais elle se retrouva devant un lit vide. La femme s'arrêta un moment, pensive. Éloïse ne pouvait s'être échappée, la clochette aurait sonné. Elle glissa sa main sur l'oreiller humide de larmes et descendit questionner Julienne qui couchait dans le même lit.

— Julienne, sais-tu où est passée Éloïse?

— Je sais pas, peut-être au petit coin.

— Elle t'a rien dit de spécial ces derniers temps?

— Non, mais au coucher, elle arrêtait pas de brailler. La paillasse tremblait.

La mère, préoccupée, essuyait ses doigts sur son tablier. Ces derniers mois, sa grande fille était silencieuse. Elle n'était plus la même. Avait-elle un petit amoureux secret ou encore une peine d'amour? Sûrement pas à treize ans. Elle n'avait pas l'âge. Mais allez savoir! Chose certaine, son Éloïse était malheureuse et elle s'emmurait dans son silence.

— Germain, tu irais pas voir si Éloïse serait pas aux bâtiments?

— Je regarderai tantôt en allant faire mon train. T'en fais pas, elle doit pas être ben loin.

– Les enfants, allez donc voir un peu si vous trouveriez pas votre sœur.

Et comme si c'était un jeu, Julienne sortit en courant et en criant :

– C'est le premier qui la trouve qui est le plus meilleur !

La cuisine se vida aussitôt.

Le temps que sa femme desserve la table, Germain buvait à petits coups sa tasse de café.

– Bon, moé, j'y vais.

Il décrocha sa casquette du clou, s'en coiffa et sortit en sifflant.

Sa femme se rendit au bout du perron vider son eau de vaisselle et jeta un coup d'œil aux alentours. Rien.

Le train terminé, les vaches lâchées, Germain traîna les bidons de lait au puits. Chose étrange, le couvercle était déjà enlevé. Germain, étonné, se pencha à la margelle et recula, horrifié.

* * *

Tôt le matin, on sonna chez le médecin. Deux hommes essoufflés et énervés entrèrent en trombe. Ils parlaient à tue-tête.

– Venez vite, docteur ! Un drame chez les Marion. Y ont trouvé leur fille dans le puits de leur ferme pis y arrivent pas à la réanimer. C'est pas possible, se noyer dans trois pieds d'eau !

Charles-Édouard appela aussitôt :

– Évelyne, viens vite !

Sous sa couverture, Évelyne murmura :

– Ah! Crotte de crotte!

Et elle ne bougea plus.

En bas, son père ordonnait aux hommes:

– Forest, allez chercher un prêtre et, vous, Gaudet, avertissez le préfet de police.

– Pourquoi la police?

– Allez! Et pas de questions. Faites ce que je vous demande.

Charles-Édouard taisait la possibilité d'une mort suspecte.

En entendant le branle-bas inhabituel, Évelyne se leva, enfila sa robe en vitesse et, un peigne à la main, elle descendit en trombe.

Comme il s'agissait d'un décès, elle refusa d'accompagner son père, mais celui-ci insistait:

– Presse-toi, Évelyne. Chaque minute compte.

– Je n'aime pas ces scènes poignantes.

Toutefois, Évelyne suivit son père en bougonnant.

Charles-Édouard fouaillait sa pouliche à tour de bras et l'attelage filait à fond de train dans le rang du Haut des Continuations.

À deux fermes de la tragédie, les lamentations de la mère éplorée venaient jusqu'à eux. Ce n'étaient pas des cris, mais un hurlement de désespoir encore plus terrible à entendre que les douleurs de l'enfantement. La femme s'éraillait la voix à hurler le nom d'Éloïse, comme si appeler sa fille pouvait la retenir sur terre. C'était insoutenable.

Évelyne protesta, indignée:

– Je vous ai dit, papa, que je ne voulais plus assister à ces scènes insupportables, plus jamais, vous m'entendez?

— Compte-toi chanceuse que de tels drames n'arrivent pas dans notre famille. Tu peux remercier le bon Dieu et prier pour les pauvres parents.

— Vous ne m'y reprendrez plus, rétorqua Évelyne, les dents serrées.

Il y avait déjà foule dans la basse-cour des Marion. Quelques voisins abasourdis commentaient l'événement à voix basse tandis que d'autres observaient un silence religieux.

Sans prendre le temps d'attacher sa bête, le médecin accourut, sa trousse de soins à la main, et fendit la foule rassemblée.

Une fille inanimée était étendue sur le sol de la basse-cour, à trois pieds du puits. À tour de rôle, des hommes lui administraient le bouche-à-bouche quand vint le tour du père. Il savait, le pauvre, que tout était fini, mais il ne lâchait pas, il refusait d'y croire.

Le médecin serra son épaule dans l'intention de le remplacer. Il s'agenouilla près de la victime. C'est alors qu'il reconnut la petite qui s'était présentée à son cabinet deux jours plus tôt.

— Mon Dieu! Pas elle! échappa-t-il.

Une sueur froide sortit de ses pores.

Il arrivait malheureusement trop tard, la petite avait rendu l'âme. Il fit son signe de croix. De voir cette pauvre fille étendue sans vie lui donnait un coup au cœur. Ce corps, hier encore bien vivant, était mort aujourd'hui.

On disait la fille tombée dans le puits en allant descendre la traite de lait du matin, et on se demandait pourquoi elle s'était noyée alors que la nappe d'eau était si peu profonde.

Elle aurait pu se lever, émerger, appeler à l'aide et elle ne l'avait pas fait. Le père ne parlait pas. Il savait lui que tout ça était faux, que sa fille n'était pas allée descendre le lait au puits. C'était lui qui venait tout juste d'apporter les bidons. Sa fille était là bien avant la traite du matin, mais pourquoi?

Le médecin savait, lui aussi. Mais il était maintenant trop tard. Il aurait dû voir plus loin dans l'âme de sa jeune cliente. Il regrettait de ne pas l'avoir prise sous son aile, de ne pas l'avoir accompagnée dans sa démarche difficile auprès de ses parents. Il l'avait laissée partir seule avec son drame. Le remords le rongeait. Mais quelle sorte de profession pratiquait-il donc? Avait-il vraiment la vocation de soigner?

La petite avait-elle parlé de sa grossesse à ses parents? Ce n'était pas à lui de le faire; il lui avait promis de garder le secret. S'ils savaient, ceux-ci souffriraient davantage et ils se reprocheraient tout le reste de leur vie de ne pas avoir été plus vigilants et, pour ajouter à leur culpabilité, ils pourraient douter de son entrée au paradis. Le médecin décida de laisser le secret bien caché au fond du puits.

Pendant que le prêtre administrait l'extrême-onction, le médecin s'approcha de la mère qui abîmait ses cordes vocales à hurler sa douleur. Il la conduisit à la maison, lui fit avaler un calmant et lui conseilla de se coucher. Une fois revenu dans la cour, il s'approcha du père pour le rassurer.

— J'ai dû me soumettre à des formes légales et aviser les autorités parce que ce n'est pas une mort naturelle. Les choses de la police font toujours un peu peur. On va vous questionner, mais ne vous en faites pas, personne ne sera accusé.

Évelyne ramena la voiture au pas, laissant les cordeaux sur le cou de la pouliche. Décidément, les morts allaient finir par la tuer elle aussi.

— Papa, je ne suis pas idiote, vous savez ! Je sais que c'est un suicide, dit-elle. Qu'est-ce qui peut pousser une fille de cet âge à vouloir mourir ?

— L'âme a ses secrets et la petite est partie avec le sien. Surtout, ne parle de tes doutes à personne.

— Elle n'avait pas le droit de s'enlever la vie. Est-ce qu'elle va aller en enfer ?

— Non, à tout péché miséricorde, et Dieu est miséricordieux. C'est un bon Père qui aime ses enfants. Commande Gaillarde, ta sœur doit nous attendre pour déjeuner.

— Je ne pourrai rien avaler après ce que je viens de voir.

XVII

Depuis deux mois, Sarah était inquiète. Elle comptait les jours depuis sa nuit chez Colin. Ce n'était pas l'absence de ses règles qui l'inquiétait, elle avait rarement ses menstrues, c'était plutôt le changement qui se produisait dans son corps : ses seins plus sensibles, un léger mal de cœur et la ceinture de sa robe qu'elle ne supportait plus. On lui avait dit qu'elle était stérile, mais elle avait la certitude du contraire et c'était comme si le ciel lui tombait sur la tête.

Il lui fallait maintenant aviser ses parents, et rapidement, avant que son corps donne des signes extérieurs. Ils allaient certainement la condamner ; peut-être même la chasser de la maison ? Que décideraient-ils pour son enfant ? Juste le fait de penser qu'on pourrait le lui enlever, ses jambes mollissaient. Et comment réagirait Colin lorsqu'il apprendrait sa paternité ? Allait-il l'abandonner avec son problème ? C'était ce qu'elle appréhendait le plus. Il n'existait qu'une seule solution : partir. Mais c'était impensable de quitter la maison sans un sou. Elle pensa un moment à écrire à Romain, qui l'aimait comme un fou. Celui-ci accepterait-il de la prendre enceinte et d'élever l'enfant d'un autre ? Même si elle ne ressentait rien pour ce garçon, elle y voyait l'avantage de garder son enfant. Si elle lui écrivait pour sonder sa générosité ? Et puis non, elle attendrait, elle ne prendrait aucune initiative avant d'en parler à Colin.

* * *

Ce dimanche, au jubé, Colin prit place dans son banc de famille comme à son habitude, son missel d'une main, sa casquette de l'autre. Il ressemblait à un adolescent et pourtant, sans le savoir, il allait bientôt être père.

Sitôt la messe terminée, chacun s'en retourna chez soi, sauf Colin. Sarah ferma doucement son cahier de musique et le glissa dans un porte-documents. Elle savait que Colin n'attendait que ce moment pour venir la rejoindre sur son banc d'orgue. Son cœur sautait dans sa poitrine. Elle se poussa un peu, heureuse de lui laisser une petite place à son côté. Colin passa son bras autour de sa taille et tous deux, devant les grands tuyaux d'orgue, causèrent sans se soucier du sacristain qui attendait leur départ.

— Comme vous serez majeure dans plus d'un an, si vous voulez encore me donner votre main, nous nous marierons, avec ou sans l'accord de vos parents.

— Un an, c'est long!

— Je sais, mais c'est peu en comparaison d'une vie.

Sarah pensa que, dans son état, elle ne pourrait attendre un an, mais elle n'arrivait pas à confier son secret à Colin.

— Et me mettre mes parents à dos?

— Sarah, vous avez le choix entre être malheureuse avec vos parents ou être heureuse toute votre vie avec moé.

— Vous connaissez mes sentiments, Colin.

— Si vous me l'permettez, demain soir, j'irai faire la grande demande à vos parents, et même si j'm'attends à un refus de leur part, j'démissionnerai pas. En bout de ligne, y finiront ben par plier.

— Ce sera pour rien, ils refuseront encore une fois. Mais soyez assuré que demain, je vous attendrai.

Les choses s'arrangeraient-elles par elles-mêmes? Sarah crut bon de ne pas se presser de dévoiler son secret. Le lendemain, si ses parents s'opposaient toujours à son mariage, elle leur ferait connaître son état en même temps que Colin.

En bas, dans la nef, le sacristain toussait. Sarah comprit qu'il n'attendait que leur départ pour verrouiller l'église.

* * *

Le dîner terminé, Charles-Édouard sirotait une deuxième tasse de thé avant d'aller s'asseoir dans la cour avec Honoré.

— Tu peux commencer à desservir, Clarisse.

Pendant que celle-ci enlevait la vaisselle sale, Sarah versait de l'eau chaude dans le plat à vaisselle.

— Maman, demain soir, Colin va venir demander ma main.

Sa mère leva sur elle des yeux furieux où se mêlaient le ressentiment et le défi.

— Ce serait du joli! Un colon avec la fille d'un médecin!

— C'est bien ça, Colin et moi! rétorqua Sarah, amère.

— Ce garçon sait déjà ce que j'en pense.

Sa mère se mit à rire, d'un rire ironique qui blessa Sarah.

Une fois la cuisine déserte, Laurentienne s'approcha de Sarah et lui dit d'une voix suraiguë qu'elle cherchait à adoucir :

— Viens t'asseoir avec moi près de la cheminée.

Sarah s'attendait à ce que sa mère redevienne humaine et écoute ses confidences, mais ce ne fut pas le cas.

— Tu vas aller soigner ta grand-mère à Saint-Alexis. Elle a une mauvaise grippe. Et puis, comme elle vieillit et perd des forces, ce n'est pas prudent de la laisser seule. Tu partiras demain.

— Demain, Colin doit venir demander ma main.

— Je m'arrangerai avec. Je sais quoi lui dire, à celui-là.

Sarah dévisageait sa mère.

— Je veux être là. Je ne peux pas partir après avoir dit à Colin que j'attendrais sa visite.

Comme sa mère ne réagissait pas, Sarah marmonna :

— Et si je pars, qui conduira papa à ses visites à domicile ?

— Ne t'occupe pas de ça. Ton père est d'accord.

— D'accord ? C'est plutôt curieux, lui qui a toujours dit qu'il ne pouvait se passer de moi !

Sarah comprit que ses parents faisaient tout pour l'éloigner de Colin, ce qui changeait ses plans. Toutefois, chez sa grand-mère, la porte serait peut-être ouverte pour Colin.

— J'irai, dit-elle d'un ton sec. Je sens que je ne suis plus chez moi dans cette maison.

Sa mère se retira au salon.

Restée seule dans la pièce, Sarah, anxieuse, songeait à ce que serait son avenir. Elle serrait son front dans ses deux poings fermés, cherchant une solution rapide à son problème.

Deux heures plus tard, Charles-Édouard réapparaissait à la cuisine. Après s'être servi un grand verre d'eau, il s'assit près de Sarah qui reniflait à petits coups. Il tapota sa main :

— Ne t'en fais pas, ma petite Sarah. Tout va s'arranger.

Sarah leva ses longs cils humides sur son père.

— S'arranger comment ? Je veux marier Colin, c'est tout, et vous et maman refusez.

— Dans peu de temps, tu trouveras un garçon plus acceptable que celui-là, crois-moi. Plus tard, tu nous remercieras.

— Je n'en veux pas d'autre que Colin. C'est clair ?

— Laisse-la, Charles-Édouard ! cria Laurentienne depuis le salon. Tu vois bien qu'elle ne veut rien entendre.

— Je n'ai plus qu'à mourir ! cria Sarah à son tour.

— Allons, allons ! Tu n'as pas fait de bêtises, au moins ? s'inquiéta Charles-Édouard.

Son père devait se douter de quelque chose, lui qui savait aussi bien lire dans les âmes que dans les corps. Ces derniers temps, ses seins étaient plus volumineux et sa figure s'était arrondie. Sarah se dit qu'il lui faudrait bientôt en arriver à tout avouer. Afin de ne pas être entendue de sa mère, elle acquiesça d'un petit signe de tête et aussitôt, elle cacha sa figure dans ses mains.

Charles-Édouard eut l'impression de recevoir un coup de hache sur la tête. Il fixait Sarah. Il ne bougeait pas d'un poil et aucun son ne sortait de sa bouche. Il fallait voir sa détresse au fond de son œil gris. Comment Sarah avait-elle pu, elle qui ne sortait jamais sans lui ? Puis il recula dans le temps. Lors de la fugue de Sarah, Coderre devait avoir profité d'elle pour arriver à ses fins. Il se rappelait, à son arrivée chez lui, les avoir vus se présenter à la porte l'un près de l'autre, comme mari et femme. Ce jour-là, il avait eu un doute, mais il refusait de le croire. Malgré ce soupçon éphémère, il ne pensait pas qu'il aurait à supporter pareille épreuve. Colin et Sarah auraient-ils employé ce moyen dans le seul but de se marier? Charles-Édouard savait pourtant, pour l'avoir vécu, que la nature commande les êtres humains.

Sarah, soulagée d'avoir partagé son secret, se leva et ferma en douceur la porte du salon où se trouvait sa mère.

En tout autre temps, Charles-Édouard aurait serré sa fille dans ses bras et lui aurait exprimé son affection, mais sa déception prenait le dessus. Ses gestes et ses mots restaient paralysés.

— Malheureuse! finit-il par lui dire tout bas. Tu me fais de la peine, tellement de peine.

Comment allait-il faire avaler la nouvelle à sa femme? Elle allait sûrement piquer une crise. Il voyait déjà les objets voler dans la maison. Il crut bon d'éloigner Sarah sans attendre. Il se leva.

— Ramasse quelques vêtements et viens avec moi.

Charles-Édouard étira le cou dans la porte du salon.

— Laurentienne! Je pars avec Sarah. Il se peut que je rentre tard.

Sarah, pleinement consciente du trouble qu'elle causait, rassembla quelques vêtements et, sans saluer sa mère, elle suivit son père à l'extérieur.

— Où vous m'emmenez comme ça, pas me cacher à Montréal? Je ne veux pas aller là-bas.

— Chez ta grand-mère. Ta mère devait t'en parler.

Sarah comprit que son père et sa mère s'étaient entendus d'avance. Que ne feraient-ils pas pour la séparer de Colin? Elle se résigna à abandonner la lutte.

Sarah laissait les rênes flotter sur ses genoux, comme flottait son cœur. Elle avait perdu toute sa vigueur.

Elle aimait bien sa grand-mère Beaudry. Au temps où elles demeuraient à la ville, elle et ses sœurs allaient à tour de rôle passer leurs vacances d'été à Saint-Alexis. La vieille était une femme de caractère. Sarah se rappelait l'avoir vue tenir tête aux hommes. Pourtant, avec elle, l'aïeule pliait à tous ses caprices d'enfant. Et si, aujourd'hui, sa grand-mère comprenait ses états d'âme et plaidait sa cause auprès de ses parents? La possibilité de compter sur quelqu'un lui donnait espoir, même si elle s'attendait au pire.

— Je devrai rester là-bas combien de temps?

— Le temps qu'il faudra.

— Ça veut dire quoi, ça, « le temps qu'il faudra »? Le temps de ma grossesse?

— Je ne sais pas, mais j'espère que tout va s'arranger pour le mieux.

— Et Colin? Il n'est pas au courant pour l'enfant.

— C'est une bonne chose. Il n'a pas besoin de le savoir.

Sarah pensait autrement, mais elle n'insista pas. Tout ce qui comptait était de garder son enfant, ce qui était inacceptable aux yeux de la société pour une fille célibataire.

Le fait d'être séparée de Colin lui causait un immense chagrin, par contre, tout n'était pas perdu ; une fois rendue à Saint-Alexis, rien ne la retiendrait de lui écrire et de mettre sa lettre à la poste en se rendant au magasin général.

— Je sais plus quoi faire, papa ! Je veux garder mon bébé et j'ai peur, tellement peur qu'on me le prenne. Qu'est-ce que vous allez décider pour moi et pour lui ?

— Je dois réfléchir. Ces choses-là ne se règlent pas à la légère, ça demande du temps et de la réflexion.

Sarah comprit qu'il fallait d'abord que son père en parle à sa mère. Avant de prendre une décision, il devait connaître son opinion et savoir de quel côté sa femme pencherait pour ensuite prendre son parti.

— On reparlera de ça plus tard, dit-il.

Sarah éprouvait un sentiment d'abandon, de solitude, d'impuissance. Elle s'attendait à plus de protection de la part d'un père.

— J'ai besoin de savoir, moi, pour cesser de m'inquiéter, pour arriver à dormir en paix, et le fait de compter sur vous me donnerait espoir.

— Pour le moment, tout ce que je peux faire est de te laisser quelques sous en cas de besoin. J'espère que les choses se régleront sous peu.

— Se régler comment ? insista Sarah. Vous devez déjà avoir une idée ?

— On verra bien !

Toutes les réponses de son père étaient évasives.

Sarah accepta l'argent de bon gré. Au pis aller, elle se servirait de cet argent pour disparaître à la ville avant son accouchement. Pour le moment, son enfant se trouvait en sécurité dans son ventre.

Arrivé chez sa mère, Charles-Édouard fit approcher le cabriolet tout près des marches et laissa descendre Sarah.

— Embrasse ta grand-mère pour moi, et dis-lui que je suis pressé.

— Vous n'entrez pas?

Sans daigner répondre, son père fit tourner l'attelage et fouailla sa pouliche qui prit le trot sur ses pattes fines.

Sarah entra par la porte de côté. La vieille Céleste se berçait dans la cuisine basse, au même rythme que le tic-tac régulier de la pendule. Elle portait, été comme hiver, une longue robe de laine noire à plis épais, solides et droits.

C'était une personne sage qui ne savait pas lire, mais qui avait passé sa vie à écouter.

En apercevant Sarah, la vieille échappa quelques mailles à son tricot. Elle n'était pas folle: de voir arriver sa petite fille comme ça, à l'improviste, avec son paquet à la main et son père qui la plaquait à sa porte comme pour s'en débarrasser, signifiait qu'il y avait anguille sous roche. Elle planta ses aiguilles dans sa balle de laine et se leva péniblement, les mains sur les reins.

— Toé, Sarah! Ma petite Sarah! Ce n'est pas possible! Quelle belle surprise que d'arriver comme ça, sans que je m'y attende!

La vieille Céleste s'écartait pour mieux observer Sarah avec son petit balluchon.

— Ton père est pas là?

— Il fait dire qu'il est pressé, qu'il repassera ces jours-ci.

— Mon fils a pas le temps d'embrasser sa vieille mère quand il est rendu devant sa porte? C'est quand même curieux. Mais toé, Sarah, tu viens sans doute pour quelques jours?

— Oui, je viens vous tenir compagnie. Je n'ai apporté que quelques vêtements, mais ma valise rouge va suivre.

Sa valise rouge! Le séjour de Sarah s'annonçait long. Céleste devinait le drame que sa petite fille pouvait vivre, mais tant que Sarah ne parlerait pas, elle ne pourrait en être certaine.

— Tu tombes pile. Tu vas pouvoir m'aider à déménager mes pénates du bas-côté à la cuisine d'hiver.

— Ce sera une affaire de rien.

— Ça, ma belle, c'est ce que tu penses. Il faudra vider la dépense, laver les tablettes, transporter la vaisselle, la coutellerie, les chaudrons et tout le tralala. Ça occasionne ben des allers et retours. Si y avait pas cette damnée marche à monter et à descendre entre les deux cuisines… Ça tue à la fin.

— Pourquoi ne pas remettre ça à plus tard? Nous ne sommes qu'à la mi-octobre. Nous aurons encore de belles journées et, au pis aller, si c'est trop frais, nous chaufferons le poêle à bois. J'aime bien les cuisines d'été avec leurs grandes fenêtres qui laissent passer l'air et le soleil.

— Bon, bon! Du moment que j'peux compter sur ton aide, ça va. Toutes les deux, nous allons avoir le temps de jaser entre jeunes et, si le cœur t'en dit, je vais t'apprendre à tricoter. As-tu seulement mangé?

— Oui, mais je commence à ressentir une petite faim. C'est sans doute la route qui m'a creusé l'estomac. Il n'est que quatre heures, c'est un peu tôt pour souper, mais si vous me le permettez, je vais préparer une omelette.

— Qui a dit que la faim doit obéir à une horloge? Tu vas commencer par mettre un tablier. Je sors les œufs et les échalotes, pis toé, tu couperas quatre tranches de lard salé.

La vieille Céleste voyait Sarah attacher lâchement son tablier sur ses reins, comme le faisaient les jeunes femmes enceintes incapables de supporter une ceinture qui touche leur taille.

— Regarde-moé donc, toé! T'as l'air triste et contente à la fois.

— Je vous raconterai tout ça. Pour l'instant, je veux manger tranquille.

Cinq minutes plus tard, la cuisine sentait la grillade à plein nez.

— Je vous pensais malade, grand-mère.

— Mais non, à mon âge, c'est normal de ressentir quelques petites douleurs icitte et là. Y a aussi les yeux et les oreilles qui démissionnent un peu, mais dès qu'on a de la visite, on oublie aussitôt que les os nous font mal.

— Approchez, grand-mère. Venez manger. Ensuite, si vous me le permettez, je vais peigner vos beaux cheveux blancs et les attacher en chignon.

— J'ai pas le cœur à la toilette. Je veux profiter pleinement de ta visite.

Le souper fut gai. Sarah raconta la vie qu'elle menait quotidiennement sur les routes à accompagner son père à ses visites à domicile.

— Je suis presque médecin ! Disons à demi.

La grand-mère l'écoutait avec tendresse et riait quelquefois.

Sarah sembla soudain taciturne.

— Savez-vous pourquoi on m'a envoyée ici ? C'est à cause d'un amoureux. Mes parents ne le trouvent pas à la hauteur et ils espèrent qu'en m'éloignant je puisse l'oublier, mais ils se trompent.

Les doutes de la vieille se confirmaient. Si Charles-Édouard s'était éclipsé, sans même entrer saluer sa mère, c'était pour se soustraire à certaines explications.

— Et tu l'aimes, ce garçon ?

— Je l'adore !

L'aïeule décida de profiter de la compagnie de sa petite-fille pour aller marcher.

— Je bouge pas assez. Encore un peu et mes jambes vont s'ankyloser.

En hâte, sans changer de robe, elle releva son chignon.

— Laisse la vaisselle sale dans l'évier. Nous nous en occuperons au retour.

Les deux femmes déambulaient le long du chemin. La vieille appuyait son corps sur la jeune et la jeune appuyait son cœur sur la vieille.

Céleste, heureuse de se montrer au bras de sa petite-fille, répondait de la main aux bonjours que les gens lui adressaient. Les deux femmes ne se rendirent pas plus loin que l'église.

— Mes vieilles jambes en peuvent plus. Faisons demi-tour. Qu'as-tu à tourner la tête de côté, comme ça, tu me caches quelque chose? Allons, viens. Tu me raconteras tes secrets devant une tasse de thé et des galettes.

— Ça ira pour un thé, mais pas de galettes. J'ai encore mon omelette sur l'estomac.

En entrant, la vieille s'assit près du poêle.

— Allume, Sarah. À mon âge, on a toujours froid.

La vieille regardait Sarah aller et venir du coin à bois au poêle; la jeune fille mettait de la vie dans sa maison.

— Viens, je vais t'apprendre à tricoter.

* * *

Le soir tombait. Déjà, Sarah savait exécuter avec deux aiguilles des mailles à l'endroit.

— Tu tricotes trop serré. Relâche un peu ta tension.

Sarah, la tête ailleurs, n'entendait rien.

— Sarah!

— Quoi donc, grand-mère?

— À soir, je veux que tu me dises pourquoi tes parents t'ont envoyée icitte. J'attends pour me coucher que tu me racontes, sinon, tu vas m'empêcher de dormir.

Sarah se demandait si sa grand-mère ne commençait pas à oublier.

— Je vous l'ai dit tantôt. C'est pour m'éloigner d'un amoureux.

– Ça serait pas un prétexte? Dans mon temps, on changeait les filles de paroisse seulement pour cacher une grossesse. T'as pas fait de sottises toujours? Dis-moé la vérité.

Un silence suivit. Sa grand-mère lui posait la même question que son père. On eût dit qu'elle savait les choses avant de les avoir apprises. Sarah ne pouvait mentir, son ventre la trahirait bientôt. Honteuse, elle ne savait que répondre. Les vieilles gens sont si scrupuleuses. Elle crut bon de remettre les confidences à plus tard.

– Je ne demande pas mieux. Commencez par vous coucher.

– Comme ces petites Beaudry ont besoin de se faire prier pour parler!

– Déshabillez-vous, grand-mère.

La vieille main blanche toute froide prit le poignet chaud de Sarah pour la retenir près d'elle.

– Oui, ma petite Sarah. Mais avant, dis-moé pourquoi y t'ont envoyée icitte. Je comprends mieux que tu croies, je t'assure.

– Je reviens dans cinq minutes.

Sarah avait besoin de temps.

Cinq minutes après, elle revint à la chambre et, l'air absent, elle déposa le jeté sur la barre horizontale du pied du lit. Sa main s'attardait à défaire les plis rebelles, puis son geste s'arrêta et elle considéra en silence sa grand-mère bien-aimée.

La vieille se sentait observée. Elle ouvrit les yeux et leva la tête de sur l'oreiller.

– Vas-tu enfin me dire ce qui te tracasse tant?

— Vous ne comprendriez pas. Vous avez passé l'âge des soucis, enfin, l'âge des amours.

— Tiens, tiens! Écoutez-moé ça, comme si le cœur avait un âge!

Sarah craignait que sa grand-mère penche en faveur de son fils. Mais devant l'insistance acharnée de la vieille, elle lui raconta tout, de sa rencontre avec Colin jusqu'à son arrivée à Saint-Alexis, sans que son aïeule ne l'interrompe une fois.

La vieille Céleste lui prêtait une attention bienveillante.

— Ce Colin, c'est pas un ivrogne, ni un jaloux, ni un sauteux de clôture?

— Non, rien de tout ça. C'est un bon garçon, un bon vivant, c'est une qualité chez lui. Son seul défaut est d'être fermier.

— Tout ça, c'est l'avis de ton père ou celui de ta mère?

— Des deux! Ils sont toujours d'accord sur tout. Maman décide et papa penche dans le même sens.

La vieille réfléchissait. Elle reculait dans le temps; un quart de siècle plus tôt, Laurentienne s'était retrouvée dans la même condition que Sarah aujourd'hui. Son fils et sa belle-fille avaient bien cherché à lui cacher cette naissance illégitime. À la ville, c'était plus facile. Tôt après leur mariage, ils dirent avoir adopté un petit aveugle. Céleste n'était pas folle au point de gober tout ce qu'on lui disait. Le jeune couple n'aurait pas choisi un non-voyant.

— Comme c'est triste. Mais tu sais, si les parents sont parfois exigeants envers leurs enfants, c'est qu'y veulent les protéger contre eux-mêmes. Moé, chus pas d'accord avec leurs idées, mais je m'en mêlerai pas. Prendre parti servirait rien qu'à les retourner contre moi.

Le fond du ciel était noir, toutes les étoiles étaient allumées et la clarté de la lune entrait par la fenêtre. Sarah se rappela, deux mois plus tôt, la nuit des étoiles filantes; une belle nuit d'amour qui la laissait mélancolique, et elle essuya ses yeux avec un mouchoir qu'elle tenait à deux mains. Elle ne se décidait pas à monter à la chambre d'invités.

— Dormez, grand-mère! Vous avez besoin de vous reposer, moi, je vais aller tricoter un peu.

L'entretien avait épuisé la vieille. Parfois, elle fermait les yeux, puis un gros soupir de Sarah les lui faisait rouvrir. À la lueur de la lune, la vieille voyait une ombre blanche au pied du lit.

— Tu es là, Sarah? Tu pleures?

— Dormez, grand-mère.

L'aïeule parlait dans un demi-sommeil:

— Je leur dirai. Y sauront ce que je pense. Tu te marieras, ma Sarah, ou bien je les déshériterai.

— Voulez-vous me faire une petite place à vos côtés?

— Oui, viens, Sarah, viens te coucher à côté de moé. Je vais prendre la moitié de ton chagrin.

Les yeux de la vieille commençaient à rouler sous ses paupières closes.

Elle embrassa Sarah deux bonnes fois en disant:

— Ce que j'ai pensé, j'le pense encore et ce que j'ai dit, j'le redis encore.

Elle ne parla plus.

Le destin de son enfant, même si celui-ci n'était qu'un tout petit germe, préoccupait Sarah et la tenait éveillée. On allait lui arracher son petit et elle n'aurait pas son mot à dire. Comment pourrait-elle l'oublier, le renier, quand elle tenait à lui par son cœur, ce cordon invisible et incassable qui unit une mère et son enfant ?

* * *

Le lendemain de leur nuit agitée, Sarah et sa grand-mère entendirent des fers à cheval frapper le gravier.

Céleste tournicotait autour du poêle.

— Qui c'est qui vient de si bon matin ?

Sarah s'approcha de la fenêtre. Le cabriolet de son père s'engageait dans la cour. Elle courut ouvrir. Charles-Édouard montait le petit escalier, une valise rouge à la main.

— Bonjour, Sarah ! Tu vas bien ? Et comment va ta grand-mère ?

— Bien. Et à la maison, les autres ?

— Ça va, sauf la fatigue d'une nuit presque blanche.

— Encore des malades ?

— Non.

Une nuit blanche et pas de malades ! Sarah supposa que sa mère devait connaître son état et avoir fait des siennes ; ou bien était-ce l'annonce de sa grossesse qui avait empêché son père de dormir ? Elle n'osa pas le lui demander.

— J'apporte ta valise comme je te l'avais promis. Je ne sais pas ce qu'elle contient, c'est Évelyne qui s'est occupée de la remplir.

— Je devrai rester ici combien de temps encore?

— Le temps qu'il faudra. Le temps que ton Coderre démissionne.

— Je le savais que c'était pour m'éloigner de lui que vous m'avez amenée ici!

Sarah ajouta, amère:

— De toute façon, je ne veux pas qu'il me voie comme je suis.

Sa réponse étonna la vieille femme.

— Tu veux pas le revoir?

— Non, Colin ne sait pas que je suis enceinte et je crains que, s'il l'apprend, il ne veuille plus de moi.

Charles-Édouard restait planté sur le seuil, mais sa mère insistait:

— Reste avec nous, mon petit. Sarah va nous servir à déjeuner.

— Si je reste plus longtemps, je me réhabituerai peut-être trop bien à la maison de mon enfance.

Sarah supposait que son père refusait l'invitation pour éviter un tête-à-tête avec sa mère. Elle monta à sa chambre et laissa son père et sa grand-mère seuls un moment, sous prétexte d'échanger sa jaquette contre une robe de jour.

La vieille sentait au fond de son âme que son fils craignait les reproches. Il la savait directe.

— Tu aimes ta fille, mon garçon?

Charles-Édouard fit trois pas avant de répondre.

— Vous savez, maman, c'est très bien que Sarah s'éloigne un peu. Elle sait que je ne veux que son bien.

De ses yeux vifs, la vieille mère interrogea le visage de son fils.

— Tu lui trouves quels défauts à ce garçon pour qu'y soit pas digne de ta fille?

— Il n'est pas de notre rang social.

— Le rang social est pas un défaut. Tu es toé-même un fils de cultivateur, un enfant de la ferme.

— C'est bien vous, maman, qui nous avez inculqué nos valeurs. Et puis, Laurentienne est contre. Pour la paix de mon ménage…

— C'est ton bonheur contre celui de ta fille, si je comprends ben. Ta Sarah a beaucoup de peine, tu sais.

— Ça lui passera.

— Et ben, puisque ton idée dure toujours, ta fille souffrira par ta propre faute.

— Comprenez-moi, maman, ce garçon est un sans-le-sou.

— Il a une ferme, c'est déjà pas mal! Comme ton père pis moé dans le temps.

— Oui, mais vous avez dû vous priver pour nous faire instruire.

— Tu sais, Charles-Édouard, j'ai un peu d'argent de côté, je peux les aider de mon vivant pis, après ma mort, leur laisser le reste en héritage. Tu diras ça à Laurentienne, ça la fera peut-être réfléchir.

— Ce serait préférable que vous ne vous mêliez pas de cette histoire, maman. Laurentienne et moi allons nous en occuper. Nous sommes ses parents.

«Il m'envoie sa fille, pensa la vieille, et il me dit poliment de me mêler de mes affaires.»

– C'est vrai ce que tu dis, mon garçon. Vous vous occupez de votre fille, pis moé, je m'occupe de mes affaires. Mon argent, c'est mon affaire et personne pourra m'empêcher de faire ce que je veux avec. Jamais, au grand jamais!

Sarah redescendit et s'affaira au déjeuner.

L'œil vif de la vieille interrogeait son fils et elle eut cette pensée: «Charles-Édouard a oublié ses amours avec Laurentienne. Au fond, mon fils n'a peut-être jamais été heureux.»

Elle savait, la vieille, que dès leur mariage le jeune couple faisait chambre à part, une façon inacceptable de commencer leur vie de ménage. Charles-Édouard, pour honorer sa femme, devait frapper à la porte de sa chambre et demander ses faveurs. Les sentiments de Laurentienne pour son jeune mari ne devaient pas être bien forts. Heureusement pour Charles-Édouard, les enfants adoraient leur père.

Le déjeuner fut presque silencieux. Les deux femmes remarquèrent l'humeur sombre de Charles-Édouard et sa hâte de quitter cette maison.

La dernière bouchée avalée, il se leva prestement.

– Mon travail m'attend. Je suis sûr qu'en ce moment, ma salle d'attente est déjà remplie.

Il embrassa les deux femmes et quitta la maison.

* * *

Le gravier crissait sous les jantes métalliques des roues, mais Charles-Édouard, complètement absorbé dans ses pensées pour Sarah, restait sourd à tout bruit. Tout le temps que dura le retour, il réfléchissait tranquillement aux paroles de sa mère. Avant tout, il était urgent de parler à Laurentienne de l'état de Sarah et cet aveu lui semblait une montagne insurmontable. Comment sa femme prendrait-elle la nouvelle? Il la voyait déjà monter sur ses grands chevaux.

L'attelage entra dans la cour comme Clarisse et Évelyne partaient pour le magasin général. Le moment était tout désigné pour parler à Laurentienne.

Le bureau devait ouvrir dans vingt minutes et, dans la salle d'attente, deux des six chaises étaient déjà occupées. Charles-Édouard décida de faire patienter les clients. Ces vingt minutes lui donnaient juste le temps qu'il fallait pour ne pas trop s'étendre sur le sujet. Si Laurentienne s'emportait, ses patients lui serviraient de motif valable pour mettre fin à leur entretien. Charles-Édouard entra dans son bureau et prépara une injection au cas où sa femme ferait une crise, puis il étira le cou à la cuisine.

– Laurentienne! Passe à mon bureau, j'ai une nouvelle à t'annoncer.

L'annonce attisa l'intérêt d'Honoré, qui fit pourtant mine de ne rien entendre.

Charles-Édouard verrouilla la porte qui donnait sur la salle d'attente et laissa celle de la cuisine déverrouillée. Honoré l'entrouvrit sans bruit, comme il savait si bien le faire et se posta derrière à écouter ce qui se disait dans le bureau.

– Tu as vu Sarah ?

– Comme entendu, je suis allé porter sa valise chez maman.

– Comment va ta mère ?

Charles-Édouard n'avait pas une minute à perdre avec des bavardages anodins, d'un coup, il lâcha le paquet :

– Sarah est enceinte.

– Sarah, enceinte ?

Laurentienne ne dit rien, comme si on lui avait coupé la langue.

Charles-Édouard était stupéfait. Sa femme restait calme, comme absente.

Laurentienne, plongée pendant un instant dans ses pensées négatives, émergea de sa confusion :

– Sarah enceinte ! Elle l'a fait exprès, j'en suis certaine. Le déshonneur est sur nous. Fais-le passer, Charles-Édouard, tu connais les moyens.

Charles-Édouard était sidéré. Laurentienne se fichait complètement de ce que ressentait Sarah, seuls les qu'en-dira-t-on la préoccupaient. Elle était prête à risquer la santé morale et physique de sa fille et la vie de son petit enfant pour éviter les cancans. Sa femme lui demandait de commettre un crime sur sa propre enfant, lui qui avait toujours refusé à ses clientes désespérées les interruptions de grossesse. Non. Il n'allait pas lui faire du mal !

– Tu sais bien que je n'ai pas le droit.

– La nouvelle de cette grossesse va atteindre toute la paroisse, comme une épidémie. Ça va nous en faire, toute une réputation ! Fais-le pour l'honneur de ta fille et de ta famille. Et pense un peu au mauvais exemple pour Évelyne et Clarisse!

— C'est contre mes principes, tu le sais très bien.

— Cesse de te tourmenter avec tes principes et agis au plus vite.

— C'est ignoble ce que tu me proposes là, Laurentienne. Non, vraiment, je ne peux pas.

— Tu le peux, mais tu ne veux pas. Vas-y, dis-le!

Charles-Édouard prit sa tête à deux mains et fixa Laurentienne dans le blanc des yeux.

— Tu te souviens d'avoir été dans la même condition que Sarah et exactement au même âge? Tu aurais accepté dans le temps de faire passer Honoré parce qu'il allait naître hors mariage?

— Charles-Édouard Beaudry, tu m'avais juré que nous ne reparlerions jamais de cette histoire.

— Tu me forces à le faire. Réponds-moi, tu aurais accepté, toi, de te faire avorter?

Laurentienne, revêche, ne parlait pas. Elle pensait à sa première grossesse alors qu'elle avait refusé de suivre Michel Pillet en France. Elle s'était servie de Charles-Édouard pour sauver son honneur.

Charles-Édouard se demandait si sa femme réfléchissait ou si elle boudait. Après un moment, elle émergea de son silence.

— Cela aurait sans doute été mieux pour lui.

* * *

Caché derrière la porte, Honoré apprenait le secret de sa naissance. Il restait là, figé, à écouter son histoire, à vouloir en savoir davantage.

Finalement, atterré par ce qu'il venait d'entendre à son sujet, il monta à sa chambre, la gorge serrée, et se jeta sur son lit. Il n'avait pas choisi d'être né bâtard pas plus qu'il n'avait choisi de naître aveugle et de devenir infirme. Peut-être payait-il pour la faute de ses parents! Si Sarah avait été là, par dépit il serait allé tout lui raconter, mais sa sœur était loin.

* * *

Dans le bureau, la discussion orageuse continuait entre Charles-Édouard et Laurentienne.

— Laissons Sarah se marier.

— Jamais! Je ne veux pas d'un colon comme gendre.

— Il faudra te faire une idée. Il est le père de notre petit-fils, ou de notre petite-fille.

— Nous allons cacher Sarah dans le grenier et, une fois rendue à terme, tu seras là pour l'accoucher. Ainsi, personne ne saura rien.

On accédait au grenier par une trappe étroite. Quelques jours après son arrivée dans la maison, Charles-Édouard y était monté pour boucher les fenêtres quand une chauve-souris, avec ses grandes emmanchures, était venue planer au-dessus de sa tête en frôlant ses cheveux, puis une autre et plusieurs autres. Ces mammifères volants vivaient en grand nombre sous son toit. Comme il ne voulait pas alerter la maisonnée, il s'était servi d'une raquette de ping-pong qui, depuis son université, ne lui était plus d'aucune utilité, et il leur avait fait la chasse. Il avait fini par exterminer toutes les chouettes qui n'étaient pas chouettes du tout, se demandant par où elles étaient entrées. Et aujourd'hui, sa femme lui demandait d'enfermer sa fille dans cet ancien repaire répugnant de chauves-souris ; des plans pour que Sarah devienne folle.

— Et le bébé ? Tu ne t'attends toujours pas à ce que notre fille élève un enfant dans le grenier ?

— À Montréal, il existe des crèches pour enfants illégitimes. Tu iras le porter à la Miséricorde.

— Sarah va refuser de donner son enfant. Tu dois la comprendre. Tu aurais accepté de donner Honoré, toi ?

— Les circonstances ne sont pas les mêmes. À la ville, une naissance illégitime passait inaperçue, tandis qu'ici, c'est autre chose. Nous lui enlèverons l'enfant de nuit. À son réveil, il sera déjà loin.

— Ce serait une solution cruelle.

— Elle ne sera pas la première fille à qui ça arrive. La preuve, les crèches sont remplies.

— Et Sarah, notre propre fille, ne serait qu'une malheureuse de plus. Il doit bien exister un arrangement plus humain pour Sarah et l'enfant.

Charles-Édouard se tut, lui qui en toute autre circonstance se serait tant réjoui d'être grand-père. Il se leva.

— Je dois ouvrir mon bureau. Va, on se reparlera de tout ça plus tard.

Laurentienne restait assise, accaparant la chaise du client.

— Je te vois venir, Charles-Édouard Beaudry. Tu vas encore flancher en faveur de Sarah, mais ce sera pour rien. Ce qui est dit reste dit!

Charles-Édouard en avait marre de toujours plier aux quatre volontés de sa femme. Avec les années, il supportait de plus en plus mal son ton catégorique. Il se leva, le regard fermé.

— Va, cède ta place, c'est l'heure des consultations!

Charles-Édouard tenait la porte ouverte de son cabinet, le temps que Laurentienne s'efface devant lui, puis il la referma, en marmonnant: « Donner mon petit-fils! » Une fois seul, Charles-Édouard prit sa tête à deux mains, le temps de se refaire une figure présentable, puis il ouvrit son cabinet.

* * *

L'atmosphère de la maison du docteur était accablante. Laurentienne houspillait et Charles-Édouard faisait la gueule. Les enfants ressentaient un malaise entre les parents et seul Honoré en connaissait la raison.

Après quelques jours d'un climat tendu, Charles-Édouard n'en pouvait plus de ruminer son chagrin. Il avait beau remâcher les propositions de sa femme, la balance penchait chaque fois en faveur de Sarah et de l'enfant.

Le souper achevait quand il s'exclama:

— Qu'elle se marie!

— Crapule! Ordure! hurla Laurentienne. Tu le fais exprès pour me contredire. Tu me le paieras!

— Se marier? Qui ça? s'informa Clarisse.

Personne ne répondit.

Laurentienne se leva brusquement de table et se retira dans le salon en claquant la porte. Charles-Édouard prit ses cisailles et se rendit au jardin tailler ses rosiers que le premier gel avait grillés.

Dans la cuisine, Évelyne restait seule avec Clarisse. Elle se retenait de dire le fond de sa pensée. Elle devinait la raison de ce mariage rapide. Deux mois plus tôt, Colin et Sarah avaient dormi ensemble, elle en avait été témoin. Cet écart de conduite devait avoir eu des lendemains gris. Mais peut-être se trompait-elle?

Les enfants surveillaient la porte. Leur père allait certainement entrer, accourir auprès de sa femme et se jeter à ses pieds. À leur étonnement, Charles-Édouard n'en fit rien.

Un coup de sonnette retentit à la porte. Évelyne appela:

– Papa, un client!

Un père consterné lui amenait une fillette d'environ six ans qui avait avalé une bille. Le médecin ne prit pas la peine de faire passer les clients dans son cabinet.

– Il n'y a rien d'autre à faire que de laisser la bille progresser dans le tractus digestif. Elle se retrouvera dans ses selles.

Un homme entra à sa suite, la main sur sa joue. Il venait avec l'intention de se faire extraire une dent de sagesse. Puis un autre client, Després, arriva essoufflé. Tout à son énervement, il frappa trois bons coups à la porte du bureau et se mit à crier:

– C'est le temps, docteur! Ma femme est en train de débouler.

Le docteur connaissait l'expression. Aussitôt l'extraction de la dent terminée, il passa devant ses clients en s'excusant et étira le cou à la porte de la cuisine.

— Évelyne, arrive! Un accouchement.

— Je ne connais rien aux malades, vous le savez.

— Viens vite!

Évelyne enfila un gilet de laine et suivit son père.

* * *

En entrant dans la chambre, le médecin retint une grimace. La femme puait le fumier à plein nez. Elle était en train de nettoyer l'étable quand le travail avait commencé et, revenue à la maison, elle s'était jetée sur le lit, tout habillée.

Le médecin appela Évelyne occupée à mettre de l'eau à bouillir sur le poêle.

— Viens, Évelyne, lave les parties de madame avant que l'enfant ne se présente, sinon la mère risque une fièvre puerpérale, ce qui mettrait la vie de la mère et de l'enfant en danger.

— J'ai peur du sang.

— Il n'y a pas de sang. Dépêche-toi.

Évelyne n'écoutait rien. Elle sortit en vitesse et courut à l'étable où le mari terminait la besogne laissée en plan par sa femme.

— Monsieur Després, le médecin vous demande. Il a besoin d'aide pour laver votre dame avant l'accouchement.

— Ça sera pas long. J'achève mon ouvrage.

– Non, venez tout de suite, le médecin dit que ça presse plus que votre fumier. Il dit que c'est une question de vie ou de mort.

Évelyne fouillait dans l'armoire à la recherche de serviettes propres qui serviraient au bain du bébé.

Quand le mari entra, Charles-Édouard grimaçait de nouveau et, cette fois, l'odeur n'était pas en cause. Il se trouvait devant un gros cas. Il venait de diagnostiquer un placenta praevia, ce qui présageait la mort certaine de la mère et de l'enfant.

Il fit signe au mari de le suivre à la cuisine et lui expliqua à voix basse :

– Nous avons un terrible problème. Je viens de terminer un examen utérin et le placenta se présente avant l'enfant. Votre jeune femme est en danger. C'est un cas d'hôpital. Là-bas, on lui ferait une césarienne. Ici, vous pouvez vous attendre à une catastrophe.

– Ce qui veut dire ?

– La vie de la mère et de l'enfant sont en danger. Pour être franc, je ne peux rien faire dans une telle situation.

– Emmenez-la à l'hôpital, s'il le faut !

– C'est trop tard. Elle ne se rendra pas.

– Vous pouvez rien faire d'autre ?

– Non, je regrette.

Les jambes coupées par la nouvelle, Després s'affaissa sur une chaise. Sa jeune femme n'avait que dix-huit ans et elle allait mourir.

Évelyne, frappée de stupeur, regardait le jeune mari, assis, les genoux sur les coudes, la tête dans les mains, pleurer à grands sanglots qui secouaient tout son corps.

C'était plus qu'elle ne pouvait supporter. Dans la pièce d'à côté, la petite femme gémissait et ses cris emplissaient toute la maison. Cette maman, plus jeune qu'elle, en était à son premier bébé et elle allait y passer. Évelyne regardait son père impuissant faire les cent pas dans la cuisine. Jamais elle ne l'avait vu aussi agité. « Mais qu'est-ce que je fais ici ? » se dit-elle. Au bord des larmes, elle n'avait qu'une envie, fermer les yeux et plaquer les mains sur ses oreilles. Tout pour ne plus entendre ni voir cette scène déchirante. Elle se demandait comment les choses aboutiraient. Deux vies étaient en jeu et son père ne pouvait rien faire pour les sauver. Elle ne sut que murmurer : « Pauvre papa ! » Elle versa un peu d'eau chaude dans le plat à mains et le présenta au mari.

— Tenez, c'est pour sa toilette intime.

L'heure avançait à pas lents. Charles-Édouard ne pouvait laisser la jeune femme mourir sans rien tenter. « Si c'était la mienne… » se dit-il. Il pensa à ouvrir le ventre, ce qui était impensable, il n'était pas chirurgien. Il essuya son front et, incapable de rester en place, il se leva.

Après mûre réflexion, il bredouilla : « Mon Dieu, aidez-moi ! » Il serra l'épaule du mari.

— Je vais tenter l'impossible, dit-il, mais rien n'est gagné.

Després faisait continuellement des allers et retours de la cuisine à la chambre. Entre deux contractions, il serra sa femme dans ses bras et lui mentit gentiment :

— Tout va ben aller, ma Julie.

Puis, le visage défait, il s'assit sur une petite chaise collée à la tête du lit et regarda souffrir sa jeune femme dont les minutes étaient comptées.

La femme cessa subitement de crier, pour se mettre à pousser de toutes ses forces, arrêtant de respirer à chaque effort pour expulser le fœtus.

Charles-Édouard attendait ce moment. Il devait agir sans perdre un instant. Il présenta une potion d'élixir à la dame, un médicament à base d'alcoolat et de sirop.

— Vous allez me boire ça jusqu'à la dernière goutte, et vite, ensuite vous retournerez la tasse à l'envers pour me prouver que vous avez pris toute la dose. Allez, ma petite dame! Avalez-moi ça tout de suite!

Quelques instants plus tard, la femme renversait le contenant vide et une goutte s'échappait paresseusement. Elle se remit à pousser.

— Bien! dit le médecin. Comment vous sentez-vous?

— Un peu étourdie.

— Maintenant, je vais vous faire respirer de l'éther pour vous endormir. Respirez à fond.

Il attendit un moment.

— Et maintenant, comment vous sentez-vous?

Cette fois, sa question resta sans réponse.

— Bien, dit-il, et il appela Évelyne. Vous deux, placez-vous à la tête du lit, prenez chacun un bras et tenez-vous prêts à tirer.

Le mari marmonnait une prière, Évelyne fermait les yeux bien fort et le docteur suait à grosses gouttes. Il défonça le placenta de son poing et, à travers la masse charnue, il atteignit l'enfant qu'il saisit par les pieds.

— Maintenant, dit-il, tirez.

Évelyne gardait les yeux fermés pour ne rien voir de cette boucherie qui n'était ni de sa compétence ni de son âge.

Le médecin retira de la mère une petite fille en pleine santé. Il échappa une longue expiration.

— C'est une belle fille, félicitations!

Il attacha le cordon, le coupa et passa l'enfant aux bras d'Évelyne. Il plongea ensuite la main au fond des entrailles pour retirer le placenta.

— Madame Julie! Madame Julie! Revenez avec nous.

Le médecin lui donnait des tapes sur les joues qui faisaient osciller sa tête, mais sans pouvoir la réveiller. Il secouait ses épaules. Son inquiétude grandissait. Soudain, elle entrouvrit les yeux. Le médecin échappa un grand soupir de soulagement.

La femme se rendormit. Elle était dans les vapes à cause de la médication.

— Maintenant, vous pouvez la laisser dormir.

Charles-Édouard avait réussi à sauver la mère et l'enfant. Il avait trouvé d'instinct les bons gestes et il se réjouissait de sa victoire. Il se promettait de raconter ce fait incroyable à ses confrères.

Évelyne pleurait sans pouvoir s'arrêter.

— C'est fini, Évelyne, tout s'est bien terminé. Prépare le bain de l'enfant, je vais t'enseigner la manière de laver un nouveau-né.

Évelyne enroula le nourrisson dans une serviette et l'emporta à la cuisine.

Després serra la main du médecin. On pouvait lire sur son visage une infinie reconnaissance.

— Je vous en dois toute une, docteur !

— J'espère que cet accouchement vous fera réfléchir. La place de votre Julie est à la maison, pas aux champs ni à l'étable. Les hommes exigent trop de leur femme. Ils ne connaissent pas leurs limites.

— J'ai eu ma leçon, docteur !

Charles-Édouard marmonna : « Mais oui, mais oui, on dit ça et puis on oublie. » Il prit son chapeau et sortit de la maison.

Sur le chemin du retour, Charles-Édouard, gai comme un gamin, souleva d'un coup de doigt le chapeau d'Évelyne. Celle-ci sentait la joie et le soulagement de son père passer dans ce geste taquin.

— Plus vite. Commande Gaillarde, les clients m'attendent au bureau.

* * *

Après cette journée chargée, la mésentente entre Charles-Édouard et Laurentienne était restée en suspens. Le soir, il alla se coucher sans passer au salon souhaiter une bonne nuit à sa femme.

Le lendemain, Évelyne s'informa :

— Quand est-ce que Sarah va revenir ?

— Celle-là, elle fait mieux de rester où elle est ! répondit durement sa mère.

Laurentienne n'avait pas besoin d'en dire davantage ; les doutes d'Évelyne se confirmaient.

— Elle reviendra quand votre grand-mère prendra du mieux, ajouta Charles-Édouard.

Son père était toujours là pour arrondir les coins, mais il avait beau inventer des histoires, Évelyne n'était pas dupe. Il tentait de lui cacher la vérité. Elle se demandait bien qui de Sarah, de son père ou de sa mère gagnerait la partie.

XVIII

Le matin, quand son travail le lui permettait, Charles-Édouard assistait à la messe en semaine.

Ce jeudi, l'office terminé, le curé, le regard froid, plus lourd qu'une carabine, invita Charles-Édouard à passer à la sacristie. À petits pas rapides, le prêtre précéda le médecin dans son bureau. Sa respiration précipitée et son allure désinvolte démontraient une préoccupation, un mécontentement.

— Quelque chose de grave, monsieur le curé ?

Contrairement à son habitude, le curé ne répondit pas. Charles-Édouard sentit un malaise flotter dans l'air. Ce regard sévère du curé ne pouvait que signifier une gravité.

Le curé ferma la porte derrière lui et désigna au médecin une chaise près de la fenêtre.

— Prenez un siège.

Avec l'atmosphère tendue, Charles-Édouard hésitait à s'asseoir. Sa manipulation de cadavres aurait-elle été découverte ? Il resta debout.

— Vous êtes bien cérémonieux, monsieur le curé. Allez donc droit au but, qu'on en finisse une fois pour toutes.

— J'y viens, j'y viens ! Votre Évelyne s'est amourachée de mon vicaire et elle ne cesse de le harceler.

La figure de Charles-Édouard s'allongea.

— Vous parlez bien de ma fille Évelyne?

— C'est ce que j'ai dit. Et ce comportement à l'égard de mon vicaire est condamnable. Maintenant, à cause de cette jeune écervelée, le jeune prêtre remet son sacerdoce en question. Je compte sur vous pour mettre un terme à ce comportement inadmissible, ce qui signifie écarter votre fille de mon vicaire.

Les mots tombaient si crûment que Charles-Édouard se retint de répondre par une gifle. Le rouge lui montait au front. Le curé traitait sa petite Évelyne d'écervelée.

— Mesurez vos paroles, curé, sinon je vous les ferai ravaler.

— Mes doutes sont bien fondés. Voici une lettre, trouvée dans la poubelle de mon vicaire, qui en fait foi.

Le curé étala devant le père quelques écrits déchirés qu'il avait rassemblés comme un puzzle.

Charles-Édouard ignora le papier.

— Et je suppose que ma fille a tous les torts de son côté et lui aucun?

— C'est une faute grave de sa part de détourner un prêtre de sa vocation.

— Holà, les grands exposés visant à intimider les gens! Entre nous, pas de chichi du genre, curé. Si votre vicaire se laisse détourner de sa vocation, c'est que ses convictions ne sont pas très solides.

— Il est urgent de les éloigner l'un de l'autre avant qu'il ne soit trop tard. Votre fille devra quitter la paroisse pour une destination inconnue d'Emmanuel et des paroissiens afin d'éviter tout contact sujet à ébranler la vocation de mon vicaire.

— Je regrette, monsieur le curé, ajouta Charles-Édouard, d'un ton impérieux, mais vous devrez prendre d'autres mesures. La place de ma fille est ici, auprès de ses parents. Vous n'avez qu'à réclamer à monseigneur l'évêque une nouvelle affectation pour l'abbé Fortier.

— Je ne pourrais l'expulser sans en donner le motif à monseigneur et, par le fait même, entacher la réputation de mon vicaire.

— Et moi, celle de ma fille! Sa place est ici avec ses parents et elle y restera, que cela vous plaise ou non.

— Si vous refusez de vous conformer à mes consignes, je prendrai les grands moyens. Vous connaissez le protocole? Le clergé doit tenir la main haute sur tous ses paroissiens.

Deux sommités s'affrontaient.

— Écoutez-moi bien, curé. Si jamais l'idée vous prenait de dénoncer ou même d'insinuer du haut de la chaire quoi que ce soit au sujet de ma fille, vous perdrez le seul médecin de la paroisse. Mais avant, j'aurai deux mots à vous dire.

— Des menaces maintenant? Je me demande où sont passés la civilité et le respect dû aux prêtres.

La colère allumait des tisons dans les yeux du médecin.

— Je ne connais pas de façon distinguée de dire à quelqu'un qu'il est détraqué.

Le prêtre encaissa l'affront sans broncher. Il craignait de briser l'harmonie qui régnait jusqu'alors dans leurs relations. Cette discussion envenimée ne les mènerait nulle part.

— Allons donc, mon cher docteur! Revenons au bon sens. Nous n'allons pas nous brouiller à mort. Ne sommes-nous pas des psychologues de l'âme et du corps, des esprits subtils, capables de s'entendre?

Charles-Édouard tourna les talons et sortit en claquant la porte derrière lui.

Une fois à l'extérieur, il tremblait de tous ses membres. C'était sa première friction avec son curé et il s'était emporté comme un imbécile. Il aurait pu éviter cette altercation violente simplement en restant sur ses positions.

Il fit un long détour pour rentrer à la maison, histoire de digérer tranquillement cette autre tuile qui lui tombait sur la tête. Le chapeau sur les yeux, les pouces dans les poches de son gilet, il marchait, le nez à terre; ainsi, il n'aurait pas à échanger de saluts obligés avec qui que ce soit. Il s'arrêtait parfois pour aspirer une bouffée d'air et repartait. Tout en marchant, il réfléchissait. « Les enfants sont comme des bombes à retardement. Quatre enfants, quatre problèmes: Honoré, aveugle et infirme, Sarah, enceinte, et maintenant Évelyne et le vicaire. Il n'y a que Clarisse qui n'a pas encore fait des siennes. Je me demande ce qu'elle nous réserve, celle-là. Dommage qu'éduquer ses enfants ne s'enseigne à aucune école. Et avec ça, Laurentienne qui pique des crises à répétition. Comment compter sur son appui? Il me reste maman. Une mère est toujours à l'écoute. Et puis non, maman est de la vieille école. Elle ne comprendrait pas les problèmes des jeunes d'aujourd'hui. » Charles-Édouard se sentait tiraillé de tout bord, tout côté. « On dit que les épreuves font grandir, les miennes m'écrasent », se dit-il.

À chaque pas, sa pression baissait un peu. Il se mit en tête de ne parler de rien, ni à Évelyne ni à sa femme, mais comme sa fille serait toujours là pour la lui rappeler, cette malheureuse histoire le poursuivrait continuellement.

XIX

Le dimanche suivant, Évelyne remplaçait Sarah à l'orgue.

Colin esquissa un semblant de génuflexion avant d'entrer dans son banc. Les cierges vacillaient dans l'église sombre et une odeur de cire se mariait au son de l'orgue qui exécutait un air de marche dont le rythme prononcé réglait le pas de la foule. Les soupirs du jeune homme s'enflaient. Quand Sarah n'était pas là, l'orgue pleurait et Colin devenait rêveur et distrait. Il aimait Sarah à en souffrir, à en mourir.

Subitement, l'orgue se tut net. Évelyne figea.

Un prêtre inconnu, accompagné du curé, faisait face aux fidèles.

— Votre nouveau vicaire, l'abbé Jean-Marie Martel, natif de L'Assomption, remplacera l'abbé Emmanuel Fortier.

Un murmure courut dans l'assemblée.

Jean-Marie Martel prit la parole.

— C'est un honneur pour moi de desservir votre paroisse. Monsieur le curé m'a déjà fait connaître son attachement pour ses paroissiens, ce qui est tout à votre honneur. Je reste à votre disposition.

Une salve d'applaudissements suivit.

Dans la nef, la Ricard se tourna du côté de la Riopel et chuchota derrière sa main :

— Y est pas aussi séduisant que l'abbé Fortier, mais c'est ben correct de même. Au moins celui-là, toutes les filles se pâmeront pas devant.

Dans le jubé, Évelyne, assise à l'orgue, se demandait si elle était la cause du départ d'Emmanuel Fortier ou si son transfert était simplement attribuable au hasard.

À l'*Ite Missa Est*, Colin Coderre s'approcha doucement de l'organiste.

— Votre sœur Sarah, est-y souffrante pour qu'elle soit pas là?

Évelyne se demandait si Colin savait que Sarah était enceinte. Ce n'était toutefois pas à elle de le lui dire.

— Sarah est chez ma grand-mère, à Saint-Alexis. Mes parents font tout pour l'éloigner de vous.

— Dites-moi où je pourrai la trouver.

— À la première maison à la sortie du village, une maisonnette en brique rouge avec de lourds contrevents verts. Le nom de notre grand-mère est Céleste Beaudry. Mais vous prendriez un grand risque en vous y rendant, mes parents seraient bien capables d'éloigner Sarah davantage.

— Vous croyez? Si c'est comme ça, elle aura à choisir entre ses parents pis moé.

— Sarah est beaucoup trop docile. Mes parents la font marcher au doigt et à l'œil. Mais ne désespérez pas, elle tient à vous.

* * *

Après la célébration, les fidèles rassemblés sur le perron de l'église chuchotaient sur le compte de l'abbé Emmanuel

Fortier. Certains supposèrent qu'on lui avait donné une cure à Amos, tandis que d'autres, les mauvaises langues, prétendirent qu'il avait quitté les ordres.

Colin fendit la foule et sauta dans sa voiture. Il se rendit à Saint-Alexis, sans passer chez lui.

* * *

Sarah reconnut l'attelage au loin. Son cœur palpitait de joie. Elle demanda la permission à sa grand-mère de sortir marcher un peu avec Colin. La vieille accepta. Ce que les jeunes avaient à se dire ne regardait qu'eux seuls. Une fois les amoureux sortis du village, ils s'arrêtèrent sur le bord du chemin. Colin enlaça tendrement Sarah.

— La messe en finit pus quand vous êtes pas à l'orgue. Quand est-ce que vous revenez?

— Ce ne sera pas pour bientôt. Je dois cacher mon état.

Colin la regarda au fond des yeux, comme s'il cherchait à découvrir quelque chose.

Sarah posa la main de Colin sur son ventre.

— J'attends un enfant, un enfant de vous, un enfant à nous, Colin.

Colin, sous le coup de la surprise, restait hébété.

— Un petit? Ah ben verrat, vous m'assommez ben raide! Vous êtes ben certaine de ça?

Sarah se sentit rougir, elle baissa les yeux. Elle restait immobile, les nerfs tendus, le regard perdu.

Colin encaissait le choc de la révélation de sa paternité. Il lui fallait assimiler ce qu'il venait d'entendre. Il réfléchissait à ce que cette grossesse provoquerait de remous pour Sarah et lui, et à ce qui les attendait dans un proche avenir.

Sarah fut la première à briser le silence.

— Vous êtes déçu, Colin ? Dites quelque chose, ce que vous ressentez.

— Oui, chus déçu. Je préférerais être marié. Vous auriez un mari et l'enfant aurait un père.

— Si vous préférez, je peux m'éloigner, sortir de votre vie.

— Ce serait une mauvaise solution. Je vous aime, Sarah. Mais dites donc, vos parents sont au courant ?

— Il y a des choses qu'on ne raconte pas à sa mère. Mais papa le sait : si je ne le lui avais pas dit, il aurait su le voir.

— Pis qu'est-ce qu'y a dit au sujet de l'enfant ?

— Sur le coup, il a figé, ensuite, il a dit que je lui faisais beaucoup de peine.

— Oui, mais pour l'enfant ?

— Là, c'est maman qui va tout décider et, comme toujours, papa pliera à ses quatre volontés. Maman est une malade qui ne fait rien de ses dix doigts, mais quand il s'agit de l'avenir de ses enfants, alors là, il faut la voir aller. Elle oublie tous ses bobos pour décider de notre vie.

Colin se demandait si les Beaudry lui laisseraient sa part de responsabilité dans cette affaire ou s'ils l'ignoreraient, lui, le père naturel. Tout lui semblait perdu d'avance. Sarah le regardait avec des yeux d'une limpidité désarmante.

Colin la serra sur son cœur. Il serrait dans ses bras l'amour et l'espérance. Puis il posa ses lèvres sur son ventre, y déposa un gros bécot de paysan et s'adressa à la petite grenaille qui se trouvait à l'intérieur.

— Tiens, mon petit verrat, c'est ton premier bec pis ça sera pas le dernier.

Sarah essuya une larme. Colin tenait sa main et la regardait droit dans les yeux.

— C'est-tu moé qui vous fais brailler comme ça?

— Non, Colin, c'est l'émotion. Je me demandais si vous alliez m'abandonner avec mon problème.

— Mais non! C'est peut-être cet enfant qui va nous réunir, Sarah.

— Ou bien nous séparer!

— Pourquoi parlez-vous de même, Sarah? J'peux m'occuper de vous et de l'enfant.

— Vous savez bien que je suis à la merci de mes parents, et ma mère n'en voudra pas, c'est certain. Ou bien elle va lui trouver des parents d'adoption, ou bien elle va le placer à la crèche. Dans un cas comme dans l'autre, ça me rendra folle. Je ne pourrai jamais supporter de me séparer de notre enfant, ce serait une mutilation.

— Et vous, là-dedans, vous aurez pas votre mot à dire?

— Comme je demeure chez mes parents, tout est hors de mon contrôle.

— Sarah, marions-nous au plus vite. Acceptez pour moé pis pour l'enfant, je vous en supplie.

— Je ne suis pas majeure et je n'ai rien. Je ne peux pas entrer chez vous comme une mendiante, sans trousseau ni un sou.

— Y faut pas tant de façon pour se marier. Comme chus déjà installé, vous avez pas besoin de trousseau. Vous verrez, Sarah, je vais faire le meilleur des maris, bon, joyeux, travaillant, affectueux.

Sarah mit son index sur sa bouche. Un attelage venait vers eux. Sarah reconnut le cabriolet de son père.

— Ça y est! C'est papa. Maintenant qu'il vous a trouvé ici, il va m'expédier au diable vauvert.

— Rendue là, vous me donnerez votre adresse et j'irai vous enlever.

Charles-Édouard arrêta sa bête à la hauteur des tourtereaux et murmura un bonjour.

— Sarah, viens avec moi chez ta grand-mère, j'ai à te parler de choses importantes.

Colin laissa la main de Sarah.

— Je vous attends chez Contant.

Colin entra chez Contant, le petit restaurant au coin brisé et là, bien installé devant une tasse de café, le nez à la vitrine qui donnait sur la rue, il tuait le temps à imaginer sa vie avec Sarah et un enfant.

* * *

Se sentant appuyée par Colin, Sarah entra chez sa grand-mère, bien décidée cette fois à tenir tête à son père, sous peine d'y laisser son corps et son sang. Elle en était rendue à penser: «Au diable le scandale! Mon enfant avant tout.»

Son père, assis dans la berçante, conversait avec sa grand-mère. Il se leva et lui tendit une petite liasse de billets verts.

— Tiens, Sarah, prends ça. Tu iras à Montréal avec Évelyne acheter ta toilette de mariage et quelques petites nécessités pour ta maison.

Sarah resta sans voix. Elle dévisagea son père et se retint de lui sauter au cou. Des larmes de bonheur mouillèrent ses yeux bleus.

— C'est vrai ça? Et maman est d'accord?

— Disons qu'elle n'a pas le choix. Vu ta condition, ce sera un petit mariage. Tout ce qui se fait de plus simple. Ta mère te parlera de tout ça tantôt, moi, je n'y connais rien. Bon, ramasse tes choses, je te ramène à la maison.

— Je dois d'abord parler à Colin et lui faire part de cette décision. Avant de nous mettre en ménage, il aura un tas de problèmes pratiques à régler et il n'aura pas trop de temps pour s'y adonner. Colin m'attend au restaurant du coin; il me ramènera à la maison.

Sarah sortit le cœur en fête, légère comme un papillon. Enfin, elle pouvait rêver sans crainte d'être désillusionnée. En pleine euphorie, elle oublia de saluer son père et sa grand-mère. Elle se pressait de retourner vers Colin.

Un mari, un enfant, une maison, elle ne pouvait rien espérer de plus beau.

Au restaurant, elle s'assit en face de Colin et posa les mains sur les siennes. Elle riait et riait, les yeux pétillants de joie.

Colin scrutait son visage, cherchant à découvrir la raison de cet accès de gaieté.

— Allez-vous finir de me faire languir et me dire ce qui vous réjouit tant que ça? J'vous connais ben, vous savez, pis j'vois ben que vous me cachez quelque chose.

— Mes parents acceptent notre mariage! Il faut bien sauver l'honneur. Papa m'a même donné de l'argent pour acheter ma toilette de noce.

— Incroyable! Je vous l'avais dit, Sarah, que cet enfant pouvait nous réunir.

— Vu ma condition un peu gênante, ce sera un petit mariage sans fla-fla. Et nous devrons nous marier dans un temps assez rapproché. Disons dans quinze jours?

— Ah ben, verrat! Tout de suite, si vous voulez.

Comme il était question de mariage, Sarah ne put se retenir de corriger le patois grossier de son futur époux :

— Colin, j'ai un reproche à vous faire et je crains fort de vous blesser. Je frissonne chaque fois que j'entends votre patois.

Colin rit.

— Verrat? C'est pas un sacre!

— Je sais, mais je me vois mal embrasser une bouche d'où sortiraient des gros mots.

— Y fallait le dire, ma belle. J'vais faire mon gros possible pour y penser, mais comme c'est une habitude ben ancrée, vous me corrigerez au besoin.

— Maintenant, je compte sur vous pour me ramener chez moi et, une fois là-bas, nous pourrons discuter de la cérémonie avec maman.

— Laissez-moé vider ma tasse de café, asteure que je l'ai payée.

— Avant de retourner à la maison, je dois passer prendre mes effets chez grand-mère.

— Sarah, si vos parents acceptent, j'aimerais ben servir le dîner de noce dans notre maison.

— Nous pourrons leur proposer. Avec toutes ces émotions, j'allais oublier une chose importante : j'ai promis à grand-mère de l'aider à déménager ses pénates dans la cuisine d'hiver. Ce sera l'affaire de quelques heures. Si elle le fait seule, elle en aura pour deux jours, sans compter sa fatigue.

* * *

La vieille Céleste refusa l'aide de Sarah :

— Pour une petite femme dans ton état, ce serait trop risqué de trimballer des choses lourdes.

Colin s'avança.

— Je peux vous aider, moé, j'ai deux bons bras.

— C'est pas de refus, mon garçon, ça va me donner la chance de mieux vous connaître. Sarah avait pas besoin de me dire que vous êtes un bon gars, on voit votre cœur à travers vos yeux.

Colin rougit.

— Vous là ! Arrêtez ! Vous allez m'faire échapper votre vaisselle.

Sarah s'occupait de laver les tablettes de la dépense, de l'armoire et le tiroir de la table.

— J'ai fini, grand-mère, je peux vous être utile ?

— Toé, reprit l'aïeule, tu t'assis là et tu bouges plus.
Pour ce qui reste à transporter, je vais m'arranger avec
monsieur Colin.

Une fois chaque chose à sa place, Céleste embrassa
Sarah et Colin sur les deux joues et les poussa à l'extérieur.

— Merci, mes enfants, et que le bon Dieu vous bénisse !
La vieille, épuisée, referma la porte sur les amoureux.

* * *

Sarah rentra chez elle plus heureuse qu'elle ne l'avait
été de toute sa vie. Elle passa au salon saluer sa mère. Elle
allait enfin pouvoir lui parler ouvertement du petit être
qui allait naître et qui occupait toutes ses pensées. Avec
qui d'autre pourrait-elle en causer à l'aise ? Laurentienne
la comprendrait mieux que quiconque, elle-même s'était
mariée dans pareille situation. Et puis sa mère ressentait
sans doute une grande joie à la pensée d'être grand-mère.

Mais Sarah se trompait, sa mère lui jeta un regard
chargé de ressentiment, un regard furieux. Dire qu'elle
croyait goûter la douce chaleur de ses bras…

— Ah ! C'est toi.

Sarah recula d'un pas.

— Bonjour, maman.

Sa mère la croisa sans lui accorder un seul regard.

— Maintenant, les gens de la place vont te montrer du
doigt, d'autres vont te traiter de putain. Tu peux te
préparer à affronter le jugement de la honte.

Sarah se sentit humiliée, bafouée.

— De putain! Et vous, je suppose que c'est ce que vous pensez de moi, votre propre enfant?

— Toute ta famille sera montrée du doigt. Tu es un bel exemple pour tes sœurs, hein!

— On dirait que vous cherchez à me faire mal.

— Je connais une fille pour en avoir entendu parler qui avait mauvaise réputation dans la place et c'est ce que les gens disaient d'elle.

Au fond, sa mère ne lui pardonnait pas l'exemple qu'elle donnait à ses sœurs. Sarah ne pouvait s'empêcher de penser à ce que Pillet lui avait dit un jour: «Laurentienne avait déjà un enfant, un petit aveugle.» Aujourd'hui, sa mère la blessait et la langue la démangeait de lui rappeler sa propre faute, de lui rapporter ce qu'elle savait à son sujet. Et puis non, elle avait juré à Pillet de garder ce secret pour elle; même à Colin, elle n'en parlerait pas. Ça resterait une affaire entre elle et Évelyne. L'affection qu'elle portait à son père l'emportait sur sa rancune. N'obtenait-elle pas enfin ce qu'elle désirait le plus au monde, marier Colin et garder son enfant? Le reste n'avait pas d'importance.

Sarah marmonna:

— Je ne dois pas être la première à qui ces choses-là arrivent.

— Tu te compares à des filles faciles. Tu n'as donc pas de fierté?

Cette fois, ce fut plus fort qu'elle:

— Et vous maman, vous n'avez jamais eu de faiblesse? Je veux dire une faute d'un soir. On dit que les enfants tiennent des parents, non?

Sarah crut voir une rougeur au front de sa mère. Il y eut un court moment de silence.

— Tâche d'avoir plus de respect envers tes parents.

— C'est vous qui m'avez provoquée.

— Et surtout, ne va pas parler de ton état à confesse.

— Ce sera à voir, rétorqua Sarah du bout des lèvres.

Elle tourna les talons et oublia aussitôt sa rancune.

Ce soir-là, Sarah s'endormit en souriant, les mains sur son ventre à peine bombé. Déjà, le petit être qui s'annonçait était toute sa vie.

À suivre.

REMERCIEMENTS

Merci à : Ingrid Remazeilles, éditrice, Suzanne Benny, Raymonde et Nelson Tessier, Andrée Breault, Louis-Guy Gauthier, Réjeanne Plouffe, France Dalpé, Kareen Émery, Pierre Gaudet, Mme Rolland Guilbault, Damien Venne, Michèle Courchesne, Jacqueline Bélair Crépeau, Édith et Dr. Philippe Pétrin, Dr. Raymond Amyot, Marie Brien, Jean Brien, Irénée Brien, Roger Plouffe, Gisèle Cadieux, Jeannine Gagnon, Roberte Dupuis, Diane Ménard, Gabriel Brien, Studio Isabelle Forest, Amélie Brien, Lory-En Dumas et la Résidence L'Évangéline.

La suite du destin des
sœurs Beaudry

Micheline Dalpé

Les
sœurs
Beaudry

2. Les violons se sont tus

COUVOIR CODERRE
ST-JACQUES

Les Éditions
Goélette

À paraître
le 20 septembre 2012